Blind date

STEPHENIE MEYER   MEG CABOT
KIM HARRISON, LAUREN MYRACLE EN MICHELE JAFFE

blind
date

Manteau

Oorspronkelijke titel: *Prom Nights from Hell*
© 2010 by HarperTeen
Published by arrangement with HarperCollins Children's Books, a division of
HarperCollins Publishers
© 2011 Nederlandse vertaling Uitgeverij Manteau / WPG Uitgevers België nv,
Mechelsesteenweg 203, B-2018 Antwerpen en Ann Van Dyck

www.manteau.be
info@manteau.be

Vertegenwoordiging in Nederland
WPG Uitgevers België
Herengracht 370/372
NL-1016 CH Amsterdam

Vertaling: Ann Van Dyck
Omslagontwerp: Johan Caers
Foto omslag: Getty Images
Opmaak binnenwerk: Philos

Eerste druk juni 2011
Tweede druk oktober 2011

ISBN 978 90 223 2638 1
D/2011/0034/538
NUR 285

Inhoud

Meg Cabot

De dochter van de vampiersdoder

MARY

De muziek dreunt op het ritme van mijn hart. Ik voel de bas in mijn borstkas - bedoem, bedoem. De ruimte is vol kronkelende lichamen. Door de mist die het droogijs verspreidt en de flikkerende lichtshow die vanaf het industriële plafond de club slechts schaars verlicht, zie ik niet veel.

Maar hij is hier. Ik weet het gewoon. Ik voel hem.

Daarom ben ik dankbaar dat er zich overal om mij heen wriemelende mensen bevinden. Ze onttrekken mij aan zijn blik - en aan zijn zintuigen. Hij zou mij anders al geroken hebben. Want ze ruiken de geur van angst van kilometers ver.

Niet dat ik bang ben. Want dat ben ik niet.

Hoewel, misschien een beetje.

Maar ik heb mijn Excalibur bij me. Een Vixen kruisboog 285 FPS, die helemaal gespannen staat en bij de minste druk van mijn vinger zijn pijl zal afvuren.

Hij zal nooit weten wat hem heeft geraakt.

En zij hopelijk ook niet.

Het belangrijkste is dat ik hem vol kan raken - wat niet

gemakkelijk zal zijn in deze massa – en dat het meteen een voltreffer is. Ik zal waarschijnlijk maar één kans krijgen om te schieten. Ik raak hem... of hij raakt mij.

'Altijd op de borst richten', zei mijn moeder. 'Het is het grootste deel van het lichaam, dat kun je niet missen. Als je op de borst richt in plaats van op een arm of een been is de kans dat je iemand doodt natuurlijk aanzienlijk groter dan dat je hem verwondt... maar waarom zou je iemand willen verwonden? Je moet hem uitschakelen.'

Daarom ben ik hier vanavond. Om hem uit te schakelen.

Lila zal me natuurlijk haten, als ze ontdekt wat er echt is gebeurd... en dat ik de dader ben.

Maar wat had ze anders verwacht? Ik kan toch moeilijk gewoon achteroverleunen en toekijken hoe zij haar leven vergooit?

'Ik heb een jongen ontmoet', zei ze vanmiddag dweperig, toen we aanschoven bij de saladbar. 'Mary, je kunt je niet inbeelden hoe schattig hij is. Zijn naam is Sebastian. Hij heeft de blauwste ogen die je ooit hebt gezien.'

Wat de meeste mensen niet weten over Lila is dat ze ondanks haar – laten we eerlijk zijn – ietwat sletterig uitzicht echt wel een trouwe vriendin is. Zij heeft er nooit een probleem van gemaakt dat mijn vader geen CEO of plastisch chirurg is, wat ik van de andere meisjes op Sint-Eligius niet kan zeggen. Akkoord, ik luister niet naar alles wat ze zegt. Het interesseert me bijvoorbeeld geen barst hoeveel ze betaald heeft voor die grote tas van Prada tijdens de koopjes bij Saks, of welke ordinaire tatoeage ze van plan is te laten zetten wanneer ze de volgende keer in Cancún is.

Maar nu had ze mijn volle aandacht.

'Lila', zei ik. 'Hoe zit het dan met Ted?'

Het afgelopen jaar had ze immers onophoudelijk over Ted
gepraat, sinds de dag dat hij zijn moed bijeengeraapt had en
haar had uitgevraagd. Tenminste, als ze niet aan het tateren
was over de koopjes bij Prada en over rugtatoeages.

'Oh, het is uit', antwoordde ze, terwijl ze wat blaadjes sla
nam. 'Ik ga vanavond met Sebastian naar de Swig. Hij zegt
dat we binnen zullen komen – hij staat op de viplijst.'

Niet het feit dat deze jongen, wie hij ook was, beweerde dat
hij op de viplijst stond van de nieuwste en hipste club in
Manhattan, deed de haren in mijn nek overeind komen.

Begrijp me niet verkeerd – Lila is mooi. Als er een meisje is
dat kans maakt te worden aangesproken door een volslagen
vreemde die toevallig op de meest begeerde viplijst van de
stad staat, dan is het Lila wel.

Wat ze over Ted zei, verstomde mij.

Want Lila verafgoodt Ted. Ze zijn het pure, perfecte paar. Zij
is adembenemend mooi, hij is een topatleet... ze zijn een
gedroomd stel.

En daarom was het zo onwezenlijk.

'Lila, hoe kun je dat nu zeggen?' vroeg ik. 'Jullie zijn al zo
lang samen.' In ieder geval sinds ik was aangekomen op
Sint-Eligius in september. Bovendien was Lila het eerste
meisje – en eigenlijk ook het enige tot op de dag van
vandaag – dat mij had aangesproken. 'En het schoolbal is dit
weekend.'

'Ik weet het', zei ze met een gelukzalige zucht. 'Ik ga er met
Sebastian naartoe.'

'Seb-'

Toen wist ik het. Ik bedoel, wist ik het *echt*.

'Lila, kijk me aan', zei ik.

Lila boog haar hoofd naar me – ik ben klein, maar zoals mijn

moeder altijd zei, ook bliksemsnel – en ineens zag ik het.
Wat ik meteen had moeten zien: de licht glazige blik, de
doffe ogen, de zachte lippen... de symptomen die ik
ondertussen zo goed kende.

Ik kon het niet geloven. Hij had mijn beste vriendin in zijn
macht.

Mijn *enige* vriendin.

Wat moest ik doen? Passief toekijken hoe hij haar
veranderde?

Niet deze keer.

Je denkt misschien dat een meisje met een kruisboog op de
dansvloer van de hipste club in Manhattan enig commentaar
zou ontlokken. Niet dus. Het is echt wel Manhattan.

Iedereen amuseert zich zo dat ze me niet eens opmerken.
Zelfs – mijn god. Hij is het. Ik kan het bijna niet geloven dat
ik hem nu in levenden lijve zie. Of in ieder geval zijn zoon.

Hij is knapper dan ik me had voorgesteld. Met gouden haren
en blauwe ogen, perfecte filmlippen en brede schouders. Hij
is groot – hoewel natuurlijk bijna alle jongens groot zijn in
vergelijking met mij.

Als hij ook maar een beetje op zijn vader lijkt, dan zal het me
lukken. Het zal me uiteindelijk lukken.

Denk ik toch.

Verdorie. Hij heeft mijn blik gevoeld. Hij draait zich om.

Het is nu of nooit. Ik richt mijn boog.

Vaarwel, Sebastian Drake. Tot nooit meer.

Maar net wanneer ik het witte driehoekje van zijn shirt in
mijn vizier krijg, gebeurt er iets ongelooflijks: er verschijnt
een helder, kersenrood bloemetje op de plek waar ik op richt.
Maar ik heb niet geschoten.

En zijn soort bloedt niet.

'Wat is dat, Sebastian?' vraagt Lila.

'Verdorie. Iemand' – en ik zie hoe zijn verbaasde azuren blik van de donkerrode vlek op zijn shirt naar Lila glijdt – 'heeft op me *geschoten*.'

Het is waar. Er heeft iemand op hem geschoten.

Maar niet ik.

En het is niet het enige wat niet klopt. Hij *bloedt*.

Dat is onmogelijk.

Ik weet niet onmiddellijk wat ik moet doen en duik achter een zuil. Ik klem de Vixen tegen mijn borst. Ik moet nadenken, snel beslissen wat ik nu moet ondernemen. Want het klopt niet. Ik kan me niet in hem vergist hebben. Ik heb het onderzocht. Het klopte allemaal... het feit dat hij hier in Manhattan is... het feit dat hij achter mijn beste vriendin aan zit... de doffe uitdrukking van Lila... alles.

Alles, behalve wat er nu net is gebeurd.

Ik had daar maar wat gestaan. Ik had hem perfect kunnen raken en ik had het verknoeid.

Of toch niet? Als hij bloedt, dan is hij een mens. Toch?

Maar als hij een mens is en hij bloedt, waarom staat hij dan nog rechtop?

Help.

En het ergste is... hij heeft me gezien. Ik ben er zeker van dat ik zijn reptielenblik heb gevoeld. Wat gaat hij nu doen? Achter me aan komen? Als dat zo is, is het mijn eigen fout. Mijn moeder had me nog zo gewaarschuwd: een jager trekt er nooit alleen op uit. Waarom had ik niet geluisterd? Wat had ik toch gedacht?

Dat is het probleem natuurlijk. Ik had helemaal niets gedacht. Mijn emoties hadden het gewonnen van mijn verstand. Ik kon met Lila niet laten gebeuren wat er met mijn moeder was gebeurd.

En nu zal ik de rekening moeten betalen.

Net als mijn moeder.

Ik krimp ineen van angst en probeer niet te denken aan de reactie van mijn vader, wanneer de politie om vier uur in de ochtend thuis aanbelt en hem vraagt om in het mortuarium het lichaam van zijn enige dochter te komen identificeren. Ze zullen mijn keel openbreken, en wie weet welke andere wreedheden op mijn dode lichaam botvieren.

En dat allemaal omdat ik niet ben thuisgebleven zoals ik gepland had om te werken aan mijn paper voor de geschiedenisles van mevrouw Gregory (onderwerp: de beweging van de gematigden in de periode voor de Amerikaanse burgeroorlog, tweeduizend woorden, dubbele interlinie, tegen maandag).

De muziek verandert. Ik hoor Lila gillen: 'Waar ga je naartoe?'

Laat het niet waar zijn. Hij komt hierheen.

En hij wil dat ik weet dat hij komt. Hij is met me aan het spelen... net zoals zijn vader met mijn moeder heeft gespeeld, vlak voor hij... voor hij met haar deed wat hij heeft gedaan.

Opeens hoor ik een vreemd geluid – iets als *whoosh* – en dan 'verdomme'.

Wat gebeurt er?

'Sebastian.' Lila's stem klinkt verward. 'Er schiet iemand met *ketchup* naar je.'

Wat? Zei ze *ketchup*?

En dan, wanneer ik me voorzichtig omdraai om voorbij de zuil te kunnen kijken waar Lila het over heeft, zie ik hem.

Niet Sebastian. De schutter.

Ik kan mijn ogen niet geloven.

Wat doet *hij* hier?

ADAM

Het is allemaal de schuld van Ted. Hij had gezegd dat we hen moesten volgen op hun afspraakje.

Ik vroeg nog: 'En waarom dan wel?'

'Omdat die kerel voor problemen gaat zorgen', had Ted geantwoord.

Maar dat had Ted natuurlijk niet echt kunnen weten.

Drake was de avond ervoor uit het niets verschenen bij het appartement van Lila in Park Avenue. Ted had hem nooit eerder ontmoet. Hoe kon hij ook maar iets van die jongen weten?

Maar toen ik dat zei, antwoordde Ted: 'Maatje, heb je hem *bekeken?*'

Ik moet het toegeven, *T-man* had een punt. Die jongen zag eruit alsof hij zo uit een advertentie van Calvin Klein kwam. Iemand die er zo uitziet, zo perfect, kun je inderdaad niet vertrouwen.

Toch vond ik het idee maar niets. Het is niet *cool*, andere jongens volgen. Ook al zei Ted dat het alleen maar was om ervoor te zorgen dat Lila niet in de problemen zou komen. Ik weet wel, Lila is Teds meisje – ex-meisje nu natuurlijk, dankzij Drake.

En ze is nu niet bepaald de slimste.

Maar haar volgen op haar afspraakje? Dat leek me nog een grotere tijdverspilling dan werken aan de paper van tweeduizend woorden die ik voor de geschiedenisklas van mevrouw Gregory tegen maandag klaar moet hebben.

Toen moest Ted ervandoor. Hij vroeg me om mijn 9mm Beretta mee te brengen.

Het is maar een waterpistool. Niettemin is dat soort speelgoedgeweren verboden in Manhattan omdat ze zo erg op echte geweren lijken. Ik had dus nog niet vaak de kans gehad om mijn exemplaar te gebruiken. En Ted wist dat.

En daarom draafde hij maar door. Over hoe hilarisch het zou zijn als we Drake van onder tot boven nat zouden schieten. Want hij wist dat ik niet aan de verleiding zou kunnen weerstaan.

De ketchup was mijn idee.

Heel puberaal, ik weet het.

Maar welk alternatief had ik op een vrijdagavond als deze? De ketchup haalde het zonder twijfel van de paper.

Ik zei dus tegen *T-man* dat ik gewonnen was voor zijn plan op voorwaarde dat ik mocht schieten. Dat vond hij goed.

'Ik moet het gewoon weten, maatje', had hij hoofdschuddend gezegd.

'Wat weten?'

'Wat die kerel, die Sebastian heeft wat ik niet heb', zei hij. Ik had het hem kunnen vertellen, natuurlijk. Iedereen met ogen in zijn hoofd kon zien wat Drake had wat Ted niet bezat. Ted ziet er absoluut netjes uit, maar Calvin Klein-materiaal is hij niet.

Maar ik zei niets, want *T-man* was echt gekwetst. En ik kon hem wel begrijpen. Lila is zo een van die meisjes, weet je wel? Grote, donkere ogen en grote... Wel, andere lichaamsdelen ook.

Maar daar wil ik niet aan denken. Daar zit mijn zus Veronica voor iets tussen. Zij zegt dat ik moet ophouden met te

fantaseren over meisjes als lustobjecten. Dat ik eerder
aan hen moet denken als mogelijke toekomstige partners
in de onvermijdelijke strijd om te overleven in het
postapocalyptische Amerika. (Dat is het onderwerp van
Veronica's thesis. Ze gelooft namelijk dat de apocalyps zeker
in het volgende decennium zal plaatsvinden omdat het land
ten onder gaat aan godsdienstig fanatisme en roekeloosheid
tegenover het milieu. Twee factoren die ook aanwezig waren
aan de vooravond van de val van Rome en van andere
samenlevingen die nu niet meer bestaan.)
Zo belandden *T-man* en ik dus in de Swig. Omdat Teds oom
Vinnie de dranken daar toevallig levert, konden we
gemakkelijk mee naar binnen glippen en de metaaldetector
omzeilen. En toen schoot ik dus met mijn 9mm Beretta
ketchup naar Sebastian Drake. Ik weet wel dat ik eigenlijk
thuis had moeten werken aan mijn paper, maar iedereen
heeft recht op een portie amusement, of niet soms?
En het was geweldig om te zien hoe al die rode vlekken zich
over zijn borst verspreidden. Ik zag *T-man* lachen. Voor de
eerste keer sinds Lila hem tijdens de lunch die dag een sms
had gestuurd met de droge mededeling dat hij alleen naar het
schoolbal zou moeten gaan, want dat zij met Drake ging.
Het liep allemaal gesmeerd... tot ik Drake naar een zuil aan
de zijkant van de dansvloer zag kijken. Dat was vreemd. Je
zou veronderstellen dat hij naar *ons* zou kijken, op ons
vipplekje (dank je wel, oom Vinnie), want dat was de richting
van waar de ketchupaanval was gelanceerd.
Toen zag ik dat er iemand achter de zuil zat. Verscholen.
Geen onbekende. Mary, het nieuwe meisje uit mijn
geschiedenisklas, die tot nu toe alleen maar met Lila had
gepraat.

En ze had een kruisboog vast.

Een *kruisboog*.

Hoe was zij in godsnaam met haar kruisboog door de metaaldetector gekomen? Zij kende oom Vinnie toch niet? Niet dat het er iets toe doet. Het enige wat telt, is dat Drake naar de zuil staat te staren waarachter Mary verborgen zit, alsof hij er dwars doorheen kan kijken.

De manier waarop hij in haar richting kijkt... wel, ik weet alleen dat ik niet wil dat hij zo kijkt.

'Debiel', mompel ik. Tegen Drake. Maar ook een beetje tegen mezelf. En dan richt ik en schiet ik opnieuw.

'Ja, raak', roept Ted blij uit. 'Heb je het gezien? Recht op zijn achterste!'

Dat trekt natuurlijk de aandacht van Drake. Hij draait zich om...

...en plotseling kijk ik in wat ze vlammende ogen noemen. Zoals in de boeken van Stephen King, weet je wel? Ik had nooit gedacht dat ik ooit zo een blik zou zien.

Maar zo zien Drakes ogen er echt uit wanneer hij naar ons staart.

Ogen die vuur schieten.

Kom maar op, denk ik en ik kijk terug. *Doe maar. Kom maar hierheen, Drake. Wil je vechten? Ik heb meer dan alleen maar ketchup in huis, vriend.*

Wat niet helemaal waar is eigenlijk. Maar het doet er uiteindelijk niet toe, want Drake komt niet naar me toe. Integendeel, hij verdwijnt.

Ik bedoel niet dat hij zich omdraait en de club uit wandelt. Ik bedoel dat hij er het ene moment staat en het volgende... gewoon verdwenen is. Gedurende één seconde lijkt het alsof de mist van droogijs dikker wordt – en wanneer de lucht weer opklaart, staat Lila alleen te dansen.

'Wat in hemelsnaam...' Ted scant de dansvloer. 'Waar is hij naartoe?'

Maar ik ben al weg.

'Neem Lila mee', schreeuw ik terug naar Ted. 'En wacht buiten aan de ingang op me.'

Ted mompelt nog een paar goedgekozen vloeken, maar niemand merkt het op. De muziek staat te luid en iedereen is plezier aan het maken. Als ze al niet opmerkten dat we met een waterpistool ketchup schoten naar een kerel, of dat die kerel enkele seconden later letterlijk vernevelt, dan zullen ze ook wel het f-woord van Ted niet horen.

Ik kom aan de zuil en kijk naar beneden.

Daar zit ze, hijgend alsof ze net een marathon heeft gelopen. Ze houdt de kruisboog stevig tegen haar borst geklemd, zoals een kind zijn knuffeldeken vasthoudt. Ze ziet lijkbleek.

'Hallo', zeg ik vriendelijk. Ik wil haar niet laten schrikken.

Maar ze schrikt toch. Ze springt bijna uit haar vel als ze mijn stem hoort en kijkt naar me met opengesperde, bange ogen.

'Hallo, rustig maar', zeg ik. 'Hij is weg. Gaat het?'

'Hij is weg?' Haar ogen – groen als een grasveld in de lente – staren me aan. Haar blik straalt doodsangst uit. 'Hoe, wat?'

'Hij is gewoon verdwenen', zeg ik schouderophalend. 'Ik zag dat hij naar je keek. En dus heb ik op hem geschoten.'

'*Wat* heb je gedaan?'

Ik zie dat haar angst verdwijnt. Maar er komt iets voor in de plaats: kwaadheid. Mary is *kwaad*.

'In godsnaam, Adam', zegt ze. 'Ben je gek geworden? Heb je enig idee wie die kerel is?'

'Ja', zeg ik. Eerlijk gezegd ziet Mary er wel schattig uit wanneer ze kwaad is. Ik kan nauwelijks geloven dat ik haar niet eerder heb opgemerkt. Maar ik heb haar natuurlijk ook nooit eerder kwaad gezien. Er gebeurt niet zoveel waar je je over op kunt winden in de klas van mevrouw Gregory. 'De nieuwe vriend van Lila. Die kerel is een echte *loser*. Heb je zijn broek gezien?'

Mary schudt haar hoofd.

'Wat doe jij hier eigenlijk?' vraagt ze me enigszins verbaasd.

'Hetzelfde als jij blijkbaar', zeg ik terwijl ik een blik op haar kruisboog werp. 'Alleen heb jij meer schietkracht. Waar heb je dat ding vandaan? Zijn die dingen toegestaan in Manhattan?'

'Moet jij zo nodig zeggen', antwoordt ze en ze kijkt naar mijn Beretta.

Ik steek mijn handen in de lucht, alsof ik me overgeef.

'Dat was maar ketchup, hé. Maar wat ik daar op jouw kruisboog zie, is absoluut geen zuignap. Je kunt serieuze verwondingen veroorzaken...'

'Dat is precies de bedoeling', zegt Mary.

En er klinkt zoveel opwinding in haar stem – mijn moeder moedigt Veronica en mij voortdurend aan om beschrijvende taal te gebruiken om onszelf uit te drukken – dat ik het *weet*. Ik weet het gewoon.

Drake is haar ex.

Ik moet bekennen dat het me een vreemd gevoel geeft wanneer ik het besef.

Ik bedoel, ik vind Mary leuk. Ze is ongetwijfeld redelijk intelligent – ze is altijd klaar met lezen wanneer mevrouw Gregory haar naam roept – en het feit dat ze optrekt met Lila, niet bepaald een toonbeeld van verstand, bewijst in ieder geval dat ze geen snob is. De meeste meisjes op Sint-Eligius negeren Lila, zeker sinds die ene gsm-foto de hele school is rondgegaan – die waarop je in detail zag wat Ted en zij deden in de badkamer van die loft in de benedenstad.

Niet dat er iets verkeerds was met wat ze deden, als je het mij vraagt.

Maar toch. Ik ben teleurgesteld. Ik had gedacht dat een meisje als Mary een betere smaak zou hebben dan uit te gaan met een kerel als Sebastian Drake.

Dat bewijst dan nog maar eens wat Veronica altijd tegen me zegt: met wat ik niet weet over meisjes, kun je een hele rivier vullen.

MARY

Ik kan niet geloven dat ik in het steegje naast de Swig sta en dat ik praat met Adam Blum, die achter me zit in de klas van mevrouw Gregory. En die, niet te vergeten, de beste vriend is van Teddy Hancock, de ex van Lila.

Die Lila momenteel vastberaden negeert.

Ik heb de pijl met de essenhouten punt terug in mijn koker gestoken. Ik weet nu dat er vanavond niemand sterft.

Maar ik veronderstel dat ik dankbaar moet zijn dat *ik* niet degene ben die het loodje heeft gelegd. Als Adam er niet was geweest... tja, dan zou ik hier nu niet staan, in een poging om hem iets uit te leggen wat... ach, wat gewoon niet uit te leggen valt.

'Even ernstig, Mary.' Adam kijkt naar me met zijn donkere, bruine ogen. Grappig dat ik nooit eerder heb opgemerkt hoe knap hij eigenlijk is. Hij is geen Sebastian Drake, natuurlijk. Het haar van Adam is even donker als het mijne, en zijn ogen zijn zo donker als stroop, niet zo blauw als de zee.

Maar hij kan er best wel mee door. Brede zwemschouders –

hij zwom het zevende jaar van Sint-Eligius twee jaar na elkaar tot in de regionale finales van de vlinderslag – en een meter vijfentachtig. (Hij is zo groot dat ik mijn nek helemaal moet uitrekken om in zijn ogen te kunnen kijken, ik met mijn teleurstellende – voor mij dan toch – een meter tweeënvijftig.)

Hij is een van de betere studenten en populair ook, als je althans al de meisjes uit het zesde jaar optelt die elke keer zwijmelen als hij in de gang voorbij loopt (niet dat hij dat opmerkt).

Maar er is niets onoplettends in de manier waarop hij nu naar me kijkt.

'Wat doen we?' wil hij weten, terwijl hij een van zijn dikke wenkbrauwen wantrouwend ophaalt. 'Ik weet waarom Ted Drake haat. Hij heeft zijn meisje afgepakt. Maar wat heb jij met hem te maken?'

'Het is persoonlijk', zeg ik. Mijn god, dit is zo *onprofessioneel*. Mijn moeder vermoordt me als ze dit ooit ontdekt.

Als ze dit ooit ontdekt.

Aan de andere kant... Adam heeft natuurlijk wel net mijn leven gered, ook al beseft hij dat niet.

Drake zou er in het bijzijn van iedereen zonder twijfel al mijn ingewanden hebben uitgehaald.

Behalve als hij beslist zou hebben eerst wat met me te spelen. En aangezien ik zijn vader ken, zou dat waarschijnlijk precies zijn wat hij van plan was geweest.

Ik ben Adam iets verschuldigd. Heel wat.

Maar dat ga ik hem nu niet vertellen.

'Hoe ben jij hier binnengekomen?' wil Adam weten. 'En vertel me nu niet dat je met dat ding door de metaaldetector bent gekomen.'

'Natuurlijk niet', zeg ik. Vreselijk, jongens zijn soms zo dom. 'Ik ben langs het dakraam naar binnen geklommen.'

'Langs het *dak*?'

'Ja, daar zitten dakramen meestal', maak ik hem duidelijk.

'Jij bent zo onvolwassen', zegt Lila tegen Ted. Haar stem klinkt zacht, ook al zijn haar woorden dat niet. Ze kan het natuurlijk niet helpen. Ze is volledig in de ban van Drake.

'Wat wilde je in hemelsnaam hiermee bereiken?'

'Je kent die kerel één dag, Lila.' Ted heeft zijn handen diep in zijn broekzakken gestoken. Hij lijkt zich te schamen... maar daagt haar tegelijkertijd ook uit. 'Ik bedoel, *ik* had ervoor kunnen zorgen dat je de Swig in kon, als je dat wilde. Je had het me toch kunnen vragen? Je kent mijn oom Vinnie.'

'Het gaat niet om de clubs waar Sebastian me allemaal mee naartoe kan nemen, Ted', zegt Lila. 'Het gaat om... gewoon, om hem. Hij is... perfect.'

Ik moet stevig slikken om het braaksel binnen te houden dat ik in mijn keel omhoog voel komen.

'Niemand is perfect, Li', zegt Ted, voor ik het kan zeggen.

'Sebastian wel.' Lila straalt en haar donkere ogen schitteren in het lichtschijnsel van de ene kleine lamp bij de nooddeur aan de zijgevel. 'Hij is zo knap... en intelligent... en welbespraakt... en charmant...'

Dit stopt hier. Ik heb meer gehoord dan ik aankan.

'Lila', snauw ik. 'Houd op. Ted heeft gelijk. Je kent die kerel niet eens. Want als je hem zou kennen, zou je niet zeggen dat hij charmant is.'

'Maar dat is hij wel', houdt Lila vol. De schittering in haar ogen lost op in een warme gloed. 'Jij weet niet eens...'

Het volgende moment – hoe het gebeurde weet ik niet precies – heb ik haar vast bij haar schouders en schud ik haar door elkaar. Ze is vijftien centimeter groter dan ik en weegt twintig kilo meer.

Maar dat doet er niet toe. Op dit moment wil ik haar alleen maar aan haar verstand brengen dat...

'Hij heeft het je verteld, niet?' Ik hoor mezelf tegen haar roepen, met een hese stem. 'Hij heeft je verteld wat hij is. Oh, Lila. Stommerik. Domme, domme meid.'

'Ho.' Adam probeert mijn handen van Lila's blote schouders te trekken. 'Momentje. Kalm aan.'

Maar Lila wringt zich uit mijn greep en draait om ons heen met een triomfantelijke uitdrukking op haar gezicht.

'Ja', gilt ze met de verrukte emotie in haar stem die ik maar al te goed ken. 'Hij heeft het me verteld. En hij heeft me gewaarschuwd voor mensen als jij, Mary. Mensen die het niet begrijpen, niet *kunnen* begrijpen dat hij afstamt van een oud en adellijk, zeg maar koninklijk...'

'Oh, in godsnaam.' Mijn handen jeuken om haar te slaan. Ik doe het niet omdat Adam mijn arm grijpt alsof hij mijn gedachten kan lezen. 'Lila, je wist het? *En je ging toch uit met hem?*'

'Natuurlijk', snikt Lila. 'Ik ben niet zoals jij, Mary. Ik heb een open geest. Ik ben niet bevooroordeeld tegenover zijn soort zoals jij dat wel...'

'Zijn soort? Zijn *soort?*'

'Hé, rustig', houdt Adam me fluisterend tegen. En maar goed ook, anders had ik me op haar gegooid om wat gezond verstand in haar lege, blonde hoofd te timmeren. 'En heeft hij toevallig ook gezegd hoe zijn *soort* overleeft? Wat ze eten - of moet ik zeggen *drinken* - om te leven?'

Lila kijkt minachtend naar me. 'Ja', zegt ze. 'Dat heeft hij me verteld. En ik denk dat jij overdrijft. Hij drinkt alleen bloed dat hij koopt in een plasmacentrum. Hij *doodt* geen..'

'Oh, Lila!' Ik kan mijn oren niet geloven. Of toch, want het blijft natuurlijk wel Lila. Maar ze kan toch niet zo naïef zijn dat ze hierin trapt? 'Dat zeggen ze allemaal. Dat vertellen ze al eeuwen tegen meisjes. *Ik dood geen mensen.* Het zijn dikke leugens.'

'Blijf staan.' Adam versoepelt de greep op mijn armen. Maar nu ik Lila zou kunnen slaan, heb ik er geen zin meer in. Ik walg hiervan. 'Wat is hier eigenlijk aan de hand?' wil Adam weten.

'Wie drinkt er bloed? Bedoelen jullie... *Drake?*'

'Ja, Drake', zeg ik kort.

Adam staart me vol ongeloof aan. Teddy staat naast hem en maakt een fluitend geluid.

'Jongens,' zegt Teddy, 'ik wist het wel dat er iets met die kerel aan de hand was.'

'Houd op', gilt Lila. 'Jullie allemaal. Hoor jezelf eens bezig. Hebben jullie er enig idee van hoe onverdraagzaam jullie klinken? Ja, Sebastian is een vampier, maar dat betekent niet dat hij het recht niet heeft om te bestaan.'

'Hu?' zeg ik. 'Rekening houdend met het feit dat hij een wandelende verschrikking is voor de mensheid en zich al eeuwen voedt met onschuldige meisjes zoals jij, ontneemt hem inderdaad wél het recht om te bestaan.'

'Wacht eens even.' Adam kijkt nog steeds ongelovig. 'Een *vampier?* Kom op. Dat is onmogelijk. Vampiers bestaan niet.'

'Oh!' Lila draait zich om en geeft hem een trap.

'Jij bent nog erger dan zij.'

'Lila', zeg ik en ik probeer Adam even buiten het gesprek te houden. 'Je mag hem niet meer zien.'

'*Hij heeft niets verkeerds gedaan*', houdt Lila vol. 'Hij heeft me niet eens gebeten – ook al heb ik het hem gevraagd. Omdat hij te veel van me *houdt*, zegt hij.'

'In godsnaam', zeg ik vol afschuw. 'Dat is ook weer zo een verhaaltje dat hij je wijsmaakt. Begrijp je het niet? Dat zeggen ze *allemaal*. En hij *houdt* niet van je. Of in ieder geval niet meer dan een teek die van de hond houdt waar hij zich mee voedt.'

'*Ik* houd van jou', zegt Ted. 'En jij dumpt me voor een vampier?'

'Je begrijpt het niet.' Lila gooit haar lange, blonde haar naar achteren. 'Hij is geen teek, Mary. Sebastian houdt te veel van me om me te bijten. Maar ik weet dat ik hem op andere gedachten kan brengen. Want hij wil voor altijd bij me zijn, net zoals ik voor altijd bij hem wil zijn. Ik *weet* het. En na morgenavond *zullen* we ook voor eeuwig samen zijn.'

'Wat gebeurt er morgenavond?' vraagt Adam.

'Het bal', zeg ik wezenloos.

'Juist.' Lila tatert voort. 'Ik ga ernaartoe met Sebastian. En ook al weet hij het zelf nog niet, daar zal hij me mijn zin geven. Eén beet en ik zal het eeuwige leven hebben. Dat is toch *cool*? Zouden jullie niet voor altijd willen leven? Ik bedoel, als jullie dat zouden kunnen?'

'Niet op die manier', zeg ik. Ik voel pijn vanbinnen. Pijn voor Lila en voor al de meisjes die haar al zijn voorgegaan. En pijn voor al degenen die na haar zullen komen als ik nu niet meteen iets doe.

'Je hebt met hem afgesproken op het bal?' dwing ik mezelf te vragen. Praten kost me moeite, want eigenlijk wil ik alleen maar huilen.

'Ja', zegt Lila. Haar blik is leeg, net als vanmiddag tijdens de lunch. 'Hij zal me nooit kunnen weerstaan – niet als ik mijn nieuwe Roberto Cavalli-jurk draag, en met mijn verleidelijke hals onder het zilveren licht van de volle maan...'

'Ik moet overgeven, denk ik', mompelt Ted.

'Nee, dat ga je niet doen', zeg ik. 'Jij brengt Lila naar huis. Hier.' Ik voel in mijn handtas en haal er een kruisteken en twee flesjes met gewijd water uit. Ik geef ze aan Ted. 'Als Drake opdaagt – wat ik betwijfel – dan gooi je dat naar hem. En ga zelf ook naar huis, nadat je Lila hebt thuisgebracht.'

Ted kijkt naar wat ik hem net heb gegeven.

'Wacht even. Dat is alles?' wil hij weten. 'We laten hem haar gewoon *doden*?'

'Niet doden', corrigeert Lila hem vrolijk. 'Me een van *hen* maken.'

'*Wij* gaan helemaal niets doen', zeg ik. 'Jullie gaan naar huis en laten dit aan mij over. Ik heb het onder controle. Zorg er gewoon voor dat Lila goed thuiskomt. Ze moet in veiligheid blijven tot het bal. *Kwaadaardige geesten kunnen geen bewoond huis binnengaan, tenzij ze er worden uitgenodigd.*' Ik kijk geconcentreerd naar Lila. 'Je hebt hem toch niet thuis uitgenodigd?'

'Wat denk je zelf?' zegt Lila en ze schudt haar hoofd. 'Mijn vader zou uit zijn dak gaan als hij een jongen in mijn kamer vond.'

'Goed. Ga dan nu naar huis. Jij ook', zeg ik tegen Adam.

Ted neemt Lila bij haar arm en leidt haar weg.

Tot mijn verrassing blijft Adam staan waar hij staat, met zijn handen diep in zijn zakken.

'Kan ik iets voor je doen?' vraag ik.

'Ja', zegt Adam kalm. 'Je kunt beginnen bij het begin. Ik wil *alles* weten. Want als het waar is wat je me vertelt, zou je –

als ik er niet was geweest – nu een stipje op de muur zijn.
Dus begin maar te vertellen.'

ADAM

Had je me twee uur geleden verteld dat ik mijn avond zou
eindigen met een uitstapje naar het dakappartement van
Mary-van-de-geschiedenisklas in de East Seventies, dan had
ik je gevraagd of je high was.

Maar dat is dus exact waar ik me nu bevind. Ik ben Mary
gevolgd langs de conciërge (die alleen maar even zijn
wenkbrauwen ophaalde bij het zien van de kruisboog), en we
zijn naar boven gegaan met de lift. De stijl van het
appartement lijkt me midden-19de-eeuws. Victoriaans, voor
zover ik daar iets van ken natuurlijk. Ik vind dat alle meubels
eruitzien alsof ze rechtstreeks uit een van die oersaaie tv-
miniseries komen waar mijn moeder altijd naar kijkt, met
meisjes die Violet of Hortense of zoiets heten.

Er zijn overal boeken – en geen paperbacks van Dan Brown,
maar grote, dikke boeken met titels als *Demonologie in het
Griekenland van de zevende eeuw* en *Gids voor Necromantie*. Ik
kijk rond, maar zie geen plasmascherm of een lcd. Niet eens
een gewone televisie.

'Zijn jouw ouders professoren of zo?' vraag ik aan Mary
wanneer ze de kruisboog op de grond gooit en naar de
keuken loopt. Ze opent de koelkast en haalt er twee blikjes
cola uit, waarvan ze er één aan mij geeft.

'Zoiets', zegt ze. Zo is ze al de hele tijd, ook toen we naar
haar appartement liepen: niet bepaald gul met haar
antwoorden.

Het maakt niets uit, want ik heb haar al gezegd dat ik niet

vertrek voor ik het hele verhaal heb gehoord. Ik weet echt niet wat ik van de situatie moet denken. Aan de ene kant ben ik blij dat Drake niet is wie ik dacht dat hij was, namelijk Mary's ex-vriendje, maar aan de andere kant... een *vampier*? 'Kom mee', zegt Mary en ik volg haar omdat... ja, wat moet ik anders? Ik weet niet wat ik hier doe. Ik geloof niet in vampiers. Ik denk dat Lila zich gewoon heeft ingelaten met een van die enge goths die ik eens in *Law & Order* heb gezien. Hoewel Mary's vraag – 'En hoe verklaar je dan dat hij opeens van de dansvloer in de mist oplost?' – me wel intrigeert. Hoe *heeft* hij dat inderdaad gedaan?

Maar zo zijn er duizenden vragen waar ik geen antwoord op heb. Zoals die nieuwe die me te binnen schiet: hoe kan ik ervoor zorgen dat Mary naar me kijkt zoals Lila naar Drake keek?

Het leven zit vol geheimen, zoals mijn vader altijd zegt, en vele ervan zitten verstopt in raadsels.

Mary voert me door een donkere hal, naar een deur die half open staat. Daarachter brandt licht. Ze klopt op de deur en vraagt: 'Pap, mogen we binnenkomen?'

Een norse stem antwoordt: 'Natuurlijk.'

Ik volg Mary in de vreemdste kamer die ik ooit heb gezien. Althans in een dakappartement in de Upper East Side.

Het is een laboratorium. Ik zie overal proefbuisjes en bekers en flesjes. In het midden staat een lange man met witte haren in een kamerjas – hij lijkt wel wat op een professor – te knoeien met een heldergroen brouwsel in een bakje dat met veel kracht grote hoeveelheden rook produceert. De oude man kijkt op en lacht als hij Mary ziet binnenkomen. Zijn groene ogen – die op Mary's lijken – monsteren me nieuwsgierig.

'Goedenavond, jongedame', zegt hij. 'Ik zie dat je een vriend hebt meegebracht. Daar ben ik blij om. Ik vond al dat je de laatste tijd veel te veel tijd alleen doorbracht.'

'Vader, dit is Adam', zegt Mary ongedwongen. 'Hij zit achter me in de geschiedenisklas. We gaan op mijn kamer huiswerk maken.'

'Dat is leuk', zegt Mary's vader. Het komt blijkbaar niet bij hem op dat huiswerk maken wel het laatste is wat een jongen van mijn leeftijd – om twee uur 's nachts – op de slaapkamer van een meisje gaat doen. 'Niet te hard studeren, kinderen.'

'Nee, hoor', zegt Mary. 'Kom, Adam.'

'Goedenavond, mijnheer', zeg ik tegen Mary's vader, die vriendelijk naar me lacht voor hij zich weer over zijn rokende beker buigt.

'Oké', zeg ik tegen Mary wanneer ze me opnieuw door de hal leidt, deze keer naar haar slaapkamer... die verrassend functioneel is ingericht voor een meisjeskamer. Ik zie alleen een groot bed, een kleerkast en een bureau. Anders dan in Veronica's kamer is hier alles opgeruimd, behalve een laptop en een mp3-speler. Ik werp een snelle blik op de playlist wanneer ze in haar kast op zoek gaat naar iets en druk begint te rommelen. Vooral rock, wat R&B en een paar rapnummers. Geen emo. Godzijdank. 'Wat was dat allemaal? Wat doet jouw vader met al die dingen?'

'Zoeken naar een geneesmiddel', zegt Mary met gedempte stem vanuit haar kast.

Ik ben ondertussen over het barokke Perzische tapijt naar haar bed gestapt. Er staat een ingelijste foto op haar nachtkastje. Op de foto poseert een mooie vrouw, die naar de zon kijkt en glimlacht. Mary's moeder. Ik weet niet hoe ik het weet. Het is gewoon zo.

'Een geneesmiddel waarvoor?' vraag ik en ik bekijk de foto wat nauwkeuriger. Ja, daar zijn ze. De lippen van Mary. Ik kan mijn blik er niet van afhouden: ze krullen een beetje op in de hoeken. Zelfs als ze kwaad is.

'Vampirisme', zegt Mary. Ze stapt uit de kast en heeft een lange rode jurk vast. De jurk zit in een doorschijnende zak van de stomerij.

'Goh', zeg ik. 'Ik vind het erg dat ik het je moet zeggen maar vampiers bestaan helemaal niet. Of vampirisme. Of hoe je het ook noemt.'

'Is dat zo?' Mary's mondhoeken krullen nog meer dan anders.

'Vampiers zijn uitgevonden door die ene kerel.' Ze lacht naar me. Dat vind ik niet erg, want het is Mary die lacht. Liever dat dan dat ze mij negeert, wat ze tot nu toe – sinds ik haar had leren kennen – bijna de hele tijd heeft gedaan. 'De kerel die Dracula geschreven heeft, weet je wel?'

'Bram Stoker heeft geen vampiers uitgevonden', zegt Mary. Haar glimlach is verdwenen. 'Hij heeft zelfs Dracula niet uitgevonden. Want dat is een historische figuur, voor het geval je dat niet wist.'

'Maar een kerel die bloed drinkt en verandert in een vleermuis? Kom op.'

'Vampiers bestaan wel, Adam', zegt Mary rustig. Ik houd ervan dat ze mijn naam uitspreekt. Ik vind het zo leuk dat ik eerst niet eens opmerk dat ze naar de foto staart die ik in mijn handen heb.

'En hun slachtoffers bestaan ook.'

Ik volg haar blik. En laat de foto bijna vallen.

'Mary', zeg ik. Omdat het het enige is wat ik kan bedenken. 'Jouw... jouw moeder? Was ze... Is ze...'

'Ze leeft nog', zegt Mary terwijl ze zich omdraait en de gladde zak met de rode jurk op het bed gooit. 'Tenminste, als je het leven kunt noemen', voegt ze eraan toe. Het lijkt alsof ze tegen zichzelf praat.

'Mary...' zeg ik ontsteld. Ik kan het niet geloven.

Maar ik geloof haar wel. Er is iets in haar gezicht wat duidelijk maakt dat ze niet liegt. Het is ook iets waardoor ik zin krijg om haar in mijn armen te nemen. Veronica zou het een seksistische opmerking noemen. Maar ik dwaal weer af. Ik stop met op mijn lip te bijten. 'Is het daarom dat je vader...'

'Hij is niet altijd zo geweest', zegt ze. Ze kijkt me niet aan. 'Hij was anders, toen mijn moeder er was. Hij... hij denkt dat hij er een chemische remedie tegen kan vinden.' Ze zakt op het bed, naast de jurk. 'Hij wil maar niet geloven dat er maar één remedie bestaat om haar terug te krijgen. En dat is de vampier vermoorden die er van haar ook een heeft gemaakt.'

'Drake', zeg ik en ik ga naast haar op het bed zitten.

'Nee.' Mary schudt haar hoofd. 'Zijn vader. Die toevallig de originele familienaam Dracula draagt. Zijn zoon vindt Drake een beetje minder pretentieus en wat moderner klinken.'

'Maar... waarom wilde je dan Dracula's zoon doden, als zijn vader degene is die...' Ik krijg het niet eens gezegd. Gelukkig hoeft dat ook niet.

Mary kromt haar schouders. 'Als de dood van zijn enige kind Dracula er niet toe kan brengen om uit zijn schuilplaats te komen zodat ik hem kan doden, dan weet ik niet wat hem wel kan laten verschijnen.'

'Is dat niet, euh... nogal gevaarlijk?' vraag ik.

Ik kan niet geloven dat ik hierover zit te praten. Ik kan ook niet geloven dat ik in de slaapkamer van Mary-van-de-geschiedenisklas zit. 'Ik bedoel, is Dracula niet de baas van de hele operatie?'

'Ja', zegt Mary terwijl ze naar de foto kijkt die ik tussen ons in heb gelegd. 'En wanneer hij er niet meer is, zal mijn moeder eindelijk vrij zijn.'

En dan zal Mary's vader niet meer verder hoeven te zoeken naar een remedie tegen vampirisme, denk ik, maar ik durf het niet hardop te zeggen.

'Waarom veranderde Drake Lila vanavond niet in een vampier?' vraag ik. Dat hield me wel bezig. Onder andere. 'Ik bedoel, daarstraks in de club?'

'Omdat hij ervan houdt om met zijn voedsel te spelen', zegt Mary emotieloos. 'Net zoals zijn vader.'

Ik huiver. Ik kan er niets aan doen. Ook al is Lila niet echt mijn type, het is niet bepaald aangenaam om aan haar te denken als een middernachtsnack van de een of andere vampier.

'Ben je niet ongerust', vraag ik om even van onderwerp te veranderen, 'dat Lila tegen Drake gaat zeggen dat hij niet naar het bal mag komen, omdat wij hem daar zullen opwachten?'

Ik zeg bewust *wij* en niet *jij*, omdat er geen haar op mijn hoofd aan denkt om haar alleen te laten gaan. Iets wat Veronica ook weer seksistisch zou vinden.

Maar Veronica heeft Mary nog nooit zien glimlachen.

'Maak je een grapje?' vraagt Mary. Ze heeft de *we* niet opgemerkt. 'Ik reken erop dat ze het hem vertelt. Dan komt hij zeker.'

Ik staar haar aan. 'Waarom zou hij dat doen?'

'Als hij de dochter van de vampiersdoder kan uitschakelen zal zijn cryptische populariteit enorm toenemen.'

Ik knipper met mijn ogen. 'Cryptische populariteit?'

'Je weet wel', zegt ze terwijl ze met haar paardenstaart schudt. 'Zoals populariteit op straat bij de jongeren, *street credibility*, maar dan onder de doden.'

'Oh.' Vreemd genoeg klinkt het wel logisch. Even logisch als de andere dingen die ik vanavond te horen heb gekregen. 'Ze noemen jouw vader de, euh, vampiersdoder?' Ik kan me hem moeilijk voorstellen met een kruisboog, zoals Mary.

'Nee', zegt ze en haar glimlach verdwijnt weer. 'Mijn moeder. Of althans... dat was ze. Ze doodde niet alleen vampiers trouwens, maar alle soorten kwaadaardige entiteiten – demonen, weerwolven, klopgeesten, heksenmeesters, djinns, saters, loki's, shedu's, vetela's, titanen, leprechaunen...'

'Leprechaunen?' herhaal ik. Ik weet niet wat ik hoor.

Maar Mary haalt ongestoord haar schouders op. 'Als het kwaadaardig was, doodde mam het. Ze had er gewoon het talent voor. Het talent', zegt ze zachtjes. 'Ik hoop echt dat ik het van haar heb geërfd.'

Ik blijf even roerloos zitten. Ik moet toegeven dat ik een beetje overdonderd ben door alles wat er de afgelopen uren is gebeurd. Kruisbogen en vampiers en vampiersdoders? En wat in godsnaam is een vetela? Ik ben niet eens zeker of ik het wel wil weten. Nee. Wacht. Ik *weet* dat ik het niet wil weten. In mijn hoofd zit een zoemend geluid dat niet wil stoppen.

Vreemd genoeg vind ik het geluid wel leuk.

'En?' zegt Mary terwijl haar blik de mijne kruist. 'Geloof je me nu?'

'Ik geloof je', zeg ik. Wat ik eigenlijk niet kan geloven, is dat ik haar inderdaad geloof.

'Goed', zegt ze. 'Het is waarschijnlijk beter dat je dat tegen niemand vertelt. En als je het niet erg vindt, zou ik nu graag alles klaarmaken...'

'Geweldig. Zeg maar wat ik moet doen.'

Haar gezicht betrekt. 'Adam', zegt ze. Iets in de manier waarop ze mijn naam uitspreekt, bezorgt me een gek gevoel... alsof ik mijn armen om haar heen zou willen slaan en tegelijkertijd heel hard de kamer rondrennen. 'Ik waardeer je aanbod. Echt waar. Maar het is te gevaarlijk. Als ik Drake dood...'

'*Wanneer* je hem doodt', verbeter ik haar.

'...bestaat de kans dat zijn vader opduikt', gaat ze verder, 'om wraak te nemen. Misschien niet vanavond. En misschien ook niet morgen. Maar binnenkort. En als hij verschijnt... Het zal niet aangenaam zijn. Het zal afschuwelijk zijn. Een nachtmerrie. Het zal...'

'...apocalyptisch zijn', vul ik aan. Een lichte rilling gaat langs mijn ruggengraat als ik het woord uitspreek.

'Ja, precies.'

'Maak je geen zorgen', zeg ik terwijl ik de rilling tracht te negeren. 'Ik ben er helemaal klaar voor.'

'Adam.' Ze schudt haar hoofd. 'Je begrijpt het niet. Ik kan niet... ik kan niet garanderen dat ik je kan beschermen. En ik kan je zeker niet zomaar je leven laten riskeren. Voor mij ligt dat anders, omwille van... omwille van mijn moeder. Maar jij...'

Ik onderbreek haar. 'Zeg me gewoon hoe laat ik je moet komen ophalen.'

Ze staart naar me. 'Wat zeg je?'

'Het spijt me,' zeg ik, 'maar ik laat je niet alleen naar het bal gaan. Geen sprake van.'

En ik moet er echt angstaanjagend uitzien terwijl ik dat zeg, want ze doet even haar mond open om te reageren. Maar wanneer ze mijn gelaatsuitdrukking ziet, stopt ze en zegt alleen: 'Hm. Oké dan.'

Dan voegt ze eraan toe: 'Het wordt je begrafenis.' Om het laatste woord te hebben.

Maar dat vind ik niet erg. Ze mag het laatste woord hebben. Ik besef dat ik mijn toekomstige partner in de onvermijdelijke strijd om te overleven in het postapocalyptische Amerika, heb gevonden.

MARY

De muziek dreunt op het ritme van mijn hart. Ik voel de bas in mijn borstkas – bedoem, bedoem. De ruimte is vol kronkelende lichamen. Door de mist die het droogijs verspreidt en de flikkerende lichtshow die vanaf het industriële plafond de club slechts schaars verlicht, zie ik niet veel.

Maar hij is hier. Ik weet het gewoon. Ik voel hem.

En dan zie ik hem, terwijl hij over de dansvloer naar me toekomt. Hij heeft twee glazen met een bloedrode vloeistof bij zich, één in elke hand. Hij komt naast me staan en geeft me een van de glazen. Hij zegt: 'Je hoeft niet ongerust te zijn, het is alcoholvrij. Ik heb het gecontroleerd.'

Ik antwoord niet. Ik nip aan de punch, dankbaar voor het vocht – ook al is het iets te zoet – want mijn keel is heel droog.

Ik weet dat ik een vergissing bega. Dat ik Adam dit laat doen, bedoel ik.

Maar... er is iets met hem. Ik weet niet wat het is. Iets wat hem anders maakt dan de rest van de stomme pummels op school. Misschien is het de manier waarop hij mij heeft gered in de club, toen ik mijn kalmte was verloren, en de manier waarop hij met een waterpistool gevuld met ketchup schoot op Sebastian Drake, schepping van de duivel zelf.

Of misschien vind ik hem anders omdat hij zo vriendelijk was tegen mijn vader en geen grapjes begon te maken over hoe sterk hij lijkt op Doc van *Back to the Future*, en omdat hij hem zelfs 'mijnheer' noemde. Of omdat hij de foto van mijn moeder zo voorzichtig in zijn handen nam en oprecht verbaasd leek toen ik hem de waarheid over haar vertelde.

Of misschien gewoon omdat hij er zo onaards knap uitzag in zijn smoking toen hij om kwart voor acht vanavond kwam aanbellen en zelfs een rode rooscorsage voor mij bij zich had... Hoewel hij minder dan vierentwintig uur geleden nog niet eens wist dat hij naar het schoolbal zou gaan (gelukkig waren er tickets te koop aan de ingang).

Maar goed. Vader was in extase en gedroeg zich voor één keer als een echte ouder. Hij nam foto's. 'Die kan je moeder bekijken als ze beter is', bleef hij maar herhalen terwijl hij probeerde wat biljetten van twintig dollar in Adams hand te stoppen. 'Dan kun je Mary trakteren op een ijsje na het feest.' Misschien vind ik mijn vader toch leuker als hij in zijn lab blijft.

Ik wist in ieder geval dat ik een vergissing beging door Adam niet meteen af te schepen. Dit is geen opdracht voor amateurs.

Dit is... dit is...

...wondermooi. Ik bedoel, zo zag de danszaal eruit.

Ik moest even naar adem happen toen ik aan Adams arm binnenging. (Hij drong erop aan. Zo zagen we eruit als een 'normaal koppel', voor het geval Drake er al zou zijn en...)

Het feestcomité van Sint-Eligius had zichzelf overtroffen dit jaar.

De grote danszaal op de vierde verdieping van het Waldorf-Astoria in de wacht slepen was al een stunt op zich, maar ze dan ook nog eens omtoveren tot deze schitterende, romantische sprookjeswereld? Miraculeus.

Ik hoop wel dat al die rozetten en slingers brandbestendig zijn. Ik zou ze niet graag in vlammen zien opgaan wanneer Drakes lichaam begint te ontbranden nadat ik hem in de borst heb gestoken.

'Dus', zegt Adam terwijl we ons naar de rand van de dansvloer begeven, nippend aan ons drankje in een stilte die – eerlijk gezegd – al snel een beetje ongemakkelijk aanvoelt. 'Hoe gaat dit verder? Ik zie jouw kruisboog nergens.'

'Ik zal een staak gebruiken', zeg ik en ik schuif de split van mijn jurk opzij zodat hij mijn been kan zien. Ik had een met de hand gesneden stukje essenhout rond mijn been gebonden, in de oude holster van mijn moeder. 'Simpel en doeltreffend.'

'Oh', zegt Adam nadat hij zich even heeft verslikt in zijn punch. 'Oké.'

Ik voel zijn blik nog steeds op mijn been. Ik laat snel mijn jurk zakken.

En ik bedenk – voor het eerst – dat de reden waarom Adam hier is wel eens niets te maken zou kunnen hebben met het redden van het vriendinnetje van zijn beste vriend uit de klauwen van een bloeddorstige duivel.

Maar... kan dat? Ik bedoel, we spreken hier wel over *Adam Blum*. En ik ben alleen maar het nieuwe meisje. Hij zal me wel leuk vinden, maar niet *écht* leuk. Dat kan niet. Ik heb waarschijnlijk nog maar tien minuten te leven. Tenzij er hier nu meteen iets wezenlijks verandert, maar dat denk ik eigenlijk niet.

Ik bloos en blijf kijken naar de ronddraaiende stelletjes voor ons. Mevrouw Gregory van Amerikaanse geschiedenis is een van de begeleidsters. Ze loopt rond en probeert ervoor te zorgen dat de meisjes zich niet te dicht tegen hun vriendjes aan kronkelen. Kan ze net zo goed proberen te verhinderen dat de maan opkomt.

'Ik denk dat jij je beter met Lila bezighoudt terwijl ik hem neersteek', zeg ik en ik hoop dat hij niet opmerkt dat mijn wangen ondertussen dezelfde rode kleur hebben als mijn jurk. 'We zouden toch niet willen dat ze zich voor hem gooit om hem te redden?'

'Daarom heb ik Ted hierheen gesleept', zegt Adam en hij knikt in de richting van Teddy Hancock, die wat ineengezakt aan een tafeltje in onze buurt zit en met een verveelde blik naar de dansvloer staart. Het is duidelijk dat hij, net als wij, op de komst van Lila en haar vriendje wacht.

'Ik wil je wel absoluut niet in mijn buurt als... je weet wel', zeg ik.

'Dat heb ik de eerste negen miljoen keer dat je het me gezegd hebt, al verstaan', mompelt Adam. 'Ik *weet* dat je voor jezelf kunt zorgen. Zoveel is duidelijk.'

Ik krimp even ineen. Adam amuseert zich blijkbaar niet echt. Ik zie het.

Maar moet ik me daar zorgen over maken? Ik heb hem toch niet gevraagd om te komen? Hij heeft zichzelf uitgenodigd! Dit is ook geen romantisch afspraakje. Het is een moordafspraak. Dat wist hij vanaf het begin. Hij is degene die de regels van het spel verandert, niet ik. Ik bedoel, wie houd ik voor de gek? Ik heb geen tijd voor afspraakjes. Ik heb een missie die ik moet volbrengen. Ik ben de dochter van de vampiersdoder. Ik moet...

'Zin om te dansen?' verrast Adam mij.

'Oh, ik zou wel willen,' zeg ik verbaasd, 'maar ik moet echt...'

'Fantastisch', zegt hij en hij neemt me in zijn armen en leidt me naar de dansvloer.

Ik ben werkelijk te overdonderd om hem nog maar tegen te houden.

En eigenlijk, als ik de eerste schok te boven ben gekomen, besef ik dat ik hem ook niet echt wil tegenhouden. Ik verbaas mezelf wanneer ik besef dat... wel, ik houd ervan hoe het voelt, in zijn armen. Het voelt goed. Het voelt veilig. Het voelt warm. Het voelt... bijna alsof ik een normaal meisje ben, voor één keer.

Niet het nieuwe meisje. Niet de dochter van de vampiersdoder. Gewoon... ik. Mary.

Ik zou aan dit gevoel kunnen wennen.

'Mary', zegt Adam. Hij is zoveel groter dat ik zijn adem voel kriebelen in mijn losgekomen haren. Ik vind het niet erg, want zijn adem ruikt lekker.

Ik kijk dromerig naar zijn gezicht. Ik kan maar niet geloven dat ik nooit eerder heb gezien – echt *gezien* – hoe knap hij is. Nooit eerder voor gisteren. Of misschien heb ik het wel gezien, maar is het nooit echt doorgedrongen, want wat zou een jongen als hij zien in een meisje als ik? Ik had in geen miljoen jaar durven dromen dat ik hier met Adam Blum op het bal zou terechtkomen...

En natuurlijk, hij heeft me alleen gevraagd omdat hij medelijden met me heeft, omwille van wat er met mijn moeder is gebeurd, omdat ze nu een vampier is. Maar toch.

'Hmm', zeg ik glimlachend.

'Euh...' Adam ziet er zenuwachtig uit, om de een of andere reden.

'Ik vroeg me af of – wel, als dit allemaal achter de rug is en nadat je Drake een pak slaag hebt gegeven en Lila en Ted weer samen zijn – of je dan zin zou hebben om, euh...'

Mijn god. Wat gebeurt er? Gaat hij me... gaat hij me *uit* vragen? Zoals op een echt afspraakje? Eentje zonder staken en kruisbogen?

Nee. Dit kan niet echt zijn. Dit is een droom. Dadelijk word ik wakker en is dit allemaal verdwenen. Want hoe zou zoiets mogelijk zijn? Ik krijg geen adem. Ik ben er zeker van dat ik de betovering die ons allebei vasthoudt, verbreek als ik...

'Ja, Adam, zin om wat?' vraag ik.

'Wel...' Hij durft geen oogcontact meer met me te maken. 'Zin om gewoon, je weet wel, gewoon eens iets te gaan doen...'

'Excuseer.' De diepe stem die Adam onderbreekt, herken ik onmiddellijk. 'Mag ik deze dans van u?'

Ik sluit mijn ogen en voel een diepe frustratie. Dit is toch niet te geloven. Zo vind ik werkelijk *nooit* een jongen die ik leuk vind en die mij uitvraagt. Nooit. *Nooit.* Zo blijf ik een freak – het product van twee freaks natuurlijk – voor de rest van mijn leven. Maar waarom zou een jongen als Adam Blum met mij willen uitgaan? De dochter van een vampier en een gekke wetenschapper? Nee. Eerlijk wezen. Dat gaat niet gebeuren. Maar ik heb er genoeg van. Het zit me tot *hier.*

'Nu ga je eens goed luisteren', zeg ik en ik draai mijn gezicht naar dat van Sebastian Drake. Zijn ogen verwijden een beetje als hij het vuur in mijn blik ziet. 'Hoe durf jij hier binnen te sluipen...'

Maar dan stokt mijn stem. Want dan zie ik alleen nog die ogen...

...die hypnotiserende, blauwe ogen, die me plotseling het gevoel geven dat ik erin zou kunnen verdwijnen, en die me dan zouden overspoelen met zachte, warme golven...

Hij is Adam Blum niet natuurlijk. Maar hij kijkt naar me op een manier waaruit blijkt dat hij dat weet. Het is alsof hij zich daarvoor verontschuldigt en dat hij alles wil doen om dat goed te maken, en *meer* dan dat, zelfs...

Het volgende wat ik weet, is dat Sebastian Drake me in zijn armen neemt – zacht, zo zacht – en me van de dansvloer naar de openstaande deuren leidt, naar de donkere tuin, die in schitterend sterrenschijnsel en maanlicht baadt... Helemaal de plaats waarvan je verwacht dat de goudharige afstammeling van een Transsylvanische graaf je er mee naartoe neemt.

'Ik ben zo blij dat we eindelijk met elkaar kunnen kennismaken', zegt Sebastian op een toon die me streelt als een vederzachte aanraking. Alles en iedereen om me heen verdwijnt. De andere danspares, Adam, een verbaasde Lila die ons jaloers nastaart, Ted die jaloers naar *haar* kijkt... Zelfs de rozetten en de slingers... en de wereld bestaat alleen nog uit mezelf, de tuin waarin we ons bevinden en Sebastian Drake.

Hij strijkt zacht een paar haarlokjes uit mijn gezicht. Ergens vaag in mijn gedachten herinner ik me dat ik bang voor hem zou moeten zijn... hem zou moeten haten zelfs. Maar ik weet niet meer waarom. Hoe kan ik iemand haten die zo knap en lief en charmant is als hij? Hij wil ervoor zorgen dat ik me beter voel. Hij wil me helpen.

'Zie je wel?' zegt Sebastian Drake en hij drukt een van mijn

handen zacht tegen zijn lippen. 'Zo angstaanjagend ben ik
toch niet, of wel? Ik ben eigenlijk net als jij. Een kind van –
laten we eerlijk zijn – een heel speciale persoon, die probeert
om zijn eigen plekje in de wereld te zoeken. Wij hebben zo
onze lasten, jij en ik, nietwaar? Je moeder groet je, trouwens.'
'M-mijn moeder?' Mijn hoofd voelt even beneveld aan als de
tuin waar we in staan. Want terwijl ik me mijn moeders
gezicht voor de geest haal, kan ik me niet herinneren hoe
Sebastian Drake haar kan kennen.
'Ja', zegt Sebastian. Zijn lippen dwalen nu van mijn hand
naar de holte van mijn elleboog. Zijn mond voelt als vloeibaar
vuur op mijn huid. 'Ze mist je, weet je dat? Ze begrijpt niet
waarom je haar niet wilt vergezellen. Ze is zo gelukkig nu...
ze kent geen pijn meer door ziekte, of de onwaardigheid van
ouder worden, of de hartenpijn door eenzaamheid.' Zijn
lippen bevinden zich nu op mijn blote schouders. Ik kan
nauwelijks ademen. Maar op een fijne manier. 'Ze is omringd
door warmte en liefde... en jij zou dat ook kunnen zijn, Mary.'
Zijn lippen zijn bij mijn keel. Het lijkt alsof de warmte van
zijn adem mijn ruggengraat verlamt. Maar dat is niet erg,
want hij heeft een van zijn sterke armen om mijn middel
geslagen en hij houdt me omhoog, zelfs wanneer ik mijn
lichaam achteroverbuig en mijn keel weerloos aan hem
blootstel.
'Mary', fluistert hij in mijn hals.
Ik voel me zo vredig, zo sereen – iets wat ik in jaren niet heb
gevoeld, niet sinds mijn moeder is gestorven – dat mijn
oogleden vanzelf dichtvallen...
Het volgende ogenblik raakt iets kouds en nats me in de nek.
'Huh', zeg ik verbaasd en ik open mijn ogen. Ik duw een
hand weg en zie een helder vocht op mijn vingers glinsteren.

'Sorry', schreeuwt Adam van waar hij staat, enkele meters bij me vandaan, met zijn armen gestrekt voor hem en de loop van zijn 9mm Beretta waterpistool recht op mij gericht. 'Ik heb mijn doel gemist.'

Een ogenblik later hap ik naar lucht wanneer een dikke wolk van bijtende, brandende rook mijn gezicht omhult. Hoestend strompel ik weg van de man die me, slechts enkele seconden daarvoor, zo teder in zijn armen had gehouden en die nu tastte naar zijn smeulende borstkas.

'Wat...' stottert Sebastian Drake terwijl hij heftig klopt op de vlammen die uit zijn borstkas slaan. 'Wat is dat?'

'Gewoon een beetje heilig water, mijn vriend', zegt Adam terwijl hij blijft schieten naar Drake. 'Kan je niet deren. Tenzij je natuurlijk lid bent van de schijndoden. Wat je, het spijt me voor jou, ook blijkt te zijn.'

Een seconde later ben ik terug bij mijn zinnen en grijp ik onder mijn jurk naar de staak.

'Sebastian Drake', sis ik wanneer hij vlak voor me op zijn knieën zakt, huilend van de pijn. *Dit is voor mijn moeder.*

En ik duw het handgesneden stuk esdoornhout diep in de plaats waar zijn hart zou moeten zitten.

Als hij er al een had.

'Ted', zegt Lila op een zoete toon tegen haar vriendje, die met zijn hoofd in haar schoot op de plastic bank ligt.

'Ja?' vraagt Ted terwijl hij smachtend naar haar kijkt.

'Nee', zegt Lila. 'Dat wil ik als tatoeage wanneer ik de volgende keer in Cancún ben. In mijn lenden. Het woord *Ted*. Zodat iedereen vanaf nu weet dat ik bij jou hoor.'

'Oh, *schatje*', zegt Ted. En hij trekt haar hoofd naar beneden zodat hij haar kan kussen.

'Oh, mijn god', zeg ik en ik draai mijn hoofd weg.

'Ja, ik weet wat je bedoelt.' Adam heeft net een fluorescerende bowlingbal op de discobaan gegooid. 'Ik vond haar bijna leuker toen ze betoverd was door Drake. Maar waarschijnlijk is dit wel beter voor haar. Ted zal haar niet zo kwetsen als Sebastian. Dat was een *strike*, trouwens. Voor het geval je het niet gezien hebt.' Hij glijdt naast me op de bank en kijkt naar het scoreblad in het schijnsel van de lamp boven mijn hoofd. 'En, wat vind je ervan? Ik ben overduidelijk aan het winnen.'

'Eigen lof stinkt', zeg ik. Hoewel ik moet toegeven dat hij zich wel in een positie bevindt waarin hij mag opscheppen. En dan heb ik het niet alleen over een overwinning op de Night Strike bowling.

'Vertel het me nu eens', zeg ik wanneer hij opstaat en eindelijk het strikje van zijn smoking losmaakt. Zelfs in de bizarre discoverlichting van de Bowlmor Lanes – de bowlingbaan waar we naartoe zijn gevlucht na het schoolbal, met een taxi die ons maar liefst negen dollar heeft gekost – ziet Adam er buitengewoon knap uit. 'Waar heb je dat gewijd water gehaald?'

'Jij had daar toch twee flesjes van aan Ted gegeven?' zegt Adam enigszins verbaasd. 'Weet je nog?'

'Maar hoe ben je op het idee gekomen om dat water in het waterpistool te doen?' vraag ik. Ik duizel nog steeds een beetje van de gebeurtenissen eerder op de avond. Bowlen is leuk, dat wel. Maar het stelt natuurlijk niets voor vergeleken met het vermoorden van een tweehonderd jaar oude vampier op een schoolbal.

Alleen jammer dat hij als een kaars uitdoofde en tot as verging in de tuin, waar alleen Adam en ik het konden zien.

We zouden zeker tot koning en koningin van het bal zijn verkozen in plaats van Lila en Ted, die hun kroontje nog op hun hoofd hebben... hoewel de trofeeën al een beetje zijn scheefgezakt, van al dat zoenen.

'Ik weet het niet echt, Mare', zegt Adam terwijl hij zijn score invult. 'Het leek me gewoon een goed idee op dat moment.'

Mare. Nog nooit heeft iemand me Mare genoemd.

'Maar hoe wist je het?' vraag ik. 'Dat Drake...? Ik bedoel, hoe kon je weten dat ik niet deed alsof om hem in slaap te wiegen met een vals gevoel van veiligheid?'

'Boven op het feit dat hij op het punt stond om in je nek te bijten?' Adam fronst zijn donkere wenkbrauwen. 'En dat je helemaal niets deed om hem tegen te houden? Wees gerust, ik had een redelijk goed idee van wat er aan het gebeuren was.'

'Ik zou me losgetrokken hebben', verzeker ik hem met een vertrouwen dat ik eigenlijk niet voel, 'zodra ik zijn tanden zou hebben gevoeld.'

'Nee', zegt Adam. Hij grijnst naar me en zijn gezicht licht op door de lamp boven het tafeltje. De rest van de bowlingbaan is gehuld in het donker, behalve de ballen en kegels, die gloeien in een spookachtig, fluorescerend licht.

'Niet waar. Geef het toe, Mary. Je had me nodig.'

Zijn gezicht is heel dicht bij het mijne – dichter dan dat van Sebastian Drake ooit was geweest.

Maar in plaats van het gevoel te hebben dat ik zou kunnen verdrinken in zijn blik, voelt het nu aan alsof ik ga smelten. Mijn hart slaat over.

'Mja', zeg ik terwijl mijn blik naar zijn lippen wordt getrokken. 'Ik denk dat dat wel een beetje waar is.'

'We zijn een goed team', zegt Adam. Zijn blik, ik zie het,

dwaalt ook naar mijn mond. 'Denk je ook niet? Ik bedoel, met het oog op de apocalyptische gebeurtenis die ons te wachten staat? Wanneer de vader van Drake ontdekt wat we vanavond hebben gedaan?'

Ik hap naar adem.

'Je hebt gelijk', roep ik. 'Oh, Adam! Hij zal niet alleen op zoek gaan naar mij. Hij zal ook op zoek gaan naar jou!'

'Weet je', zegt Adam en zijn blik dwaalt verder, voorbij mijn mond, naar beneden. 'Ik vind je jurk echt prachtig. Vooral in combinatie met die bowlingschoenen.'

'Adam', zeg ik. 'Dit is ernstig. Dracula kan elk moment neerdalen over Manhattan en wij zijn onze tijd aan het verspillen met *bowlen*. We moeten ons klaarmaken. We moeten een tegenaanval voorbereiden. We moeten...'

'Mary', zegt Adam. 'Dracula kan wel even wachten.'

'Maar...'

'Mary', zegt Adam. 'Zwijg.'

En ik zwijg. Omdat ik te druk bezig ben met hem terug te kussen, om ook maar aan iets anders te kunnen denken.

Hij heeft trouwens gelijk. Dracula kan wel even wachten.

Lauren Myracle

De corsage

*Lezers, dit is een waarschuwing. Ik liet me voor dit verhaal
inspireren door* The Monkey's Paw. *Dat boek van W.W. Jacobs
werd voor het eerst uitgegeven in 1902. Het heeft me de stuipen
op het lijf gejaagd toen ik een tiener was. Wees voorzichtig met
wat je wenst, altijd.* – LAUREN MYRACLE

Buiten gierde de wind rond het huis van Madame Zanzibar.
Een losgekomen regenpijp sloeg tegen de zijgevel. Het was
nog maar vier uur in de namiddag en toch was de hemel
donker. In de bont gedecoreerde wachtkamer schenen drie
heldere lampen, elk gedrapeerd met een juweelkleurige sjaal.
Het robijnrode schijnsel van de ene lamp lichtte Yun Suns
ronde gezicht warm op. De lamp ernaast maakte blauw-
paarse vlekken op de huid van Will.
'Jij ziet eruit alsof je net uit je graf bent opgestaan', zei ik
tegen hem.
'Frankie', wees Yun Sun me terecht. Ze maakte met haar
hoofd een beweging in de richting van het gesloten kantoor
van Madame Z. Ik vermoedde dat ze bezorgd was dat die me
zou horen en zich beledigd zou voelen. Er hing een rood,
plastic aapje aan de deurknop van het kantoor, het teken dat

Madame Z bezig was met een klant. Dadelijk was het onze beurt.

Will rolde met zijn ogen zodat alleen het oogwit nog zichtbaar was. 'Ik ben een *Pod*', kreunde hij. Hij strekte zijn armen uit naar ons. 'Geef me jullie hart en lever.'

'Oh, nee. De *Pod* heeft bezit genomen van Will.' Ik greep Yun Suns arm. 'Snel, geef hem jouw hart en lever zodat hij mij met rust laat!'

Yun Sun trok zich los. 'Niet grappig', zei ze op een monotone en tegelijk dreigende toon. 'En als je niet vriendelijk tegen me bent, vertrek ik.'

'Doe niet zo flauw', zei ik.

'Ik zet mij recht op mij donderdijen en ik loop zo de deur uit. Wees daar maar zeker van.'

Yun Sun was in een 'mijn-benen-zijn-te-dik'-stemming, enkel en alleen omdat haar baljurk een beetje moest worden vergroot. Zij had tenminste een baljurk. Bovendien was ze er zeker van dat ze die zou dragen.

'Beuh', mompelde ik. Haar humeurigheid bracht ons hele plan in gevaar en dat plan was precies de reden waarom we hier waren. De avond van het schoolbal kwam beangstigend dichtbij. Ik wilde echt niet het trieste meisje zijn dat alleen thuiszat terwijl de rest van de wereld in blitse jurken uit de bol ging en gekke danspasjes maakte op spectaculaire hakken van tien centimeter hoog. Dat weigerde ik. Vooral omdat ik in mijn hart wist dat Will me wilde vragen. Hij had alleen een kleine aanmoediging nodig.

Ik praatte wat zachter terwijl ik naar Will lachte met een gezicht van *la-la-la, niks aan de hand, alleen maar meisjesgeklets*! 'Dit was een idee van ons twee, Yun Sun. Weet je nog?'

'Nee, Frankie, het was jouw idee', zei ze. En zij praatte *niet* stiller. 'Ik heb mijn afspraakje al vast, ook al zal hij worden doodgedrukt door mijn dijen. Jij bent degene die hoopt op een lastminutemirakel.'

'Yun Sun!' Ik wierp een blik op Will, die begon te blozen. Gemene Yun Sun om dat zo open en bloot op tafel te gooien. Hoe ongevoelig en trouweloos!

'Au', gilde ze. Ik had haar een mep gegeven.

'Ik ben razend op je', zei ik.

'Houd toch op met die terughoudendheid. Je wilt toch dat hij je mee uit vraagt, of niet soms?'

'Oesj!'

'Wat scheelt jullie?' vroeg Will. Zijn adamsappel wipte op en neer. Dat gebeurde altijd als hij nerveus was. Hm, dat aantrekkelijke beeld prikkelde mijn fantasie. Een wippende adamsappel deed me denken aan wippen met Adam.

Maar waar waren we gebleven? Will had dus een adamsappel en wanneer die op en neer ging in zijn keel, vond ik dat ongelooflijk aantrekkelijk. Hij zag er dan zo kwetsbaar uit.

'Ze heeft me geslagen', meesmuilde Yun Sun.

'Ze verdiende het', repliceerde ik. Maar meer wilde ik niet zeggen, want misschien had ik al te veel gezegd. En dus gaf ik een klopje op Yun Suns helemaal niet zo dikke been en zei: 'Ik vergeef het je. En zwijg er nu over.'

Iets wat Yun Sun totaal niet begreep – of liever, wat ze wel begreep maar totaal niet in de praktijk bracht – was dat niet alle dingen hardop gezegd hoeven te worden. Ja, ik wilde dat Will me meevroeg naar het bal en ik wilde dat hij dat snel zou doen, want 'Een lente vol liefde' was al binnen twee weken.

Akkoord, de naam van het bal was misschien wat lullig, maar

de lente wás wel het seizoen van de liefde. Dat was een onbetwiste waarheid. Net zoals Will mijn eeuwige liefde was. Als hij nu maar eens verlost raakte van zijn verlegenheid en eindelijk eens een stap zette. Genoeg gezellige schouderklopjes en giechelende kieteloorlogen! Genoeg geplaag en geschreeuw, dat we imiteerden uit *The Body Snatchers* of *They Come from the Hills!* Zag Will nu niet dat ik klaar was voor het echte werk?

Hij had het bijna gevraagd, vorig weekend, ik ben er honderd procent zeker van. We hadden naar *Pretty Woman* gekeken, een meeslepende romance, die ook bij de twintigste vertoning nog grappig en boeiend is. Yun Sun was naar de keuken gegaan voor wat hapjes en had ons alleen gelaten.

'Euh, Frankie?' had Will gezegd. Hij trommelde met zijn voet op de vloer en zijn vingers spanden zich tegen zijn jeans. 'Mag ik je iets vragen?'

Welke naïeveling dan ook wist wat er ging komen, want als hij had gewild dat ik het volume hoger zou draaien had hij gewoon gezegd: 'Hé, Frankie, zet eens wat harder.' Gewoontjes. Direct. Geen inleiding nodig. Maar aangezien er een inleiding *was*...

Wat had hij me anders kunnen vragen dan: 'Wil je met me naar het schoolbal gaan?' De eeuwige verrukking was nabij, hier en nu.

En toen had ik het verknald. Zijn manifeste zenuwachtigheid had een acute kortsluiting in mijn eigen hoofd veroorzaakt en in plaats van af te wachten was ik snel van onderwerp veranderd.

OMDAT IK EEN FREAK BEN.

'Kijk, zo moet dat!' had ik gezegd en ik had naar de tv gewezen. Richard Gere galoppeerde op zijn witte hengst –

eigenlijk een limo – naar het kasteel van Julia Roberts, dat in wezen een krottig appartement op de derde verdieping was. We zagen hoe Richard op dat moment van het platte dak klom en zich op de brandladder waagde, enkel en alleen om de eeuwige affectie van zijn geliefde voor zich te winnen.

'Eindelijk eens geen zoet, plakkerig "Ik-vind-je-wel-schattig"-gewauwel', was ik op mijn elan voortgegaan. Ik was pure onzin aan het uitkramen en ik wist het.

'We hebben het over actie, schatje. Echte grote gebaren van liefde.'

Will had geslikt. En had gezegd: 'Oh.' Hij had met zijn ogen geknipperd op een geschrokken, teddybeerachtige manier terwijl hij naar Richard Gere keek en onmiskenbaar dacht dat hij hem nooit, nooit zou kunnen evenaren.

Ik had naar de televisie gestaard, in het besef dat ik mijn afspraakje voor het bal domweg zelf had gesaboteerd. Ik was niet uit op 'grote gebaren van liefde'. Ik wilde alleen Will. En briljant als ik was, had ik hem nu compleet afgeschrikt. Want in realiteit was ik gewoon nog een grotere schijtluis dan hij. Maar genoeg daarover – al was het wel de reden waarom we hier nu bij Madame Zanzibar zaten. Want zij zou onze toekomst voorspellen en tenzij ze een compleet leeghoofd was, zou ze als neutrale observator formeel meedelen wat overduidelijk was: Will en ik waren voor elkaar bestemd. En als hij het haar zo evident hoorde zeggen, zou hij de moed vinden om het opnieuw te proberen. Hij zou me vragen voor het bal en deze keer zou ik hem niet onderbreken, al viel ik erbij neer.

Het plastic aapje aan de deurknop trilde.

'Kijk, het beweegt', fluisterde ik.

'Oh', zei Will.

Een zwarte man met sneeuwwit haar schuifelde het kantoor uit. Hij had geen tanden, waardoor het onderste deel van zijn gezicht er heel gerimpeld uitzag, net als een gedroogde pruim.

'Kinderen', zei hij en hij raakte zijn hoed aan.

Will stond op en deed de voordeur voor hem open. Zo een jongen is hij nu eenmaal. Een windstoot blies de man bijna omver en Will hield hem overeind.

'Woeah', zei Will.

'Bedankt, zoon', antwoordde de oude man. De woorden kwamen er wat papperig uit, aangezien hij geen tanden had. 'Ik denk dat ik er beter vandoor kan gaan voor de storm binnenwaait.'

'Ik denk dat hij al is binnengewaaid', zei Will. Langs de oprit kraakten en zwiepten de boomtakken.

'Dit flodderwindje?' zei de oude man. 'Ach, dit is maar een baby'tje dat wakker wordt en honger heeft. Het zal vanavond nog veel erger worden, geloof me maar.' Hij staarde ons aan. 'Dus, kinderen, zouden jullie niet beter snel naar huis gaan waar het veilig en warm is?'

Aan de ene kant was het moeilijk om je beledigd te voelen wanneer een tandeloze oldtimer je 'kinderen' noemde. Aan de andere kant was het wel de tweede keer in twintig seconden.

'Wij zijn leerlingen van een middelbare school', zei ik. 'Wij kunnen wel voor onszelf zorgen.'

Zijn lach deed me aan dode bladeren denken.

'Ook goed', zei hij. 'Je zult het zelf wel het beste weten.'

Hij slofte naar de veranda en Will deed de deur achter hem dicht.

'Gekke, oude lul', hoorden we een stem achter ons zeggen.

Madame Zanzibar stond in de deur van haar kantoor. Ze droeg een knalroze Juicy Couture-joggingbroek met een bijpassend felroze topje, opengeritst tot aan haar sleutelbeen. Haar borsten waren vol en stevig en stonden verbazingwekkend koket vooruit, vooral als je zag dat ze geen beha droeg. Haar oranje lippenstift paste perfect bij haar nagels en bij het uiteinde van de sigaret die ze tussen twee vingers hield.

'Nou, blijven we buiten staan of komen we binnen?' vroeg ze. 'Onthullen we de geheimen van het leven of laten we ze ongemoeid?'

Ik stond op uit mijn stoel en trok Yun Sun met me mee. Will volgde ons. Madame Z ging ons voor in haar kantoor en wij persten ons samen op een overdadig gestoffeerde bank. Will besefte dat die situatie niet houdbaar was en ging op de vloer zitten. Ik wriemelde opzij om Yun Sun wat meer ruimte te geven.

'Zie je wel? Het zijn net worstjes', zei ze en ze wees naar haar dijen.

'Schuif op', beval ik haar.

'Goed', zei Madame Z, die nu tegenover ons zat, achter een tafeltje. Ze trok aan haar sigaret. 'Wat kan ik voor jullie doen?'

Ik beet op mijn lip. Hoe moest ik het uitleggen? 'U bent een psych, dat klopt?'

Madame Z blies een wolkje rook uit. 'Jezus, Sherlock, jij hebt zeker de advertentie in de Gouden Gids gelezen?'

Ik bloosde maar voelde me ook wel wat boos worden. Mijn vraag was bedoeld om de conversatie te openen. Had ze misschien een probleem met openingszinnen? Trouwens, als ze een echte psycholoog was, had ze dan al niet moeten weten waarom ik hier was?

'Euh... oké. Ook goed. Wat ik me afvroeg...'

'Ja? Gooi het eruit.'

Ik verzamelde al mijn moed. 'Ik vraag me af of een bepaalde persoon mij een bepaalde vraag gaat stellen.' Ik keek met opzet niet naar Will, maar ik kon horen dat hij verrast was. Dat had hij niet zien aankomen.

Madame Z drukte twee vingers tegen haar voorhoofd en toverde het wit van haar ogen tevoorschijn. 'Hmm', zei ze. 'Hmm. Wat ik doorkrijg is een beetje vaag. Ik zie passie, ja...'

Yun Sun giechelde. Will slikte hoorbaar.

'...maar ik zie ook... hoe zou ik het zeggen? Bemoeilijkende factoren.'

Jezus, bedankt, Madame Z, dacht ik. *Kunnen we hier iets dieper op ingaan? Geef me iets waar ik iets mee kan doen.*

'Maar gaat hij ook – ik bedoel, de persoon – *handelen* naar zijn passie?' Ik was assertief, ondanks de knopen in mijn maag.

'Doet hij het of doet hij het niet... dat is de vraag?' zei Madame Z.

'Dat is inderdaad de vraag.'

'Ah! Dat is altijd de vraag. En wat je je moet afvragen...' Ze brak haar zin af. Haar blik gleed naar Will en ze verbleekte.

'Wat?' vroeg ik.

'Niets', zei ze.

'Wel iets', zei ik snel. Ik trapte niet in haar boodschap-van-de-geesten-optreden. Wilde ze ons laten geloven dat ze plotseling bezeten was? Dat ze ineens een zuiver en krachtig visioen had gekregen? Mij goed. Laat ze maar op de proppen komen met het antwoord!

Madame Z deed alsof ze weer bij haar zinnen kwam en bij die heropleving hoorde een lange, theatrale trek aan haar sigaret. Ze keek doods naar me en zei: 'Wanneer een boom in het woud omvalt en er is niemand die het hoort, maakt het dan ook geluid?'

'Wablief?' zei ik.

'Meer heb ik niet voor je. Te nemen of te laten.' Ze zag er extreem opgewonden uit, dus ik koos voor het eerste. Ik trok grote koekoeksogen achter haar rug naar Yun Sun.

Will zei dat hij niet echt een vraag had, maar Madame Z wilde hem toch absoluut een boodschap doorgeven. Ze zwaaide met haar handen over zijn aura en waarschuwde hem streng voor hoogtes. Niet eens zo ongepast, want Will is een verwoed klimmer. Wills reactie daarentegen was wel verwonderlijk. Eerst haalde hij zijn wenkbrauwen op en daarna verscheen er een andere emotie, een soort van geheimzinnig binnenpretje. Hij knipoogde naar me en bloosde.

'Wat is er aan de hand?' vroeg ik. 'Je kijkt zo geheimzinnig.'

'Excuus', zei hij.

'Wat is er dat je ons niet vertelt, Will Goodman?'

'Niets. Ik zweer het.'

'Doe geen domme dingen, jongen!' herhaalde Madame Z. 'Luister naar wat ik je zeg.'

'U hoeft zich geen zorgen te maken over hem', zei ik. 'Hij is een absolute Mijnheer Veilig.' Ik keek weer naar Will. 'Zeg op. Heb je een fantastische nieuwe klimplek ontdekt? Een maagdelijk niet-beklommen massief?'

'Het is nu de beurt aan Yun Sun', zei Will. 'Vooruit, Yun Sun.'

'Kunt u handlezen?' vroeg Yun Sun aan Madame Z.

Madame Z blies een wolkje rook uit. Ze leek er nauwelijks

met haar gedachten bij terwijl ze met haar vinger over het mollige kussentje onder Yun Suns duim gleed.

'Je zult zo mooi worden als je zelf wilt', zei ze. Dat was het. Tot zover haar parels van wijsheid.

Yun Sun zag er even verbaasd uit als ik en ik had veel zin om uit naam van ons alle drie te protesteren. Ik bedoel, was dit ernstig? Een boom in het woud? Wees voorzichtig op hoogtes? Je zult zo mooi worden als je jezelf toelaat? Zelfs al zette ze af en toe enkele licht overtuigende spirituele gestes neer, we werden alle drie gewoon belazerd. Zeker ik.

Maar voor ik iets kon zeggen, ging de telefoon op haar bureau. Madame Z nam op en drukte op de spreektoets.

'Madame Zanzibar, tot uw dienst', zei ze. Haar gelaatsuitdrukking veranderde terwijl ze luisterde naar de persoon aan de andere kant van de lijn, wie dat ook mocht zijn. Ze klonk kordaat en geïrriteerd. 'Nee, Silas! Dat noemen ze een... ja, zeg het maar, een schimmelinfectie. *Schimmel*infectie.'

Yun Sun en ik deelden een blik van afgrijzen, hoewel – ik kon er niets aan doen – ik ook wel enige vrolijkheid voelde opborrelen. Niet omdat Madame Z een schimmelinfectie had. Alsjeblieft, bah. Maar omdat ze dit aan het bespreken was met Silas, wie dat ook mocht zijn, terwijl wij allemaal zaten mee te luisteren. *Nu* werd ons bezoekje zijn geld waard. 'Zeg tegen de apotheker dat het de tweede keer deze maand is', mopperde Madame Z. 'Ik heb iets sterkers nodig. Wat? Tegen de jeuk, idioot! Tenzij hij wil komen krabben in mijn plaats!' Ze draaide rond op haar stoel en sloeg het ene Juicy Couture-been over het andere.

Will keek me aan met een gealarmeerde blik.

'Ik wil niet in haar plaats krabben', fluisterde hij redelijk luid.

'Ik weiger!'

Ik lachte en vond het een goed teken dat hij indruk op me probeerde te maken. De Madame Z-ervaring was voorlopig niet gelopen zoals gepland, maar wie weet? Misschien zou dit plan uiteindelijk toch het gewenste resultaat opleveren. Madame Z wees naar me met het uiteinde van haar sigaret en ik trok snel mijn kin naar beneden, alsof ik me al meteen wilde excuseren.

Om mezelf af te leiden richtte ik mijn aandacht op het vreemde en gevarieerde aanbod op haar boekenplanken. *De Magie van het Alledaagse* en *Wat als de Doden spreken – En je niet wilt luisteren?*

Ik porde Will met mijn knie en wees ernaar. Hij deed alsof hij de arme, gestorven sukkelaar van het boek verstikte. Ik ergerde me aan hem.

Boven de boeken stond een bizarre verzameling objecten: een fles met rattenvergif, een ouderwetse monocle, een kan met afgeknipte vingernagels – of zo leek het toch –, een bevlekte Starbucks-beker en een konijnenpoot met de klauwen er nog aan. En op de plank daarboven stond...

Oh, schattig.

'Is dat een schedel?' vroeg ik aan Will.

Will floot. 'Hemeltje, kemeltje.'

'Oké', zei Yun Sun en ze wendde haar ogen af. 'Als dat echt een schedel is, wil ik het niet weten. Zijn we dan nu weg?'

Ik nam haar hoofd tussen mijn handen en draaide het in de goede richting. 'Kijk. Er staat nog haar op.'

Madame Z gooide de telefoon dicht. 'Onnozelaars, allemaal', zei ze. Haar bleekheid was verdwenen. Blijkbaar had het telefoontje met Silas haar angst bezworen.

'Ha! Ik zie dat jullie Fernando hebben ontdekt!'

'Is die schedel van hem?' vroeg ik. 'Van Fernando?'

'Oh, mijn god', kreunde Yun Sun.

'Helemaal naar de oppervlakte gekropen op de begraafplaats in Chapel Hill', zei Madame Z. 'Zijn kist, bedoel ik. Krap houten ding, moet dateren van de vroege jaren negentienhonderd. Niemand die voor hem kon zorgen, dus heb ik me over hem bekommerd en hem hierheen gebracht.'

'U hebt de kist opengemaakt?' zei ik.

'Yep.' Ze leek trots. Ik vroeg me even af of ze haar Juicy Couture-legging ook had gedragen toen ze het lijk had opgegraven.

'Hoe wansmakelijk dat het nog haar heeft', zei ik.

'Dat *hij* nog haar heeft', zei Madame Z. 'Je mag wel wat respect tonen.'

'Ik wist niet dat lijken nog haar hadden, iets anders bedoelde ik er niet mee.'

'Geen huid', zei Madame Z. 'De huid begint onmiddellijk te rotten, en geloof me, die stank wil je niet kennen. Maar haar? Soms blijft het nog weken groeien nadat de overledene is overgegaan.'

'Jezus.' Ik tastte naast me naar beneden en bracht Wills honingkleurige krullen in de war. 'Hoor je dat, Will? Het haar blijft soms nog groeien.'

'Niet te geloven', zei hij.

'En wat is dat daar?' vroeg Yun Sun en ze wees naar een doorschijnend tupperwaredoosje waarin een roodachtig orgaan of iets wat erop leek in een heldere vloeistof dreef. 'Zeg me alstublieft niet dat dat ook iets van Fernando is. Alstublieft *niet*.'

Madame Z wuifde met haar hand, alsof ze wilde zeggen *Ben je gek*.

'Dat is mijn baarmoeder. Heb ik aan de dokter gevraagd nadat hij die had verwijderd.'

'Uw baarmoeder?' Yun Sun zag er ziek uit.

'Je denkt toch niet dat ik die in de verbrandingsoven heb laten gooien?' zei Madame Z. 'Geen denken aan.'

'En dat daar?' Ik wees naar een verdroogd hoopje op de hoogste plank. Dit ik-wijs-het-aan-en-jij-benoemt-het-spelletje was veel leuker dan de voorspellingen.

Madame Z volgde mijn blik. Ze deed haar mond open en sloot hem dan weer. 'Dat is niets', zei ze beslist, maar ik kon zien dat ze haar blik moeilijk kon afwenden. 'Dus, dan zijn we klaar hier?'

'Toe.' Ik vouwde mijn handen als in gebed. 'Vertel ons wat het is.'

'Dat wil je niet weten', zei ze.

'Jawel', zei ik.

'Ik niet', zei Yun Sun.

'Jawel', zei ik. 'En Will wil het ook weten. Nietwaar, Will?'

'Erger dan de baarmoeder kan het niet zijn', zei hij.

Madame Z kneep haar lippen dicht.

'Alstublieft', smeekte ik.

Ze brabbelde iets over stomme pubers en dat ze niet van plan was om de schuld op zich te nemen, wat er ook gebeurde.

Toen stond ze op en reikte naar de bovenste plank. Haar borsten wiebelden niet, maar bleven stevig en recht onder haar topje zitten. Ze haalde de klomp eraf en legde hem voor ons op de tafel.

'Oh', fluisterde ik. 'Een corsage.' Broze rozenknopjes waarvan de randjes bruin en papierachtig waren. Takjes grauw gipskruid, die zo verdroogd waren dat er fijne, stoffige draadjes afvielen. Een verkleurd, rood lint hield het allemaal bijeen.

'Een Franse boerin heeft er een vloek over uitgesproken', zei Madame Z op een toon die moeilijk te ontleden was. Het was alsof ze gedwongen werd om deze woorden uit te spreken maar dat ze dat eigenlijk niet wilde. Of, nee. Het was eerder alsof ze het wel wilde maar er zich probeerde tegen te verzetten. 'Ze wilde laten zien dat echte liefde wordt geleid door het lot en dat eenieder die dat tracht te beïnvloeden, dat doet op eigen risico.'

Ze wilde de corsage terugleggen.

'Wacht!' riep ik. 'Hoe werkt het? Wat doet het?'

'Dat vertel ik niet', zei ze star.

'Dat vertelt u niet?' herhaalde ik. 'Hoe oud bent u? Vier?'

'Frankie!' zei Yun Sun.

'Jij bent net als alle anderen, nietwaar?' zei Madame Z tegen mij. 'Tot alles bereid voor een vriendje? Wanhopig smachtend naar een hartstochtelijke romance, tot elke prijs?'

Ik voelde dat ik begon te blozen. Maar nu waren we er, eindelijk.

Vriendjes. Romantiek. Er brandde hoop in mijn hart.

'Vertel het haar gewoon,' zei Yun Sun, 'of we gaan hier nooit weg.'

'Niets daarvan', hield Madame Z vol.

'Ze kan niets vertellen want ze verzint alles', zei ik.

De ogen van Madame Z schoten vuur. Ik had haar uitgedaagd. Dat was misschien niet netjes, maar iets zei me dat ze dit verhaal *niet* verzonnen had. En ik wilde het echt weten.

Ze legde de corsage in het midden van de tafel. Ik bleef stilletjes zitten.

'Drie personen, drie wensen elk', deelde Madame Z mee.
'Dat is de magie.'

Yun Sun, Will en ik keken naar elkaar en barstten toen in lachen uit. Het was bespottelijk en tegelijk perfect: de storm, de oude gek, en nu deze onheilspellende aankondiging.

Maar de manier waarop Madame Z naar ons keek, deed ons gelach snel verstommen. Vooral de manier waarop ze naar Will keek.

Hij probeerde er opnieuw de sfeer in te brengen.

'En waarom gebruikt u de corsage dan niet?' vroeg hij, in de rol van hulpvaardige en beleefde tiener.

'Dat heb ik gedaan', zei ze. Haar oranje lippenstift leek één grote vlek.

'En... zijn uw drie wensen ingewilligd?' vroeg ik.

'Alle drie', zei ze vlak.

Niemand van ons begreep wat ze bedoelde.

'En heeft iemand anders er al gebruik van gemaakt?' vroeg Yun Sun.

'Eén mevrouw. Ik weet niet wat haar eerste twee wensen waren, maar de laatste was een doodswens. Zo heb ik de corsage in mijn bezit gekregen.'

Daar zaten we, helemaal overweldigd. De situatie voelde niet echt aan, maar toch zaten we daar echt.

'Maatje, dit is griezelig', zei Will.

'Maar... waarom houdt u de corsage bij u?' vroeg ik. 'Als uw drie wensen toch zijn opgebruikt?'

'Schitterende vraag', zei Madame Z nadat ze enkele seconden naar de corsage had zitten staren. Ze haalde een turkooizen aansteker uit haar zak en stak een vlammetje aan. Ze nam de corsage van de tafel, vastberaden, alsof ze eindelijk iets ging doen waar ze heel lang over had nagedacht.

'Nee!' gilde ik en ik trok de corsage uit haar handen. 'Geef ze aan mij als u ze niet wilt!'

'Nooit. Ze moet worden verbrand.'

Ik sloot mijn vingers om de rozenblaadjes. Ze voelden aan als de rimpelige kaak van mijn grootvader, waar ik over wreef als ik bij hem op bezoek was in het verzorgingstehuis.

'Jij begaat een vergissing', waarschuwde Madame Z. Ze strekte zich uit om het verdroogde bundeltje weer in haar bezit te krijgen, maar plotseling trok ze haar hand als in een stuiptrekking terug. Ik voelde dezelfde inwendige tegenstrijdigheid als toen ik haar aanzette om over de corsage te vertellen. Het leek alsof de corsage een soort van macht over haar had.

Een belachelijke veronderstelling natuurlijk.

'Het is nog niet te laat om je lot te veranderen', zei ze.

'En welk lot zou dat dan zijn?' zei ik. Mijn stem trilde. 'Het lot waarbij er een boom omvalt in het bos? Maar ik, sukkel, heb oordopjes in mijn oren?'

Madame Z staarde me aan met haar zwaar aangezette ogen. De huid eromheen was zo dun als crêpepapier en ik besefte dat ze ouder was dan ik eerst had gedacht.

'Jij bent een brutaal en onbeleefd kind. Je verdient een pak slaag.' Ze leunde achterover in haar draaistoel en ik voelde – knip, ineens – dat ze zich had bevrijd uit de ongezonde, vreemde greep van de corsage. Of misschien had de corsage daar zelf voor gezorgd? 'Houd ze, het is jouw beslissing. Ik ben niet verantwoordelijk voor wat er verder gebeurt.'

'Hoe gebruik ik ze?' vroeg ik.

Ze snoof.

'Toe', smeekte ik. Ik wilde helemaal geen kreng zijn. Het was alleen zo ontzettend belangrijk. 'Als u het me niet zegt, doe ik het waarschijnlijk helemaal verkeerd. Dan zal ik waarschijnlijk... ik weet niet... de hele wereld vernietigen.'

'Frankie, stop ermee', fluisterde Will.

Ik schudde mijn hoofd. Ik kon het niet.

Madame Z klakte met haar tong en keek me gespannen aan. Ze vond me waarschijnlijk dom en dwaas. Ach, ze mocht denken wat ze wilde.

'Je houdt de corsage in je rechterhand en je spreekt hardop je wens uit', zei ze. 'Maar ik waarschuw je, er zal niets goeds gebeuren.'

'U hoeft niet zo negatief te zijn', zei ik. 'Ik ben niet zo dom als u denkt.'

'Nee, je bent zelfs nog dommer', reageerde ze.

Will kwam tussenbeide, in een poging de situatie recht te trekken. Dat is Will ten voeten uit. Hij haat onaangename situaties. 'Dus... u zou de corsage niet opnieuw gebruiken, als u dat kon?'

Madame Z trok haar wenkbrauwen op. 'Zie ik eruit alsof ik nog iets te wensen heb?'

Yun Sun zuchtte hardop. 'Ach, ik zou wel een wens of twee kunnen gebruiken. Wens mij maar de dijen van Lindsey Lohan, als je wilt?'

Ik hield van mijn vrienden. Ze waren geweldig. Ik tilde de corsage op. Madame Z zuchtte en greep mijn pols vast.

'Wees nu toch even ernstig, meisje', schreeuwde ze. 'Als je iets gaat wensen, wens dan op zijn minst iets zinnigs!'

'Ja, Frankie', grijnsde Will. 'Denk aan die arme Lindsay – je wilt toch niet dat zij zonder dijen verder door het leven moet?'

'Ze zou haar kuiten toch nog hebben', zei ik.

'Maar waar zouden die dan aan vastzitten? En welke

filmproducer zal nog geïnteresseerd zijn in een meisje dat alleen uit een romp bestaat?'

Ik giechelde. Will was blijkbaar erg ingenomen met zichzelf.

Yun Sun zuchtte: 'Jongens, alsjeblieft.'

De ademhaling van Madame Zanzibar was heel onregelmatig. Ook al had ze net beslist dat ze niet verder voor me kon instaan, haar angst – toen ik de verwelkte rozenknopjes optilde – was niet verdwenen.

Ik legde de corsage heel voorzichtig in mijn handtas, zodat ze niet uiteenviel. Toen nam ik mijn portefeuille en betaalde Madame Z het bedrag dat ze had genoemd. Ik gaf haar snel de biljetten. Ze telde het geld en keek me toen aan met een doodvermoeide blik. Ze tuitte haar oranje lippen.

Goed dan, zei haar lichaamstaal. *Maar... wees voorzichtig.*

We gingen naar mij thuis om pizza te eten, want dat was ons ritueel op vrijdagavond. En op zaterdag en zondag eigenlijk ook vaker wel dan niet. Mijn ouders waren voor een half jaar op sabbat naar Botswana, dus Chez Frankie was een begeerde fuifstek. Alleen gaven we geen echte fuiven. Het had gekund: mijn huis ligt op kilometers van de stad, aan een onverharde, hobbelige weg, zonder klagende buren rondom ons. Maar Yun Sun, Will en ik verkozen elkaars gezelschap, met af en toe een bezoekje van Jeremy, Yun Suns vriendje. Jeremy vond Will en mij maar vreemd. Hij hield niet van ananas op zijn pizza en deelde ook onze filmsmaak niet. De regen kletterde op het dak van Wills pick-up, terwijl hij door de kronkelende bochten van Restoration Boulevard navigeerde. Langs de Krispy Kreme en de Piggly Wiggly en de watertoren van de gemeente, die zich naar de hemel uitstrekte in eenzame glorie. We zaten dicht op elkaar, met zijn drieën in de cabine, maar ik vond het niet erg. Ik zat in het midden. Wanneer Will moest schakelen, raakte hij mijn knie aan.

'Ha, het kerkhof', zei hij en knikte toen we de ijzeren poorten aan zijn linkerkant passeerden. 'Zullen we een moment stilte houden voor Fernando?'

'Ja, laten we dat doen', zei ik.

Een bliksemschicht verlichtte de rijen grafstenen en ik bedacht hoe angstaanjagend en verwarrend begraafplaatsen eigenlijk wel waren. Botten. Weggerotte huid. Kisten, die soms werden opgegraven.

Ik was blij toen ik thuis was. Ik ging in alle kamers het licht aansteken, terwijl Will de pizza's bestelde en Yun Sun een film zocht tussen de nieuwigheden van Netflix.

'Iets opgewekts, als het even kan?' riep ik vanuit de hal.

'Niet *Night Stalker*?' zei ze.

Ik ging naast haar zitten in de studeerkamer en rommelde mee in de stapel.

'Wat denk je van *High School Musical*? Helemaal niet griezelig.'

'Je maakt een grapje', zei Will, die zijn telefoongesprek had beëindigd. 'Sharpay en haar broer die dat sexy dansje doen met hun maracas? Dat vind jij niet griezelig?'

Ik lachte.

'Maar doe gerust, meiden, laat jullie eens goed gaan', zei hij. 'Ik moet nog even een boodschap doen.'

'Jij gaat weg?' zei Yun Sun.

'En de pizza dan?' vroeg ik.

Will deed zijn portefeuille open en legde een biljet van twintig dollar op de salontafel. 'Die komt eraan binnen een halfuur. Ik trakteer.'

Yun Sun schudde haar hoofd. 'Ik herhaal: jij gaat weg? Je blijft niet eens om te eten?'

'Ik moet dringend iets doen', zei hij.

Mijn hart verkrampte. Ik wilde hem zo graag hier houden, al was het maar voor eventjes. Ik snelde naar de keuken en haalde de corsage van Madame Z – correctie, *mijn* corsage – uit mijn handtas.

'Wacht tenminste even tot ik mijn eerste wens heb gedaan', zei ik.

Hij keek geamuseerd. 'Goed, wens maar.'

Ik aarzelde. De studeerkamer was warm en gezellig, de pizza was onderweg en ik had de twee beste vrienden ter wereld. Wat wilde ik nog meer?

Huh, het gretige deel van mijn hersens vertelde het me onmiddellijk. Het schoolbal natuurlijk. Ik wilde dat Will me uitnodigde voor het schoolbal. Misschien was het egoïstisch om al zoveel te hebben en toch nog meer te willen, maar die redenering duwde ik weg.

Want kijk naar hem, dacht ik. Die vriendelijke, bruine ogen, die scheve glimlach. Die ongelooflijk engelachtige krullen. De totale zachtheid en goedheid die Will uitstraalde.

Hij neuriede de titelsong uit *Jeopardy*! Ik hield de corsage omhoog.

'Ik wens dat de jongen die van me houdt, me meevraagt naar het schoolbal', zei ik.

'Daar hebben we het dan, jongens!' riep Will. Hij leek wel high. 'En welke jongen zou haar niet mee naar het schoolbal willen nemen, onze geweldige Frankie? Nu moeten we alleen nog afwachten, nietwaar, of haar wens zal...'

Yun Sun onderbrak hem. 'Frankie? Alles goed?'

'Ze bewoog', zei ik terwijl ik wegstapte van de corsage, die ik op de grond had gegooid. Mijn huid voelde klam. 'Ik zweer het, de corsage bewoog toen ik de wens uitsprak. En die geur? Ruiken jullie het ook?'

'Nee', zei ze. 'Welke geur?'

'Jij ruikt het toch, Will, of niet?'

Hij grinnikte en bevond zich duidelijk nog steeds in de euforische bui waarin hij verkeerde sinds... wel, sinds Madame Z hem had gewaarschuwd voor hoogtes. In de verte rommelde een donderslag. Hij duwde tegen mijn schouder. 'Dadelijk ga je de slechte wensfeeën nog de schuld geven van de storm, of niet soms?' zei hij. 'Of nog beter. Jij gaat vanavond slapen en morgenvroeg vertel je ons dat je onder je dekbed een gebocheld, gluiperig wezen met een verwrongen glimlach hebt gevonden.'

'Met de geur van rotte bloemen die uit zijn mond komt', zei ik. 'Ruik je het echt niet? Je houdt me niet voor de gek?'

Will haalde zijn sleutels uit zijn broekzak. 'Tot aan de andere kant, gekke grieten. En, Frankie?'

'Ja?'

Een nieuwe knal deed het huis daveren.

'De hoop niet opgeven', zei hij. 'De aanhouder wint.'

Ik keek door het raam hoe hij naar zijn truck spurtte. De regen kwam met bakken naar beneden. Toen staarde ik naar Yun Sun, terwijl een piepkleine gedachte al de andere verdrong.

'Heb je gehoord wat hij net zei?' Ik greep haar handen vast. 'Oh god, denk je dat het betekent wat ik denk dat het betekent?'

'Wat zou het *anders* kunnen betekenen?' zei Yun Sun. 'Hij gaat je uitnodigen voor het schoolbal. Hij wil gewoon... ik weet niet. Er een beetje een vertoning van maken!'

'Wat denk je dat hij gaat doen?'

'Geen idee. Een hemelschrijver inhuren? Een zingend telegram sturen?'

Ik gilde. Zij gilde. We sprongen als gekken rond.

'Ik moet het je nageven, dat wensgedoe was briljant', zei ze. Ze knipte met haar vinger om duidelijk te maken dat dat het duwtje was geweest dat Will nodig had. 'En de rotte bloemen? Zéér dramatisch.'

'Die heb ik echt geroken', zei ik.

'Ha ha.'

'Echt waar.'

Ze staarde naar me en schudde haar hoofd. Ze bekeek me onderzoekend.

'Het moet je verbeelding zijn geweest', zei ze.

'Dat zal dan wel', zei ik.

Ik raapte de corsage op van de vloer en hield ze opgewonden tussen mijn duim en wijsvinger. Ik ging naar de boekenplank en liet ze achter een rij boeken vallen, enigszins blij dat ze aan mijn zicht was onttrokken.

De volgende morgen trippelde ik de trap af, in de gekke hoop om... wat te vinden? Honderden M&M's die mijn naam vormden? Roze hartjes die op de ramen waren getekend? In plaats daarvan vond ik een dode vogel. Zijn schriele lichaampje lag op de deurmat, alsof hij tijdens de storm tegen de deur was gevlogen en de klap zijn hersens had verbrijzeld.

Ik schepte het vogeltje op met een handdoek en probeerde zijn zachte gewicht niet te voelen terwijl ik het buiten naar de vuilnisbak bracht.

'Het spijt me, kleine vogel, zo mooi en zacht', zei ik. 'Vlieg maar naar de hemel.' Ik gooide het in de container. De klep sloeg met veel lawaai dicht.

Ik ging weer naar binnen en hoorde de telefoon rinkelen. Waarschijnlijk Yun Sun die een update wilde. Ze was gisterenavond met Jeremy om elf uur vertrokken, nadat ik haar had beloofd dat ik onmiddellijk zou bellen wanneer Will zijn moedige stap had gezet.

'Hallo, lieve schat', zei ik nadat ik op de display had gezien dat zij het inderdaad was. 'Nog geen nieuws, sorry.'

'Frankie...' zei Yun Sun.

'Maar ik heb nog zitten denken aan Madame Z. Haar hele tart-het-noodlot-niet-theater.'

'Frankie...'

'Want hoe zou het feit dat Will me uitnodigt voor het bal tot iets slechts kunnen leiden?' Ik stapte naar de diepvriezer en haalde er een doos bevroren wafels uit. 'Zal er misschien spuug uit zijn mond komen dat aan me blijft kleven? Of zal hij me bloemen brengen en komt er dan een bij uit gevlogen die me steekt?'

'Frankie, houd op. Heb je niet naar het ochtendnieuws gekeken?'

'Op zaterdag? Dat denk ik niet.'

Yun Sun slikte.

'Yun Sun, ben je aan het *huilen*?'

'Gisterenavond... is Will op de watertoren geklommen', zei ze.

'Wat zeg je?!' De watertoren was op zijn minst negentig meter hoog en aan de voet stond een bord dat iedereen verbood om naar boven te klimmen. Will praatte er altijd over, dat hij graag eens naar boven wilde klimmen, maar hij was zo plichtsbewust dat hij het nog nooit werkelijk had gedaan.

'En de reling moet nat zijn geweest... of misschien heeft het gebliksemd, ze weten het nog niet precies...'

'Yun Sun. Wat is er gebeurd?'

'Hij was met verf iets op de toren aan het spuiten, de stomme idioot, en...'

'Met verf? *Will*?'

'Frankie, zwijg. Hij is gevallen! Hij is van de watertoren gevallen!'

Ik klemde de telefoon vast. 'God. Is alles in orde met hem?' Yun Sun snikte zo hevig dat ze even niets kon zeggen. Dat begreep ik, natuurlijk. Will was ook haar vriend. Maar nu moest ze zich even vermannen.

'Is hij in het ziekenhuis? Kan ik hem bezoeken? Yun Sun!'

Ik hoorde gehuil en dan een schuifelend geluid. Mevrouw Yomiko kwam aan de telefoon.

'Will is overleden, Frankie', zei ze. 'De val, de manier waarop hij neerkwam... hij heeft het niet gehaald.'

'Excuseer... wat zegt u?'

'Chen is onderweg om je op te halen. Je komt even bij ons logeren, goed? Zo lang als je wilt.'

'Nee', zei ik. 'Ik bedoel... ik denk niet...' De doos met wafels viel uit mijn handen. 'Will *is* niet dood. Will kan niet *dood* zijn.'

'Frankie, meisje', zei ze zacht met een oneindig trieste stem.

'Zeg dat niet', zei ik. 'Klink niet zo...' Ik kreeg mijn gedachten niet op orde.

'Ik weet dat je van hem hield. Wij allemaal.'

'Wacht', zei ik. 'Verf spuiten? Will spuit geen verf. Dat is iets voor domkoppen, niet voor Will.'

'Kom nu eerst maar hiernaartoe. We praten er dan wel verder over.'

'Maar wat was hij met die verf aan het spuiten? Ik begrijp het niet!'

Mevrouw Yomiko antwoordde niet meteen.

'Ik wil met Yun Sun spreken', smeekte ik. 'Alstublieft! Geef haar door!'

Ik hoorde gestommel. Yun Sun kwam weer aan de telefoon.

'Ik zal het je vertellen', zei ze. 'Maar je wilt het niet weten.'

Er bekroop me een koud gevoel en opeens wilde ik het inderdaad niet weten.

'Hij was een boodschap aan het spuiten. Dat was hij aan het doen.' Ze aarzelde. 'Er stond: "Frankie, wil je met me naar het schoolbal gaan?"'

Ik zakte op de grond, naast de doos met wafels. Waarom lag er een doos met wafels op de keukenvloer?

'Frankie?' zei Yun Sun. Een schril geluid, ver weg. 'Frankie, ben je daar nog?'

Ik hield niet van dat scherpe geluid. Ik verbrak de verbinding om ervan verlost te worden.

Will werd begraven op de begraafplaats van Chapel Hill. Ik woonde compleet verdoofd de begrafenis bij. Will lag in een gesloten kist omdat zijn lichaam te erg verminkt was.

Ik wilde afscheid nemen, maar hoe neem je afscheid van een kist? Op de begraafplaats keek ik toe hoe Wills moeder een handvol aarde in de put gooide. Het was verschrikkelijk, maar het voelde irreëel en ver weg. Yun Sun kneep in mijn hand. Ik kneep niet terug.

Die avond regende het, een verfrissende lentebui. Ik stelde me de aarde voor rond Wills kist, vochtig en koel. Ik dacht aan Fernando, van wie Madame Zanzibar de schedel had bevrijd uit zijn kist nadat die in de natte aarde naar de oppervlakte was geschoven. Ik zei tegen mezelf dat de oostkant van de begraafplaats, waar Will was begraven, recenter was aangelegd, met verzorgde tuinen. En natuurlijk bestonden er nu ook modernere technieken om graven te maken, efficiëntere manieren dan mannen met schoppen. De kist van Will zou niet naar boven komen. Dat was onmogelijk.

Ik logeerde bijna twee weken bij Yun Sun. Mijn ouders hadden me gebeld en hadden aangeboden om terug te komen van Botswana. Ik zei dat dat niet hoefde. Wat zou dat opleveren? Hun terugkeer zou Will niet terugbrengen.

Op school werd er de eerste dagen veel gefluisterd en naar me gestaard wanneer ik passeerde. Sommige kinderen vonden het romantisch wat Will had gedaan. Anderen vonden het dom. Een 'tragedie', omschreven de meesten het en ze spraken het uit op een treurige toon.

Ik dwaalde als een levende dode rond in de gangen. Ik had kunnen crashen, maar dan zou de leerlingenbegeleider me weten te vinden en dan zou ik moeten praten over mijn gevoelens. En daar had ik geen zin in. Mijn verdriet was van mij, een skelet dat voor de rest van mijn leven binnen in mij zou rammelen.

Een week na de dood van Will en precies een week voor het schoolbal begonnen de andere studenten minder over Will te praten en meer over jurken, restaurantbezoeken en limo's. Een bleek meisje dat bij Will in de les chemie zat, was geschokt en zei dat het schoolbal moest worden geannuleerd, maar anderen vonden dat niet. Het schoolbal moest plaatsvinden, zo zou Will het hebben gewild.

Yun Sun en ik werden hierover geraadpleegd, omdat wij zijn beste vrienden waren. (En omdat ik, maar dat zeiden ze niet hardop, het meisje was waarvoor hij was gestorven.) De ogen van Yun Sun vulden zich met tranen, maar na een emotioneel moment zei ze dat het verkeerd zou zijn om de plannen van iedereen in de war te sturen, en dat thuiszitten en rouwen niemand goed zou doen.

'Het leven gaat verder', zei ze. Jeremy knikte. Hij sloeg zijn arm om haar heen en trok haar wat dichter naar zich toe.

Lucy, de voorzitster van het schoolbalcomité, legde haar hand op haar hart.

'Dat klopt', zei ze. Ze draaide zich naar mij met een overdreven bezorgde blik. 'En jij, Frankie? Denk jij dat je ermee kunt leven?'

Ik trok mijn schouders op. 'Mij allemaal eender.'

Ze omhelsde me en ik wankelde.

'Goed, jongens, dan gaan we ervoor', riep ze en ze mengde zich opnieuw onder haar volgelingen. 'Trixie, jij gaat verder met de kersenbloesems. Jocelyn, zeg tegen de dame van de Paper Affair dat we honderd blauwe slingers nodig hebben en laat je niet afschepen!'

Op de dag van het schoolbal, twee uur voor Jeremy Yun Sun zou komen ophalen, stak ik al mijn spullen in mijn rugzak en zei ik haar dat ik naar huis ging.

'Hoe bedoel je?' zei ze. 'Nee!' Ze haalde een warme krul uit haar haar. De make-up lag klaar op haar kaptafel – haar Babycakes-bodyglitter en Dewberry-lipgloss – en haar jurk hing aan een kapstok aan de open badkamerdeur. Een lila jurk, met een laag uitgesneden halslijn. Oogverblindend.

'Het is tijd', zei ik. 'Bedankt dat ik hier zo lang heb mogen logeren... maar nu is het tijd.'

Haar mondhoeken zakten naar beneden. Ze wilde er iets tegen inbrengen, maar ze wist dat ik gelijk had. Ik was daar niet gelukkig. Dat was op zich niet echt de kern van het probleem – ik zou ergens anders ook niet gelukkig zijn – maar zitten kniezen in het huis van de Komiko's voelde beklemmend aan. Bovendien bezorgde ik Yun Sun een machteloos en schuldig gevoel.

'Maar het is het schoolbal', zei Yun Sun. 'Zul je het niet vreemd vinden om de avond van het schoolbal helemaal alleen thuis door te brengen?' Ze kwam een beetje dichter bij me zitten. 'Blijf tot morgen. Ik zal stil zijn als ik thuiskom, ik zweer het. En ik beloof dat ik niet zal ratelen en tateren over... ach, je weet wel. De afterparty's en wie wie aan de haak heeft geslagen, en wie er is flauwgevallen in het toilet.'

'Maar dat moet je juist wel doen', zei ik. 'Jij moet kletsen over al die dingen. Wegblijven zolang je wilt. Thuiskomen met zoveel lawaai als je wilt. Helemaal misselijk en groggy zijn, en al die dingen.' Plotseling vulden mijn ogen zich met tranen. 'Dat moet je echt doen, Yun Sun.'

Ze raakte mijn arm aan. Ik trok zo subtiel mogelijk terug.

'Net als jij, Frankie', zei ze.

'Ja, dat zal dan wel.' Ik zwaaide mijn tas over mijn schouder.

'Bel me wanneer je maar wilt', zei ze. 'Ik laat mijn gsm aan staan, zelfs op het bal.'

'Oké.'

'En als je je bedenkt, als je toch wilt blijven...'

'Bedankt.'

'Of zelfs als je beslist om toch naar het schoolbal te komen! We willen allemaal graag dat je erbij bent – dat weet je toch? Het doet er niet toe dat je geen date hebt.'

Ik kromp ineen. Ze bedoelde het niet zoals het klonk, maar het deed er vast en zeker wel toe dat ik geen date had, want die date zou Will zijn geweest. En hij was dat nu niet. Niet omdat hij een ander meisje leuker vond of omdat hij vreselijk ziek was, maar omdat hij dood was. *Omwille van mij.*

'Oh god', zei Yun Sun. 'Frankie...'

Ik maakte een afwijzend gebaar. Ik wilde niet dat ze me aanraakte. 'Laat maar.'

We stonden daar, als in een pijnlijke luchtbel.

'Ik mis hem ook, weet je?' zei ze.

Ik knikte. Toen vertrok ik.

Ik ging terug naar huis en stelde daar vast dat de elektriciteit was uitgevallen. Perfect. Dat gebeurde vaker dan het eigenlijk zou mogen. Namiddagstormen deden drie takken in de transformatoren belanden en de hele buurt zat uren zonder elektriciteit. Of de stroom viel uit zonder reden. Misschien gebruikten er te veel mensen tegelijk hun airconditioning en raakte het circuit daardoor overbelast. Dat was althans mijn theorie. De theorie van Will berustte op geesten. 'Ze komen je melk bederven', zei hij dan met een enge stem.

Will.

Mijn keel kneep samen.

Ik probeerde niet aan hem te denken, maar dat was onmogelijk, dus ik liet hem maar in mijn hoofd zitten. Ik maakte voor mezelf een broodje met pindakaas, dat ik uiteindelijk niet opat. Ik ging naar boven en ging languit op mijn bed liggen, zonder het dekbed over me heen te trekken. De duisternis viel in. Een uil huilde. Ik staarde naar het plafond tot ik het web van barsten niet meer kon onderscheiden. In het donker gleden mijn gedachten af naar de verkeerde plaatsen. Fernando. Madame Z. *Jij bent net als alle anderen, nietwaar? Wanhopig smachtend naar een hartstochtelijke romance?*

Het was die wanhoop geweest, die had geleid tot mijn Madame Zanzibar-plan en tot mijn nog stommere wens. Dat had Will tot actie aangezet. Had ik de corsage maar nooit meegenomen!

Ik ging rechtop zitten. Oh mijn god – de corsage!

Ik nam mijn gsm en drukte 'drie', de sneltoets voor het nummer van Yun Sun. 'Een' was voor mijn ouders, 'twee' was voor Will. Ik had zijn naam nog niet gewist, en dat zou nu ook niet meer nodig zijn.

'Yun Sun', schreeuwde ik toen ze opnam.

'Frankie', zei ze. Ik hoorde Rihanna op de achtergrond 'S.O.S.' zingen. 'Is alles goed met je?'

'Ja, alles is goed', zei ik. 'Beter dan goed! Ik bedoel, de elektriciteit is uitgevallen, het is pikdonker en ik ben helemaal alleen, maar dat geeft niet. Want dat zal ik niet lang meer zijn.' Ik giechelde en stommelde naar de gang.

'Hé?' zei Yun Sun. Meer lawaai. Gelach van mensen.

'Frankie, ik kan je bijna niet horen.'

'De corsage. Ik mag nog twee wensen doen!' Ik huppelde naar beneden, fluitend van blijdschap.

'Frankie, wat ben je van plan?'

'Ik kan hem terugbrengen, snap je het dan niet? Alles komt weer goed. We kunnen zelfs naar het schoolbal komen.'

Yun Suns stem werd scherper. 'Frankie, nee!'

'Ik ben zo'n stommeling – waarom heb ik er niet eerder aan gedacht?'

'Wacht. Doe het niet, maak het niet nog...' Haar stem vervaagde.

Ik hoorde een 'oeps', dronken verontschuldigingen en iemand die zei: 'Oh, ik vind je jurk *geweldig*!' Het klonk alsof iedereen zich aan het amuseren was. En ik zou me binnen de kortste keren samen met hen aan het amuseren zijn.

Ik was ondertussen in de studeerkamer en liep naar de boekenplank waarop ik de corsage had achtergelaten. Ik betastte de bovenkanten van de boeken en de ruimte erachter. Mijn vingers raakten iets zachts, net bloemblaadjes van pels.

'Ik ben er weer', zei Yun Sun. De achtergrondgeluiden klonken zachter. Ik vermoedde dat ze naar buiten was gegaan. 'Frankie, ik weet dat je verdrietig bent, ik *weet* het. Maar wat er met Will is gebeurd, was gewoon toeval. Een verschrikkelijk, verschrikkelijk toeval.'

'Noem het zoals je wilt', zei ik. 'Ik doe mijn tweede wens.' Ik pikte de corsage op van achter de boeken.

Yun Suns angst werd heviger. 'Frankie, nee, dat mag je niet doen.'

'Waarom niet?'

'Hij is van negentig meter naar beneden gevallen. Zijn lichaam was... ze zeiden dat hij helemaal verminkt was... daarom was er een gesloten kist, weet je nog?'

'En dan?'

'Hij ligt al dertien dagen te rotten in een kist!' schreeuwde ze.

'Yun Sun, het is smakeloos om zoiets te zeggen. Als het Jeremy was die weer tot leven kon worden gewekt, zouden we dit gesprek dan hebben?' Ik bracht de bloemen naar mijn gezicht en raakte met mijn lippen de bloemblaadjes aan.

'Luister, ik moet ervandoor. Laat wat punch voor me over! En voor Will! Oh, *heel* veel punch voor Will – ik ben er zeker van dat hij helemaal uitgedroogd zal zijn!'

Ik klapte mijn gsm dicht. Ik hield de corsage omhoog.

'Ik wens dat Will weer leeft!' schreeuwde ik uitgelaten.

De stank van verval maakte de lucht dikker. De corsage

krulde op, alsof de rozenblaadjes ineenkrompen. Ik gooide instinctmatig de corsage weg. Net zoals ik een oorworm die op mijn hand landde, zou afschudden. *So what?* De corsage was niet belangrijk. Will was belangrijk. Waar *was* hij?

Ik keek rond, in de belachelijke verwachting dat hij op de bank zou zitten en naar me zou kijken met een blik van *Jij bent bang voor een boeket gedroogde bloemen? Zielig!*

De bank was leeg en tekende zich somber af tegen de muur. Ik liep naar het raam en keek naar buiten. Niets. Alleen de wind, die met de bladeren van de bomen speelde.

'Will?' zei ik.

Weer niets. Een overweldigende teleurstelling maakte zich van me meester en ik liet me zakken in de fauteuil van mijn vader.

Domme Frankie. Domme, onnozele, pathetische ik.

De tijd verstreek. Ik hoorde krekels tjirpen.

Stomme krekels.

En toen, heel vaag, een plof. En nog een. Ik ging rechtop zitten. Kiezeltjes knisperden op de weg... of misschien op de oprit? De plofgeluiden kwamen dichterbij. Ze klonken zwaar en met een vreemde echo. Alsof een kreupele zich voortbewoog en iets met zich meesleepte.

Ik luisterde ingespannen.

Dan – een dreun, op drie meter van de veranda. Een dreun die absoluut niets menselijks had.

Mijn keel kneep dicht terwijl de woorden van Yun Sun weer door mijn hoofd schoten. *Verminkt*, had ze gezegd. *Rottend.* Ik had er niet echt naar geluisterd. Nu was het te laat. Wat had ik gedaan?

Ik sprong uit de fauteuil en haastte me naar de hal – waar niemand of niets dat door het raam van de studeerkamer zou binnenkijken, me kon zien. Wat had ik in hemelsnaam tot leven gewekt?

Een klop op de deur echode door het huis. Ik snikte zachtjes en hield mijn hand over mijn mond.

'Frankie?' riep een stem. 'Ik, euh... jakkes. Ik ben een beetje een puinhoop.' Hij lachte om zichzelf. 'Maar ik ben er. Dat is het belangrijkste. Ik ben hier om je mee te nemen naar het schoolbal!'

'We gaan niet naar het schoolbal', zei ik. Was *ik* dat, met die schelle stem? 'Wie wil er nu naar het schoolbal? Kom op!'

'Ja, dat geloof ik, als het uit de mond komt van het meisje dat een moord zou begaan voor de perfecte romantische avond.'

De deurknop rammelde. 'Wil je me niet binnenlaten?'

Ik hyperventileerde.

Ik hoorde een reeks plofjes, alsof er overrijpe aardbeien in de vuilnisbak werden gegooid, en toen: 'Au, vriend. Niet oké.'

'Will?' fluisterde ik.

'Dit is zo on*cool*... heb jij iets om vlekken weg te krijgen?'

Dikke ellende. Dikke, dikke ellende.

'Je bent toch niet boos, of wel?' vroeg Will. Hij klonk bezorgd. 'Ik ben zo snel mogelijk gekomen. Maar het was zo vreselijk *vreemd*, Frankie. Omdat...'

Mijn geest zweefde naar luchtdichte kisten, diep onder de grond.

Alsjeblieft, nee, dacht ik.

'Vergeet het. Het was vreemd – laten we het daarbij houden.' Hij probeerde er licht over te gaan. 'Maar wil je me nu eindelijk binnenlaten? Ik val uiteen hier buiten!'

Ik drukte mijn lichaam tegen de muur. Mijn knieën wankelden, ik had mijn spieren niet onder controle, maar ik zei tegen mezelf dat ik veilig was achter de stevige voordeur.

Wat hij verder ook was, Will bestond nog steeds uit vlees en bloed. Of toch gedeeltelijk. Maar hij was nog geen geest die zich door muren kon verplaatsen.

'Will, je moet gaan', zei ik. 'Ik heb een fout gemaakt, oké?'

'Een fout? Wat bedoel je?' Zijn verwarring brak mijn hart.

'Het is gewoon... oh god.' Ik begon te huilen. 'We passen niet meer bij elkaar. Dat begrijp je toch?'

'Nee, niet echt. Jij wilde dat ik je zou uitnodigen voor het schoolbal en dat heb ik gedaan. En nu, zonder reden... *oooh*! Ik begrijp het!'

'Echt?'

'Je wilt niet dat ik je zie. Dat is het, nietwaar? Je bent zenuwachtig over hoe je eruitziet!'

'Euh...' Moest ik hierin meegaan? Moest ik ja zeggen opdat hij zou vertrekken?

'Frankie, schatje, je hoeft je geen zorgen te maken.' Hij lachte onbedaarlijk. 'Ten eerste, je bent supermooi; ten tweede, vergeleken met mij is de kans zeer klein dat je er niet uitziet als... ik weet niet, als een engel uit de hemel.'

Hij klonk opgelucht, alsof hij een ongerust gevoel had gehad over iets wat niet juist zat, maar waar hij de vinger niet helemaal op had kunnen leggen. En nu wist hij het: het was Frankie die niet zo zelfverzekerd was, dat was het! Gekke Frankie!

Ik hoorde geschuifel en daarna de klap van een houten deksel. Mijn lichaam verkrampte want ik herkende die klap. *De melkkist – verdorie. Hij had zich de sleutel herinnerd in de melkkist.*

'Ik laat mezelf wel binnen', riep hij en ik hoorde hem terug naar de voordeur strompelen. 'Oké, Frankie? Ik sterf van verlangen om jou te zien!'

Hij lachte verrukt. 'Ik bedoel, wacht, dat kwam er verkeerd uit... maar ach, het is toch het motto van de avond. *Alles* komt er verkeerd uit – en ik bedoel echt alles!'

Ik rende naar de studeerkamer, waar ik als een gek op handen en voeten begon rond te kruipen op de vloer. Was het nu maar niet zo donker!

Het deurslot knelde. Will rammelde met de sleutel. Zijn ademhaling haperde.

'Ik kom eraan, Frankie', riep hij. Nog meer gerammel. 'Ik kom zo snel als ik kan.'

Ik raakte buiten mezelf van angst. Ik hapte naar adem. Ik kon mezelf horen schreeuwen. Mijn handen waren blinde voelers, die klauwden en sloegen terwijl ik rondkroop.

Met een klap schoof het slot open.

'*Yes*', juichte Will.

De deur zwiepte over het rafelige tapijt op hetzelfde moment dat mijn vingers zich om de afbrokkelende corsage sloten.

'Frankie? Waarom is het hier zo donker? En waarom ben jij niet...'

Ik sloot mijn ogen en deed mijn laatste wens.

Al de geluiden verdwenen, behalve het geruis van de wind in de bladeren. De deur, die langzaam verder openging, botste tegen de deurstijl. Ik bleef waar ik was, op de vloer. Ik snikte, want mijn hart brak. Nee, mijn hart was al gebroken.

Na enige tijd hernamen de krekels hun smachtende koorzang. Ik stond op, wankelde door de kamer en bevond me toen, rillend, in de deuropening. Buiten scheen een bleke lichtstraal van de maan op de verlaten weg.

Kim Harrison

Madison Avery en de witte maaiers

1

*Een Britse generaal, een jonkvrouw in een lange jurk en een
piraat, samen in een gymzaal,* dacht ik bij mezelf, terwijl ik
rondkeek naar de lichamen die bewogen in een geestdodende
chaos van ingehouden, onervaren, jeugdig verlangen.

Laat het maar over aan Covington High om van het schoolbal
een grap te maken. En dan had ik het nog niet eens over mijn
zeventiende verjaardag. Wat deed ik hier? Op een schoolbal
hoorden echte jurken en een liveband, geen gehuurde
kostuums en ingeblikte muziek en slingers. En mijn
verjaardag had... gewoon anders moeten zijn dan dit.

'Zeker dat je niet wilt dansen?' riep Josh in mijn oor en ik
voelde zijn zoete adem.

Ik probeerde niet te grijnzen. Ik bleef strak kijken naar de
klok naast het scorebord van de gymzaal en vroeg me af of ik
zou kunnen ontsnappen aan een derdegraadsverhoor van
mijn vader als ik het nog een uur volhield. De muziek was
oersaai – steeds hetzelfde ritmische gedreun en opnieuw en
opnieuw. Niets nieuws in de afgelopen veertig minuten. En
de bas stond te hard.

'Yep', zei ik en ik bewoog van hem weg op de muziek, toen

hij zijn hand om mijn middel probeerde te leggen. 'Ik wil nog steeds niet dansen.'

'Wil je iets drinken?' probeerde hij. Ik draaide mijn heup en kruiste mijn armen om mijn decolleté te verbergen. Ik wachtte nog altijd op de borstenfee, maar het korset van de jurk duwde alles naar boven en perste het samen, waardoor het leek alsof ik meer boezem had dan in werkelijkheid het geval was. Het gaf mijn zelfvertrouwen wel een boost.

'Nee, bedankt', zuchtte ik. Hij kon me waarschijnlijk niet horen, maar hij had de boodschap begrepen, want hij keek de andere kant op naar de dansende massa. Lange baljurken en krappe barmeidkostuums in combinatie met stoere piraten en kapiteins. Dat was het thema van het schoolbal: piraten. Mijn god! Ik had twee maanden in het schoolbalcomité van mijn oude school gezeten. Het zou fantastisch worden, met een maanverlichte galaboot en een echte band, maar zover was het dus niet gekomen. Mijn moeder had me meegedeeld dat mijn vader er behoefte aan had om wat meer tijd met me door te brengen. Hij ging door een zware midlifecrisis en had behoefte aan verbinding met het verleden, zonder moeilijke toestanden. Ik denk dat ze gewoon bang was, nadat ze me betrapt had toen ik uit het huis was geslopen om een late cappuccino te gaan drinken. En dat ze me daarom verscheept had naar mijn vader in Dulsville, omdat ze wist dat ik beter naar hem luisterde dan naar haar. Ik geef het toe, het was ver na middernacht geweest. En misschien was het mij inderdaad om meer dan cafeïne alleen te doen geweest. En ja, ik was eigenlijk al gestraft, omdat ik het vorige weekend veel te lang was weggebleven, maar juist daarom moest ik naar buiten sluipen.

Ik liet de stijve veters van mijn koloniale jurk door mijn

vingers glijden en vroeg me af of deze mensen er enig idee
van hadden hoe het er op een echt feestje aan toe ging.
Misschien vonden ze het niet belangrijk.

Josh stond vlak voor me. Hij bewoog zijn hoofd op de muziek
en wilde duidelijk dansen. Een beetje verderop, bij de
buffettafel, stond de jongen die vlak na ons was
binnengeglipt. Hij keek in mijn richting. Ik staarde hem even
aan en vroeg me af of hij in mij of in Josh geïnteresseerd was.
Toen hij zag dat ik naar hem keek, draaide hij zich om.
Mijn blik dwaalde terug naar Josh, die halve dansbewegingen
maakte tussen mij en de dansende menigte in. Ik droomde
weg terwijl hij zijn hoofd ritmisch op en neer schudde. Zijn
kostuum benadrukte zijn magere, onhandige gestalte – hij
was voor de gelegenheid een klassieke Britse generaal in
rood en wit, helemaal uitgerust met zwaard en epauletten.
Waarschijnlijk een idee van zijn vader, aangezien hij de vip
onder de vips was op het researchbedrijf dat iedereen aan het
werk had gehouden toen de militaire basis naar Arizona was
verhuisd. Het kostuum paste wel goed bij het barokke
rijgsnoer- en korsetding dat ik droeg.

'Kom op. Alle anderen zijn aan het dansen', trachtte hij me
over te halen, toen hij zag dat ik naar hem keek. Ik schudde
mijn hoofd en vond het wel een beetje erg voor hem. Hij deed
me denken aan de jongens in de fotografieclub die deden
alsof de donkere kamer op slot was om een beetje
amoureuze actie uit te lokken. Het was gewoon niet eerlijk.
Ik had er drie jaar over gedaan om mijn plaats te veroveren
tussen de hipste meiden, en nu zat ik hier tussen de
vriendelijke maar onpopulaire jongens, die cupcakes aan het
verorberen waren in een gymzaal. En dat allemaal dan ook
nog eens op mijn verjaardag.

'Nee', zei ik afgemeten. *Vertaling: sorry, ik heb geen interesse.*
Je kunt het net zo goed opgeven.

Die boodschap begreep zelfs dikhoofdige, vreemde Josh met
de kapotte bril. Hij gaf zijn halfslachtige dansbewegingen op
en keek me doordringend aan met zijn blauwe ogen. 'Jezus,
je bent een *bitch*, weet je dat? Ik heb je alleen maar
meegevraagd omdat ik dat moest van mijn vader. Als je wilt
dansen, ik ben ginder.'

Mijn adem stokte en ik staarde hem aan alsof hij me in de
goot had geduwd. Hij haalde brutaal zijn wenkbrauwen op en
liep weg, met zijn handen in zijn zakken en zijn kin omhoog.
Er vertrokken net twee meisjes, dus hij kon tussen hen door
stappen. De meiden stootten elkaar aan in zijn kielzog en
fluisterden iets terwijl ze naar me keken.

Oh god. Ik ben een zielige date. Ik knipperde met mijn ogen en
vocht tegen een opkomend gevoel van wazigheid. Verdorie,
ik was niet alleen het nieuwe meisje, nu was ik dus ook een
verdomd zielige date. Mijn vader had wat gevleid bij zijn baas
en die had aan zijn zoon gevraagd om me mee uit te nemen.

'Jong van een prostituee', fluisterde ik terwijl ik me afvroeg of
iedereen echt naar me aan het staren was, of dat ik me dat
maar inbeeldde. Ik duwde mijn korte, blonde haar achter
mijn oor en leunde tegen de muur. Ik kruiste mijn armen en
hield mezelf voor dat Josh gewoon wat popcorn was gaan
halen. Vanbinnen ging ik dood. Ik was gedumpt. Nee, erger,
ik was gedumpt door een smeerlap.

'Daar staan we dan, Madison', zei ik bitter en ik stelde me de
roddels al voor op maandag. Ik zag Josh bij de buffettafel. Hij
deed erg zijn best om me zo onopvallend mogelijk te
negeren. De jongen in de matrozenoutfit, die na ons was
binnengekomen, stond met hem te praten. Ik vermoedde nog

altijd dat hij geen vriend van Josh was, ook al stootte hij hem aan met zijn elleboog en wees hij naar meisjes die veel te korte jurkjes droegen voor de acrobatenbewegingen die ze maakten. Het was natuurlijk geen verrassing dat ik hem niet herkende. Ik had me tot nu toe compleet afzijdig gehouden van alles en iedereen, om de eenvoudige reden dat ik hier niet gelukkig was en ik het niet erg vond dat iedereen dat ook wist. Ik was geen sulletje – ook al was ik lid geweest van de fotografieclub thuis. Maar ondanks mijn inspanningen paste ik blijkbaar niet bij de barbiepoppen. En ik was ook geen goth, wijsneus, junk of een van die kinderen die net als hun ouders wetenschapper wilden spelen in het researchbedrijf. Ik hoorde nergens bij.

Correctie, dacht ik, toen ik Josh en de matroos hoorde lachen. *Ik hoor bij de bitches.*

De jongen volgde Josh' blik naar een andere groep meisjes, die giechelden om iets wat Josh zei. Er kwamen bruine krullen onder zijn pet vandaan en in zijn frisse, witte outfit zag hij er net zo uit als alle andere jongens die liever matroos waren dan piraat. Hij was groot en er lag een zachte elegantie in zijn bewegingen, waaruit ik opmaakte dat hij al gestopt was met groeien. Hij zag er ouder uit dan ik, maar veel ouder kon hij niet zijn. We waren tenslotte op het schoolbal.

En ik wil hier helemaal niet zijn, dacht ik plotseling en ik schuifelde met mijn ellebogen weg van de muur. Josh zou me naar huis brengen, maar als ik mijn vader belde, zou die me wel komen halen.

Ik bewoog me langzaam verder naar de dubbele deuren, terwijl de bezorgdheid me bekroop. Hij zou vragen waarom Josh me niet naar huis had gebracht. Ik zou het allemaal moeten vertellen. De preek dat ik vriendelijk moest zijn en moest proberen om erbij te horen, kon ik nog wel aan maar de schaamte...

Josh hield me in de gaten toen ik naar hem keek. De jongen naast hem probeerde zijn aandacht te trekken, maar Josh keek naar mij. Hij lachte me uit.

Zo was het genoeg. Geen denken aan dat ik mijn vader zou bellen. En ik ging ook niet in de auto van Josh zitten. Ik zou naar huis wandelen. De volle negen kilometer. Op hakken. In een lange jurk. Op een nevelige avond in april. Met mijn borsten samengeperst. Wat was het ergste wat er zou kunnen gebeuren? Een botsing met een verdwaalde koe? Verdorie, ik miste mijn auto nu echt wel.

'Tijd om te gaan', mompelde ik en ik pakte mijn moed en mijn jurk bijeen. Ik botste met mijn schouders tegen dansende mensen terwijl ik met gebogen hoofd in de richting van de deur probeerde te bewegen. Ze waren aan het praten, maar het deed me niks. Ik had geen vrienden nodig. Vrienden waren overgewaardeerd.

De muziek versnelde en ik verscherpte mijn aandacht omdat de massa plotseling anders en sneller ging bewegen. Ik stopte bruusk toen ik besefte dat ik bijna tegen iemand was aangelopen.

'Sorry!' trachtte ik de muziek te overschreeuwen. Toen verstijfde ik en staarde.

Niet te geloven. Mijnheer de sexy piratenkapitein. Waar had hij de afgelopen drie weken uitgehangen en woonden er soortgenoten op de planeet waar hij vandaan kwam?

Ik had hem nooit eerder gezien. Niet één keer in de periode dat ik hier al vastzat in dit stadje. Ik zou het me herinneren. Ik moest me even wat meer laten opvallen. Blozend liet ik mijn jurk vallen zodat ik mijn handen vrij had om mijn decolleté te bedekken. God, ik voelde me net een Britse slet met alles zo bijeen geduwd. De jongen droeg een strak, zwart piratenkostuum. Er hing een grijskleurige hanger op zijn borst, dat kon ik zien op de plaats waar zijn kraag openstond. Zijn gezicht was verborgen achter een zorromasker. De lange, zijden lintjes hingen op zijn rug, tussen zijn hemels golvende, zwarte haar. Hij was minstens twaalf centimeter groter dan ik. Ik liet mijn blik over zijn atletische figuur glijden en ik vroeg me af waar hij zich verborgen had gehouden.

Zeker niet in het lokaal van de muziekgroep of in de klas Binnenlandse Politiek van Mevrouw Fairel, dacht ik bij mezelf, terwijl de flikkerende spots over hem heen en weer gleden. 'Excuseer me', zei hij en hij nam mijn hand vast. Mijn adem werd afgesneden. Niet omdat hij me aanraakte, maar omdat zijn accent niet van deze streek was. Zijn langzame, zachte uitademing versmolt met een kordate beleefdheid die blijk gaf van smaak en verfijning. Ik kon er bijna kristalgerinkel en zacht gelach in horen, de troostende geluiden die me de laatste tijd vaker wel dan niet in slaap hadden gewiegd, terwijl de golven op het strand sloegen.

'Jij bent niet van hier', flapte ik eruit en ik leunde wat voorover zodat ik hem beter kon verstaan.

Er verscheen een glimlach op zijn gezicht. Zijn bruine huid en donkere haar voelden aan als een verademing, te midden van de bleke gezichten en het lichte haar dat alom-tegenwoordig was in de Midwestern-gevangenis waarin ik me bevond. 'Ik ben hier tijdelijk', zei hij. 'Een uitwisselingsstudent, op een bepaalde manier. Net als jij.' Hij keek neerbuigend naar de mensen die zich rondom ons bewogen, met weinig gevoel voor ritme en nog minder originaliteit. 'Er zijn hier in de streek te veel koeien, vind je ook niet?'

Ik lachte en bad dat ik niet klonk als een hersenloos blondje. 'Zeker weten', riep ik luid en ik trok hem naar beneden zodat ik in zijn oor kon praten om het lawaai te overstemmen. 'Maar ik ben geen uitwisselingsstudente. Ik ben hiernaartoe verhuisd. Ik kom van Florida. Mijn moeder woont daar aan de binnenkust en nu zit ik hier opgescheept met mijn vader. Je hebt gelijk, het is vreselijk hier. Jij kunt tenminste terug naar huis binnenkort.'

En waar is dat huis, Mijnheer de Sexy Piraat?

Een suggestie van vloed en kanaalwater dreef mijn geest binnen, alsof hij het beeld naar me toestuurde, net als een herinnering. Er prikten tranen in mijn ogen. Ik miste mijn oude school. Ik miste mijn auto. Ik miste mijn vrienden. Waarom was mijn moeder zo uit haar dak gegaan?

'Naar huis, ja', zei hij. Een aanstekelijke glimlach toonde een stukje van zijn tong terwijl hij aan zijn lippen likte en rechtop ging staan. 'We moeten van de dansvloer gaan. We staan in de weg van hun... gedans.'

Mijn hart klopte sneller. Ik wilde niet bewegen. Misschien ging hij weg, of erger nog, haakte iemand haar arm in de zijne om hem op te eisen. 'Wil je dansen?' vroeg ik zenuwachtig. 'Het is niet de muziek die ik gewend ben, maar het heeft een aangenaam ritme.'

Zijn glimlach werd breder en de opluchting dreef mijn hartslag verder omhoog. *Mijn god, ik denk dat hij me wel leuk vindt.* Hij liet mijn hand los, knikte, zette vervolgens een stap achteruit en begon te bewegen.

Heel even vergat ik hem te volgen en stond ik hem alleen maar aan te staren. Hij gedroeg zich niet opzichtig, integendeel. Zijn langzame bewegingen maakten veel meer indruk op me dan wanneer hij de dansvloer had opgeëist. Hij zag dat ik naar hem keek en lachte van achter zijn geheimzinnige masker. Zijn blauwgrijze ogen en zijn hand nodigden me uit om met hem mee te doen. Ik ademde in, liet mijn vingers in de zijne glijden en liet me door hem in beweging trekken.

Hij bewoog sensueel en zelfverzekerd op de muziek en ik verloor mezelf helemaal in mijn inspanningen om zijn danspatronen te volgen. We veranderden van beweging op elke tweede beat, bijna wiegend. Ik ontspande me en danste en ik vond het gemakkelijker als ik er niet bij nadacht. Ik voelde elke beweging van mijn heupen en mijn schouders – en binnen in me groeide er een opwindend gevoel.

Terwijl iedereen om ons heen snelle en scherpe bewegingen maakte, dansten wij langzaam, steeds dichter bij elkaar. Onze blikken hielden elkaar vast en ik voelde mijn zelfvertrouwen alsmaar groter worden. Ik liet toe dat hij me leidde terwijl de muziek dreunde en mijn hart tekeerging.

'De meesten hier noemen me Seth', zei hij. Ik vond bijna dat hij de magie doorbrak, maar toen legde hij zijn hand om mijn middel en ik leunde naar hem toe. *Ja, dit was veel beter.* 'Madison', zei ik en ik hield van het gevoel langzamer te dansen dan al de anderen. Maar de muziek was gejaagd en deed mijn bloed razendsnel stromen. De twee extremen maakten het allemaal nog uitdagender. 'Ik heb jou hier nog nooit gezien. Ben jij een laatstejaars?'

Seth klemde zijn vingers strakker om het lichte katoen van mijn jurk, of misschien trok hij me gewoon dichter naar zich toe. 'Inderdaad', zei hij en hij leunde wat voorover zodat hij niet hoefde te roepen.

De kleurige spots deden hem stralen en ik voelde me zweven. Josh kon de pot op, wat mij betrof. Dit was hoe mijn schoolbal moest zijn. 'Dat kan het verklaren', zei ik terwijl ik mijn hoofd optilde om zijn ogen te kunnen zien. 'Ik ben eerstejaars.'

Hij glimlachte en ik voelde me klein en beschermd. Mijn eigen glimlach werd groter. Ik voelde hoe mensen naar ons begonnen te kijken, hoe ze hun dansbewegingen vertraagden en zich in onze richting draaiden. Ik hoopte dat Josh een goed zicht op ons had. *Mij een bitch noemen, hoe durfde hij?* Ik tilde mijn kin op en trachtte Seth naar me toe te trekken, zodat onze lichamen elkaar nu eens aanraakten en dan weer apart bewogen. Mijn hart protesteerde bij wat ik aan het doen was, maar ik wilde Josh kwetsen. Ik wilde dat ze morgen zouden roddelen over hoe stom hij wel niet geweest was om mij te laten staan. Ik wilde... iets.

De handen van Seth gleden zacht over mijn taille, niet beklemmend, niet eisend. Ze lieten me helemaal vrij om te dansen hoe ik zelf wilde. Ik liet me gaan en maakte zwoele bewegingen, die deze bosjesmensen hier alleen nog maar op de televisie hadden gezien. Mijn lippen trilden toen ik Josh en die matrozenjongen waar hij heel de tijd mee had staan praten, in mijn vizier kreeg. Het gezicht van Josh was bleek van woede en ik grijnsde zelfvoldaan naar hem.

'Je wilt hem laten zien dat je niet met hem samen bent?' zei Seth kalm en mijn blik werd onweerstaanbaar naar de zijne getrokken. 'Hij heeft je gekwetst', zei hij en mijn kin tintelde toen zijn donkere hand ze aanraakte. 'Je moet hem tonen wat hij verloren heeft.'

De tijd leek even stil te staan en hoewel ik wist dat het een wraakzuchtig idee was, knikte ik.

Seth hield op met dansen en trok me naar zich toe in een zachte, vloeiende beweging. Hij ging me kussen, ik wist het. Het zat in elk gebaar dat hij maakte. Mijn hart bonsde en ik tilde mijn hoofd op. Mijn lippen zochten de zijne. Mijn knieën knikten. Om ons heen stopten mensen met dansen om naar ons te kijken. Sommigen lachten, anderen keken jaloers. Ik deed mijn ogen dicht en ik verplaatste mijn gewicht, zodat we bleven dansen terwijl we kusten.

Het was alles wat ik verlangde. Op de plaatsen waar we elkaar aanraakten, zwol ik van warmte. Een diepe warmte, die laag na laag bezit van mij nam, naarmate zijn aanrakingen intenser werden. Ik was nooit eerder op die manier gekust en ik durfde niet te ademen, bang om het moment te bederven. Mijn handen lagen om zijn middel en ik hield hem stevig vast terwijl hij mijn gezicht in zijn handen nam, bijna alsof ik zou breken. Hij smaakte naar geurig, brandend hout. Ik wilde meer – jongens, wist ik veel.

Zijn stem maakte een laag geluid, zachter dan donder in de verte. Zijn handen namen me nog wat steviger vast en de adrenaline gierde door mijn lichaam. Plotseling voelde de kus anders.

Geschrokken trok ik me terug, buiten adem, maar met een alert en vrolijk gevoel. Seths ondoordringbare ogen bekeken me met een licht geamuseerde blik die ik tot op dat moment had genegeerd.

'Het is maar een spel', zei hij. 'Hij is slimmer nu. En jij ook. Hij is de pijn niet waard.'

Ik knipperde met mijn ogen, terwijl de spots agressief ronddraaiden en de muziek verder speelde, luid en onbewogen door onze kus. Alles was anders, maar alleen ik was veranderd. Ik wendde mijn blik af van Seth, met mijn handen nog steeds om zijn middel om me in evenwicht te houden. Ik zag rode vlekken op de wangen van Josh. Hij zag er kwaad uit.

Ik keek naar hem met gefronste wenkbrauwen. 'Kom, we gaan', zei ik en ik stak mijn arm in die van Seth. Ik was er zeker van dat er niemand meer zou opdagen om mijn positie in twijfel te trekken. Niet na die kus.

Ik stapte zelfverzekerd verder met Seth naast me. Er opende zich spontaan een pad en ik voelde me als een koningin. De muziek dreunde en schalde, maar iedereen ging voor ons opzij terwijl we ons een weg baanden naar de dubbele deuren – die ingepakt waren in bruin papier om op de eiken deuren van een kasteel te lijken.

Plebs, dacht ik toen Seth de deur voor me openhield en de frisse lucht van de hal me tegemoet stroomde. De deur sloeg achter ons dicht en de muziek vervaagde. Ik vertraagde mijn pas. Mijn lage hakken tikten op de vloertegels. Tegen de muur stond een tafel met een papieren tafellaken. Aan de tafel zat een vrouw die de tickets controleerde. Wat verder hingen drie kinderen rond bij de hoofdingang. De herinnering aan onze kus schoot door mijn hoofd en maakte me plotseling nerveus. *Deze jongen was adembenemend. Waarom was hij bij mij?*

'Bedankt', mompelde ik. Ik keek even naar hem maar wendde mijn blik snel weer af. Ik begon te blozen, omdat ik me afvroeg of hij misschien dacht dat ik het over de kus had. 'Ik bedoel, om me daar zonder gezichtsverlies weg te halen', voegde ik eraan toe en ik bloosde nog wat heviger.

'Ik zag wat hij deed.' Seth trok me met zich mee verder de hal in, weg van iedereen, in de richting van de parkeergarage. 'Het was dat of jij die punch over zijn kleren gooide. En jij...'

Hij wachtte tot ik naar hem keek. 'Jij wilt een subtielere manier om wraak te nemen dan dat laatste.'

Ik glimlachte wat melig, ik kon er niks aan doen.

'Denk je dat?'

Hij hield zijn hoofd schuin, op een manier die hem ouder deed lijken.

'Heb je een lift naar huis?'

Ik hield bruusk halt. Hij zette nog een stap en draaide zich toen naar me om. Zijn blauwgrijze ogen verkeerden plotseling in de hoogste staat van alarm. Het was fris buiten en ik zei tegen mezelf dat dat wellicht de reden was waarom ik ineens huiverde.

'Ik... sorry', zei hij. Hij keek naar me, roerloos. 'Ik wilde niet... ik zal hier bij je blijven tot je iemand hebt opgetrommeld. Je kent me helemaal niet.'

'Nee, dat is het niet', zei ik snel en ik schaamde me voor mijn plotse wantrouwen. Ik keek naar de vrouw die aan de deur van de gymzaal stond en die slechts vaag geïnteresseerd naar ons keek. 'Ik moet naar mijn vader bellen, dat is alles. Hem laten weten wat er aan de hand is.'

Seth glimlachte zijn witte tanden helemaal bloot.

'Natuurlijk.'

Ik tastte naar het handtasje dat bij de jurk hoorde. Hij deed een paar stappen opzij terwijl ik mijn telefoon opdiepte en er zenuwachtig aan begon te friemelen. Ik pijnigde mijn hersens om me het nummer van mijn vader voor de geest te halen. Er nam niemand op. Toen keken we allebei in de richting van het lawaai dat uit de deur van de gymzaal kwam. Josh kwam naar buiten en ik zei snel en luid: 'Hallo, pap, Madison hier.' *Duh*. 'Ik krijg een lift van Seth...' Ik keek naar hem om zijn achternaam te weten te komen.

'Adamson', zei hij zacht, met zijn ogen achter zijn masker op Josh gericht. Mijn god, hij had mooie ogen. En lange, hemelse wimpers.

'Seth Adamson', zei ik. 'Josh bleek een grote lul. Ik ben binnen enkele minuten thuis, oké?' Maar aangezien er niemand echt aan de lijn was, kon mijn vader niet veel antwoorden. Ik wachtte even, alsof ik aan het luisteren was en zei dan: 'Met mij is alles goed. Heel goed. Hij was een lul, dat is alles. Tot zo dadelijk.'

Zelfvoldaan deed ik de telefoon dicht, stak hem weg en haakte mijn arm in die van Seth. Ik leidde ons naar de achterkant van de hal toen Josh ons inhaalde. Zijn galaschoenen kletterden op de tegels.

'Madison...' Hij klonk geërgerd en mijn voldoening groeide. 'Hallo, Josh!' zei ik vrolijk. Mijn zenuwen spanden zich toen hij aan de andere kant naast me kwam lopen. Ik keek niet naar hem en ik voelde dat ik het warm kreeg. 'Ik heb al een lift naar huis. Bedankt.' *Voor niets*, voegde ik eraan toe in mijn gedachten, want ik was nog steeds kwaad op hem. Of misschien op mijn vader, omdat hij dit idee had bedacht. 'Madison, wacht.'

Hij nam me vast bij mijn arm en ik bleef staan. Josh verstijfde. Hij trok even aan mijn elleboog en liet me dan weer los. 'Je bent een lul', zei ik. Ik keek naar zijn kostuum en vond nu dat het er armzalig uitzag. 'En ik ben niemands zielige date. Je kunt gewoon... oprotten', improviseerde ik, omdat ik niet wilde dat Seth zou horen dat ik kon vloeken als een zeeman.

Josh pakte mijn pols vast en trok me naar zich toe. 'Luister naar me', zei hij en de angst in zijn ogen deed mijn protest verstommen. 'Ik heb deze kerel nog nooit eerder gezien. Doe geen domme dingen. Laat me je naar huis brengen. Je kunt je vrienden vertellen wat je maar wilt. Ik zal het bevestigen.'

Ik probeerde een beledigde zucht te slaken, maar het korset liet dat niet toe, dus stak ik mijn kin omhoog. Hij wist dat ik geen vrienden had. 'Ik heb mijn vader gebeld. Ik zorg wel voor mezelf', zei ik en ik keek over zijn schouder naar de grote jongen in het matrozenkostuum die Josh naar buiten was gevolgd.

Maar Josh gaf het niet op. Ik draaide bruusk mijn arm om en pas toen ik erin slaagde om zijn pols vast te grijpen in een poging mezelf te verdedigen, liet hij mij los alsof hij het eindelijk begreep. 'Dan volg ik je naar huis', zei hij. Hij keek Seth vernietigend aan.

'Doe wat je niet laten kunt', zei ik. Ik fatsoeneerde mijn haar en voelde me in mijn hart ook wel een beetje opgelucht. Al bij al was Josh misschien dan nog niet zo slecht.

'Seth, ben je daar?'

Seth kwam tevoorschijn en maakte een elegant en verfijnd gebaar, dat schril afstak bij de gewoonheid van Josh. 'Deze kant op, Madison.' Ik dacht dat ik een glimp van overwinning in zijn ogen zag, toen hij zijn arm in de mijne schoof. Niet verwonderlijk. Hij was zonder date naar het schoolbal gekomen en nu was Josh degene die alleen achterbleef.

Ik zorgde ervoor dat mijn hakken elegante klikgeluiden maakten op de tegels, in een demonstratie van verfijnde vrouwelijkheid. We liepen de hal uit via de achterste deuren. Ik voelde me stijlvol in deze jurk en Seth zag er fantastisch uit. Josh en zijn stille compagnon slenterden achter ons aan, als figuranten in een Hollywoodfilm.

Seth hield de deur voor me open en liet de twee jongens vervolgens hun eigen gevecht aangaan met de draaideuren.

Het was koel buiten en ik wenste dat ik aan mijn vader vijftig dollar meer had gevraagd voor de sjaal die bij de outfit paste. Ik vroeg me af of Seth me zijn jas zou geven als ik erom zou vragen.

De maan was een vaag schijnsel achter de wolken en terwijl Seth me langs de trappen naar beneden leidde, hoorde ik Josh achter me zacht praten tegen zijn vriend, op een lage, spottende toon. Ik klemde mijn kaken op elkaar en volgde Seth naar een blinkende, zwarte auto die fout geparkeerd stond op de stoeprand. Het was een cabriolet, met zijn open dak als een uitnodiging naar de donkere wolken gericht. Mijn lach werd alsmaar breder. Misschien konden we een ritje maken voor hij me naar huis bracht. Koud of niet, ik wilde gezien worden in deze auto, naast Seth, met de wind in mijn haar en de muziek oorverdovend luid. Ik durfde te wedden dat Seth een fantastische muzieksmaak had.

'Madison...' zei Seth uitnodigend en hij hield het portier voor me open.

Ik voelde me vreemd en speciaal tegelijkertijd, en ik gleed in de voorste, lage passagiersstoel. Het zachte leder streelde mijn jurk. Seth wachtte tot ik mijn jurk helemaal in de auto had gelegd en sloot toen zachtjes het portier. Ik deed mijn gordel om terwijl hij achteraan om de auto liep. De zwarte lak schitterde in het lage schijnsel van de noodverlichting. Ik betastte met mijn vingers de zachtheid van het leder en voelde me heel erg zelfvoldaan toen ik Josh naar zijn auto zag lopen.

Seth verraste me toen hij achter het stuur ging zitten. Ik had zijn portier niet eens horen opengaan. Hij startte de motor en ik hield meteen van het stevige, ronkende geluid. Er ging iets agressiefs uit van de stereo. De tekst van het liedje was niet in het Engels, maar dat paste wel bij de extravagantie van de auto. De lichten van de auto van Josh gingen aan en we vertrokken. Seth stuurde met één hand.

Mijn hartslag verhoogde terwijl ik naar hem keek in het schimmige licht. De koele lucht kleefde aan mijn huid en toen we versnelden kreeg de wind vrij spel in mijn haar.

'Ik woon meer naar het zuiden', zei ik toen we de hoofdweg bereikten en hij sloeg af in de juiste richting. Ik zag de koplampen van Josh achter ons en ik vlijde me onderuit in mijn stoel. Ik vond het spijtig dat Seth me zijn jas niet had aangeboden. Hij had me niet meer aangekeken en geen woord meer gezegd sinds we in de auto waren gestapt. Tot op dat moment had hij algehele, scherpzinnige betrouwbaarheid uitgestraald. Nu had ik... een voorgevoel? Want ook al wist ik niet precies waarom, langzaam bekroop me een alarmerende gewaarwording.

Alsof hij het aanvoelde draaide Seth zich naar mij. Zijn blik dwaalde even af van de donkere weg. 'Te laat', zei hij zacht en ik voelde dat ik verbleekte. 'Gemakkelijk. Ik zei hen dat het gemakkelijk zou zijn, aangezien je jong en naïef bent. Nauwelijks de inspanning waard. Zeker niet bevredigend.'

Mijn mond werd droog. 'Excuseer?'

Seth keek naar de weg en dan weer naar mij. De auto ging sneller en ik greep de hendel van het portier vast om zo ver mogelijk uit zijn buurt te komen. 'Het is niets persoonlijks, Madison. Je bent een naam op de lijst. Of moet ik zeggen, een uitverkoren ziel. Een belangrijke naam, maar niets meer dan een naam. Ze zeiden dat het me niet zou lukken, en nu... Nu word jij mijn ticket naar een hogere loge, jij met je kleine leventje dat helaas niet zal worden geleefd.'

Wat betekende dit in godsnaam? 'Josh', zei ik en ik keek naar de lichten die zich van ons verwijderden terwijl Seth zijn snelheid opdreef. 'Hij volgt ons. Mijn vader weet waar ik ben.'

Seth lachte en ik huiverde bij de aanblik van de schittering van het maanlicht op zijn tanden.

De rest ging verloren in de duisternis en in het gehuil van de wind. 'Alsof dat een verschil maakt?'

Oh mijn god. Ik zat er diep in. Mijn ingewanden verkrampten. 'Stop de auto', zei ik krachtig, met mijn ene hand aan de deur en de andere in een poging om mijn haar uit mijn ogen te houden. 'Stop de auto en laat mij eruit. Dit kun je niet doen. Er zijn mensen die weten waar ik ben. Stop de auto!'

'Stop de auto?' zei hij, grijnzend. 'Goed, ik zal de auto stoppen.'

Seth verschoof zijn been, duwde op de rem en draaide aan het stuur. Ik gilde en probeerde me aan iets vast te houden. De wereld tolde. Ik schreeuwde. Ik hoorde veel te veel lawaai toen we opeens stopten met draaien.

We waren van de weg af. De zwaartekracht trok aan de verkeerde kant. Ik raakte in paniek toen ik besefte dat de auto over de kop sloeg.

Verdorie. Ik zat in een cabriolet.

Ik dook in elkaar. Ik sloeg mijn handen om mijn nek en ik bad. Een harde klap schudde me door elkaar en toen werd alles zwart. Mijn adem werd afgesneden door de heftigheid van de klap. Ik dacht dat ik me ondersteboven bevond. Toen werd ik naar de andere kant geduwd. De hemel werd grijs en ik ademde diep in. De auto rolde van de dijk af en sloeg nog een keer over de kop.

De hemel werd weer zwart en de bovenkant van de auto raakte de grond. 'Nee', schreeuwde ik hulpeloos. Ik kreunde toen de auto met een klap tot stilstand kwam, rechtop. Ik werd achterover gezwiept door de autogordel en ik voelde een onmetelijke pijn in mijn rug toen ik weer naar voren werd gegooid.

Alles was stil. Ademen deed pijn. Oh mijn god, ik had overal pijn. Ik staarde naar de gebroken voorruit en snakte naar adem. De randen van de gebarsten voorruit fonkelden flauw in het maanlicht. Ik volgde met mijn ogen een barst, voorbij het dashboard, en zag dat Seth verdwenen was. Mijn ingewanden deden pijn. Ik zag geen bloed, maar ik dacht dat ik iets gebroken had. *Ik leefde nog?*

'Madison!' hoorde ik in de verte, terwijl ik schrapend ademhaalde.

'Madison!'

Het was Josh. Ik dwong mezelf omhoog te kijken naar de twee blinkende ogen boven op de dijk. Een schaduw kwam naar beneden. *Josh.*

Ik ademde diep in om zijn naam te roepen en kreunde toen iemand mijn hoofd omdraaide.

'Seth', fluisterde ik. Hij keek onbewogen en stond naast de verhakkelde auto, aan mijn portier, in zijn zwarte, zijden piratenkostuum. Het maanlicht viel op zijn ogen en op zijn hanger en gaf ze allebei een grijze glans.

'Nog in leven', zei hij vlak. Ik voelde tranen prikken. Ik kon me niet bewegen, maar alles voelde aan als één grote blok pijn, dus ik veronderstelde dat ik niet verlamd was. Verdorie, dit was een mislukte verjaardag. Mijn vader zou me vermoorden.

'Ik heb pijn', zei ik met een klein stemmetje. *Wat een domme uitspraak*, dacht ik toen.

'Ik heb hier geen tijd voor', zei Seth zichtbaar geërgerd.

Ik deed mijn ogen verder open, maar ik kon me niet bewegen toen hij uit de plooien van zijn kostuum een kleine zeis haalde. Ik probeerde te schreeuwen, maar mijn stem liet me in de steek toen hij zijn arm omhoogstak alsof hij me ging neersteken. De zeis glinsterde in het maanlicht, rood van het bloed van iemand anders. *Supertastisch. Hij is een psychopaat. Ik heb het schoolbal verlaten met een psychopaat met een zeis. Ik weet ze wel uit te kiezen.*

'Nee', schreeuwde ik en ik slaagde erin mijn armen omhoog te steken. Maar de zeis schoot als een fluisterende zucht langs me heen. Hij had me niet geraakt. Ik staarde naar mijn buik en kon niet geloven dat hij mij niet had verwond. Mijn jurk was niet gescheurd en er stroomde geen bloed, ook al wist ik dat de zeis in mijn lichaam had gesneden. Ze was dwars door mij en de auto heen gegaan.

Onbegrijpend gaapte ik Seth aan. Die stond stil, met de zeis in zijn handen. Hij keek aandachtig naar me. 'Wat...' wilde ik zeggen, toen ik begon te beseffen dat ik nergens meer pijn voelde. Maar mijn stem was compleet verdwenen. Hij haalde zijn wenkbrauwen minachtend op. Mijn gelaatsuitdrukking verlamde en ik voelde de eerste aanraking van een totale leegheid, tegelijk nieuw en vertrouwd, zoals een lang vergeten herinnering.

De beangstigende afwezigheid van alles sloop bij me binnen en verstomde elke gedachte die in me opkwam. Zacht en wazig ontvouwde zich een deken van niets in me. Het begon bij de randen van mijn wereld, nam dan bezit van de maan, van de nacht, van mijn lichaam en ten slotte ook van de auto. Het gegil van Josh werd opgezogen in een zoemende stilte. Daarna waren er alleen nog de zilveren ogen van Seth.

Toen draaide hij zich om en ging weg.

'Madison!' hoorde ik vaag, gevolgd door een licht tikje tegen mijn wang. Toen ebde ook dat weg en was er niets meer.

2

De allesomvattende, lege mist ging over in een pijnlijke reeks tintelingen en het geluid van twee discussiërende mensen. Ik voelde me doodziek. Niet omdat mijn hele rug zo pijnlijk aanvoelde dat ik nauwelijks kon ademen, maar omwille van het hulpeloze gevoel dat de gedempte over en weer pratende stemmen bij me opriepen. Ik kon bijna de beschimmelde veertjes van mijn opgevulde knuffelkonijn ruiken terwijl ik me in een balletje oprolde en luisterde naar de twee mensen die mijn wereld uitmaakten en die me zo verschrikkelijk bang maakten. Dat ze allebei hadden gezegd dat het niet mijn schuld was, had mijn verdriet helemaal niet verminderd. Verdriet dat ik diep vanbinnen moest houden, tot het een deel van me werd. Pijn die vergroeide met mijn botten. Huilen in de armen van mijn moeder en zeggen dat ik meer van haar hield. Huilen in de armen van mijn vader en zeggen dat ik het meeste van hem hield. Het was een klotemanier om op te groeien.

Maar dit... dit waren niet mijn ouders die ruziemaakten. Het leken twee tieners.

Ik ademde in en voelde dat het al iets gemakkelijker ging. Het laatste stukje nevel en de tintelingen begonnen te vervagen en mijn longen voelden pijnlijk aan, alsof iemand boven op ze zat. Ik besefte dat mijn ogen gesloten waren en ik probeerde ze te openen. Er zat een onbestemd zwart ding voor mijn neus. Ik rook de indringende geur van plastic.

'Ze was zestien toen ze in die auto zat. Het is jouw fout',

sprak een jonge, mannelijke stem opgewonden, op een vreemde, gedempte toon. Ik kreeg de indruk dat de discussie al enige tijd aan de gang was, maar ik ving slechts flarden op tussen de ongemakkelijke, lege gedachten door.

'Jij gaat me hier niet de schuld van geven', zei een meisje op dezelfde gedempte en besliste toon. 'Ze was zeventien, toen hij een muntstuk opwierp om over haar lot te beslissen. Jij hebt het verprutst, niet ik. God beware je, ze bevond zich vlak voor je! Hoe kon je missen?'

'Ik miste omdat ze geen zeventien was', kaatste hij terug. 'Ze was zestien toen hij haar oppikte. Hoe kon ik weten dat hij achter haar aan ging? En waarom was jij er niet? Jij hebt je zwaar vergist.'

Het meisje zuchtte beledigd. Ik had het koud. Ik haalde wat dieper adem en voelde een golf van kracht. Minder tintelingen, meer pijn. Een benauwd gevoel, mijn adem die me begon te verwarmen. Het was niet donker. Ik lag ergens in.

'Jij kleine etter', snauwde het meisje. 'Zeg me niet dat ik een fout heb gemaakt. Ze was zeventien toen ze stierf. Daarom was ik er niet. Ze hebben mij nooit gewaarschuwd.'

'Maar ik doe geen zestienjarigen', zei hij. Zijn stem werd gemeen. 'Ik dacht dat het om de jongen ging.'

Ik besefte plotseling dat de zwarte vlek die mijn ademhaling benauwde een plastic plaatje was. Ik tilde mijn handen op. Mijn nagels krabden het plastic kapot. In een aanval van paniek ging ik rechtop zitten.

Lag ik op een tafel? Het voelde in ieder geval zo hard aan dat het er een kon zijn. Ik schoof het stukje plastic weg. Er stonden twee tieners naast een stel vuile, witte klapdeuren. Ze draaiden zich in mijn richting, compleet verrast. Het bleke gezicht van het meisje liep rood aan en de jongen stapte achteruit, alsof hij beschaamd was dat hij betrapt was op het feit dat hij met haar discussieerde.

'Oh!' zei het meisje en ze gooide haar lange, donkere vlecht naar achter. 'Je bent wakker. Euh, hallo. Ik ben Lucy en dit is Barnabas.'

De jongen sloeg zijn ogen neer en wuifde schaapachtig.

'Hallo', zei hij. 'Hoe gaat het met je?'

'Jij was bij Josh', zei ik en mijn vinger trilde terwijl ik naar hem wees. Hij knikte, maar keek nog steeds niet naar me. Hij zag er gek uit in zijn kostuum, naast het meisje in haar short en topje. Ze droegen allebei een hanger met een zwarte steen om hun hals. De stenen zagen er saai en onbetekenend uit, maar ze trokken mijn aandacht omdat ze het enige waren dat de twee gemeenschappelijk hadden. Naast het feit dat ze kwaad waren op elkaar en dat ze verrast naar me keken.

'Waar ben ik?' vroeg ik. De lange gestalte van Barnabas kromp ineen en hij schuifelde met zijn voeten over de vloer. 'Waar is Josh?' Ik aarzelde, in het besef dat ik in een ziekenhuis was, maar... *Wacht even. Ik lag verdorie in een lijkzak?* 'Ben ik in het mortuarium?' gilde ik. 'Wat doe ik in het mortuarium?'

Ik begon wilde bewegingen te maken. Ik wriemelde mijn benen uit de plastic zak en gleed op de vloer. Mijn hielen stonden in een vreemde positie ten opzichte van elkaar terwijl ik mijn evenwicht zocht. Er zat een identificatieplaatje op een rubberen bandje rond mijn pols. Ik rukte het eraf en trok wat haartjes mee. Ik had een lange scheur in mijn jurk, en er zat vet op. Er plakte gras en vuil aan me, en ik stonk naar wei en ontsmettend middel. De waarborg van die jurk kon ik dus wel vergeten.

'Er heeft dus iemand een fout gemaakt', zei ik terwijl ik het identificatieplaatje in mijn zak stak. Lucy snoof.

'Barnabas', zei ze en hij verstarde.

'Dit is niet mijn schuld!' protesteerde hij onmiddellijk. 'Ze was zestien toen ze in die auto stapte. Ik doe geen zestienjarigen. Hoe kon ik weten dat het haar verjaardag was?'

'Tja! Ze was zeventien toen ze stierf, dus het is wel degelijk jouw probleem!'

Stierf? Waren ze blind? 'Weten jullie wat?' zei ik en ik voelde me al wat steviger op mijn benen staan. 'Jullie kunnen hier blijven staan ruziemaken tot de volgende zonsverduistering, maar ik moet iemand zoeken en zeggen dat het goed met me gaat.' Mijn hakken klikten op de vloer en ik stapte naar de vuile, witte klapdeuren.

'Madison, wacht', zei de jongen. 'Dat kan niet.'

'Niet? Kijk dan maar', zei ik. 'Mijn god, mijn vader zal zo vreselijk kwaad zijn.'

Ik liep hen voorbij, maar toen ik een paar meter verder was voelde ik een vreemd soort gebrek aan samenhang. Ik duizelde en legde mijn hand op een lege tafel. Een vreemd gevoel maakte zich van mij meester. Mijn hand verkrampte en ik trok ze weg alsof ze verbrand was. Het voelde alsof de koudheid van het metaal mijn botten had aangeraakt. Ik voelde me... sponzig. Dun. Het zachte gezoem van de airco verzwakte. Zelfs het bonzen van mijn hart klonk gedempter. Ik draaide me om en bracht mijn hand naar mijn hart in een poging om het weer normaal te laten voelen. 'Wat...'

Aan de andere kant van de kamer haalde Barnabas zijn smalle schouders op. 'Je bent dood, Madison. Het spijt me. Als je te ver uit de buurt gaat van onze amuletten, begin je substantie te verliezen.'

Hij gebaarde naar het tafeltje en ik volgde zijn blik.

Mijn ademhaling sloeg op hol. Mijn knieën knikten en ik viel bijna tegen de lege tafel. Ik lag daar nog. Ik bedoel, ik lag nog altijd op het tafeltje. Ik lag op een karretje in een kapotte lijkzak. Ik zag er veel te klein en te bleek uit. Mijn volumineuze jurk was rondom me gedrapeerd als een gebaar van vergeten, vergane glorie.

Ik was dood? Maar ik kon mijn hart horen slaan.

Mijn spieren verzwakten en ik begon ineen te zakken.

'Fijn. Het is er eentje dat flauwvalt', zei het meisje droog.

Barnabas deed een stap naar voren om me op te vangen. Hij sloeg zijn armen om me heen. Mijn hoofd hing slap. Hij raakte me aan en alles kwam terug: geluiden, geuren, zelfs mijn hartslag. Mijn oogleden trilden. Barnabas kneep zijn lippen stevig samen. Hij was heel dichtbij en ik dacht dat ik zonnebloemen rook.

'Waarom zwijg je niet gewoon?' zei hij tegen Lucy terwijl hij me op de vloer liet zakken. 'Misschien past hier een beetje medelijden? Dat is jouw taak, weet je dat?'

De kilte van de tegels drong bij me binnen. Ik kreeg mijn zicht langzaam weer wat terug. *Hoe kon ik nu dood zijn? Vielen de doden flauw?* 'Ik ben niet dood', zei ik zwak. Barnabas hielp me zodat ik overeind kon zitten. Hij zette mij met mijn rug tegen een tafelpoot.

'Jawel, dat ben je wel.' Hij hurkte naast me en zijn bruine ogen keken bezorgd. Zijn blik leek oprecht. 'Het spijt me echt. Ik dacht dat ik Josh zijn lot ging beslechten. Meestal laten ze geen bewijs achter, zoals die auto. Jij moet echt wel een uitschuiver zijn.'

Mijn gedachten vlogen naar de crash en ik bracht een hand

naar mijn maag. Josh was daar geweest. Dat herinnerde ik me. 'Hij zal denken dat ik dood ben. Josh, bedoel ik.'

Ik hoorde aan de andere kant van de kamer Lucy sarcastisch zeggen: 'Je bent ook dood.'

Ik richtte mijn blik weer op de tafel. Barnabas schoof wat op om mijn zicht enigszins te belemmeren. 'Wie ben jij?' vroeg ik nadat de duizeligheid wat was verdwenen.

Barnabas stond op. 'Wij, euh, zijn de Mobiele Afdeling Activering Incorrectheden Evaluatie en Recuperatie.'

Ik dacht even na. Mobiele Afdeling Activering... M.A.A.I.E.R? *Hemeltjelief*! Ik voelde een adrenalinestoot. Ik klauterde overeind en fixeerde mijn blik op mezelf op het tafeltje. Ik was hier. Ik leefde. Dat daar op die tafel kon ik dan misschien wel zijn, maar ik stond ook hier. 'Jullie zijn de wrede maaiers, vandaar de zeis', riep ik uit. Ik bewoog mij op de tast rond de tafel zodat ze tussen ons in stond. Mijn tenen werden gevoelloos. Ik bleef staan terwijl ik naar de amulet om Barnabas' hals staarde. 'Oh mijn god, ik ben dood', fluisterde ik. 'Maar dat kan niet. Ik ben nog niet klaar om dood te zijn. Ik wil nog zoveel doen! Ik ben nog maar zeventien!'

'Wij zijn geen wrede maaiers.' Lucy kruiste haar armen in een defensieve houding, alsof ze een pijnlijke plek wilde bedekken. 'Wij zijn de witte maaiers. Zwarte maaiers doden mensen voor het hun tijd is, witte maaiers proberen hen te redden, en wrede maaiers zijn listige bedriegers die te veel opscheppen en het einde der tijden niet zullen halen.'

Barnabas staarde verlegen naar zijn eigen voeten.

'Wrede maaiers zijn witte maaiers die in de val zijn gelopen om te gaan werken aan... de overkant. Ze halen hun zeis niet vaak tevoorschijn, want dat laten de zwarte maaiers niet toe.

Maar wanneer er ergens een onverwachte, omvangrijke dodentol is, dan weet je gewoon dat ze op een zo dramatisch mogelijke manier een paar zielen te vroeg proberen weg te halen. Ze maaien om den brode. Totaal geen stijl.'

Dat laatste zei ze op een bittere toon en ik verwonderde me over de rivaliteit. Ik hield me even staande, maar voelde het sponzige gevoel weer opkomen. Ik keek naar hun amuletten en zette een paar stappen naar voren tot het gevoel wegebde. 'Jullie vermoorden mensen. Dat is wat Seth zei. Hij zei iets over mijn ziel plukken. Jullie doden mensen!'

Barnabas legde zijn hand in zijn nek.

'Nee, eigenlijk niet. Toch niet het grootste gedeelte van de tijd.' Hij keek naar Lucy. 'Seth is een zwarte maaier, een duistere maaier. Wij duiken alleen op wanneer ze zich veel te vroeg op iemand focussen, of wanneer er een vergissing is gebeurd.'

'Een vergissing?' Ik voelde een sprankeltje hoop. Betekende dat dat ze me konden terugplaatsen?

Lucy kwam naar me toe. 'Het was niet de bedoeling dat je zou sterven, weet je? Een duistere maaier kwam je halen voordat je muntje moest worden opgegooid. Het is onze taak om hen tegen te houden, maar soms lukt het niet. We zijn hier om ons formeel te excuseren en je dan naar je plaats van bestemming te brengen.' Ze fronste haar voorhoofd en keek naar Barnabas. 'En zodra hij toegeeft dat het zijn schuld was, kan ik hier weg.'

Ik verstijfde en weigerde naar mezelf op de tafel te kijken. 'Ik ga nergens naartoe. Als jullie een fout hebben gemaakt, goed. Breng me gewoon terug! Hier ben ik.' Ik zette een stap vooruit, doodsbang. 'Dat kunnen jullie toch, of niet?'

Barnabas knipperde met zijn ogen. 'Het is een beetje te laat.

Iedereen weet al dat je dood bent.'

'Dat interesseert me niet!' schreeuwde ik. Toen verkilde mijn gezicht. Ik dacht aan mijn vader. Hij dacht dat ik... 'Papa...' fluisterde ik, helemaal in paniek. Ik ademde diep in, draaide me in de richting van de klapdeuren en begon te lopen.

'Wacht! Madison!' schreeuwde Barnabas, maar ik liep verder en sloeg met al mijn kracht tegen de deuren. Ze zwaaiden nauwelijks tien centimeter open. Maar toch lukte het me om terecht te komen in de volgende kamer. Vreemd, het was net alsof ik door de deuren heen was gegaan. En alsof ik niet eens echt daar was.

Er zat een dikke jongen achter een bureau. Hij keek op toen de openslaande deuren een licht piepend geluid maakten. Hij deed zijn kleine varkensoogjes wat verder open en hij ademde diep in. Zijn mond ging open en hij wees naar me.

'Er is een vergissing gebeurd', riep ik en ik stevende af op de open doorgang en de zwak verlichte hal. 'Ik ben niet dood.' Maar ik begon me opnieuw heel vreemd te voelen. Mistig en dun. Uitgestrekt. De geluiden klonken ook niet juist en een grijze nevel belemmerde mijn zicht en vernauwde alles om me heen alsof ik in een tunnel zat.

Barnabas kwam nu ook door de deur. Onmiddellijk werd de wereld weer normaal. Het was dus inderdaad de amulet die voor mijn stevigheid zorgde. Ik moest er een bemachtigen.

'Jawel, dat ben je wel', zei hij en hij greep mijn pols. 'Je hallucineert. Je bent niet echt hier. En ik ook niet.'

'Waar komen jullie vandaan?' vroeg de kerel achter het bureau verbaasd terwijl hij naar ons staarde. 'Hoe zijn jullie hier binnengekomen?'

Lucy liet de zwaaideur tegen de muur openklappen. De bureaujongen en ik sprongen geschrokken op. 'Madison, doe niet zo koppig. Je moet gaan.'

De kerel aan het bureau had blijkbaar genoeg van de vertoning en hij reikte naar de telefoon.

Ik verdraaide mijn pols, maar Barnabas liet me niet los.

'Ik moet mijn vader spreken', riep ik en hij deed me mijn evenwicht verliezen.

'We gaan', zei hij en in zijn ogen las ik de bedreiging. 'Nu meteen.'

Ik stampte op zijn voet, uitzinnig. Barnabas jankte en zijn slungelige gestalte sloeg dubbel toen hij mij losliet. Lucy grijnsde naar hem. Ik liep naar de hal. *Probeer me maar eens tegen te houden*, dacht ik, en toen botste ik tegen iets groots, iets warms, dat naar zijde rook. Ik keek omhoog. Toen zag ik dat het Seth was. Hij had me vermoord met een zeis die geen sporen naliet, nadat hij eerst geprobeerd had om me te laten verongelukken. Hij was een duistere maaier. Hij was mijn dood.

'Waarom zijn ze met zijn tweeën voor jou?' vroeg hij toen hij Lucy en Barnabas zag. De intonatie van zijn stem was heel gemoedelijk, maar de klank ervan deed pijn aan mijn oren. En de zeegeur rook nu rot. 'Dat is ook waar', voegde hij eraan toe en hij keek me opnieuw aan. Ik huiverde. 'Je bent gestorven op de dag van je verjaardag. Twee maaiers. Jongens, jongens. Een echte *drama queen*, die Madison. Ik ben blij dat je rechtop staat. Het is tijd om te gaan.'

Intuïtief en bang trok ik me terug. 'Raak me niet aan.'

'Madison', riep Barnabas. 'Ren!'

Maar de enige richting die ik op kon, was naar het mortuarium. Lucy kwam voor me staan met haar handen opengespreid, alsof ze Seth louter op wilskracht kon tegenhouden. 'Wat kom jij hier doen?' zei ze en haar stem trilde. 'Ze is al dood. Je kunt haar lot geen twee keer beslechten.'

Seth bewoog vol zelfvertrouwen lichtjes heen en weer. 'Zoals je net zei, ik heb haar lot beslecht. Ze is van mij als ik dat wil.'

Barnabas verbleekte. 'Je komt nooit terug voor hen. Je bent...'

Zijn ogen schoten naar de steen om de hals van Seth. 'Jij bent geen zwarte maaier, is het niet?'

Seth grijnsde, alsof Barnabas net een goede grap had verteld. 'Nee, dat ben ik inderdaad niet. Ik ben iets meer dan dat. Meer dan jij aankunt. Ga weg, Barnabas. Verdwijn. Dat zal het beste zijn.'

Ik staarde hulpeloos naar Barnabas. Zijn bruine ogen ontmoetten de mijne en hij zag mijn angst. Ik zag hoe hij al zijn moed verzamelde.

'Barnabas', riep Lucy doodsbenauwd. 'Doe het niet!'

Maar Barnabas stortte zich op de duistere figuur in zwarte zijde. Seth draaide zich om en raakte Barnabas met de achterkant van zijn hand. Het was een simpele beweging, met een beangstigend gemak uitgevoerd. Er volgde een wild gezwaai van armen en benen. Barnabas vloog achteruit en smakte tegen de muur. Hij zakte uitgeteld in elkaar op de grond.

'Ren!' schreeuwde Lucy en ze duwde me naar het mortuarium. 'Blijf in het zonlicht. Zorg ervoor dat de zwarte vleugels je niet kunnen aanraken. We gaan hulp halen. Iemand zal je wel vinden. Maak dat je wegkomt.'

'Hoe?' riep ik uit. 'Hij staat vlak voor de enige uitgang die er is.'

Seth kwam weer in beweging en haalde uit naar Lucy. Ze stortte ter plekke ineen. Ik bleef alleen achter, want de kerel achter het bureau was ofwel flauwgevallen of zat weggedoken achter zijn desk. Ik ging helemaal rechtop staan – voor wat er van mijn lengte overbleef – en trok mijn jurk recht. *Nu zat ik ogenschijnlijk nog dieper in de ellende.*

'Ze bedoelde', zei Seth en zijn stem klonk tegelijkertijd vertrouwd en vreemd, 'dat je door de muren moet lopen. In de zon zul je een betere kans maken tegenover de zwarte vleugels dan met mij onder de grond.'

'Maar ik kan niet...' begon ik. Toen keek ik naar de zwaaideuren. Ik was erdoor gelopen, terwijl ik ze maar een paar centimeter had opengeduwd. Wat was ik in godsnaam? Een geest?

Seth lachte. Hij maakte me bang. 'Ik ben blij je te zien, Madison, nu ik je echt kan... zien.' Hij nam zijn masker af en liet het vallen. Zijn gezicht was bloedmooi, net of het gebeeldhouwd was.

Ik likte aan mijn lippen en rilde toen ik terugdacht hoe hij me had gekust. Ik hield een arm tegen mijn lichaam gedrukt en liep achteruit, zodat ik uit de invloedssfeer van Barnabas en Lucy zou raken en door de muren kon lopen. Als mijnheer Griezel zei dat ik dat kon, dan was het misschien ook waar? Seth volgde me, stap na stap. 'We vertrekken samen. Want niemand zal geloven dat ik je heb uitgeschakeld tenzij ik je voor hun voeten neergooi.'

Ik bleef in beweging. Mijn blik dwaalde naar Lucy en Barnabas, die allebei nog uitgeput op de vloer lagen. 'Ik blijf liever, bedankt.' Mijn hart klopte razendsnel en ik raakte de muur. Een kleine kreet ontsnapte me. Ik was nu ver genoeg van hen vandaan om wazig te worden, maar ik was het niet. Ik staarde naar Seth en keek dan naar de zwarte steen om zijn hals. Het was dezelfde. *Verdorie!*

'Je hebt geen keuze', zei hij. 'Ik heb jou vermoord. Jij bent van mij.'

Hij reikte naar mij en greep mijn pols vast. De adrenaline stroomde door mijn lichaam. Ik draaide me om...

'Dat ben ik verduiveld niet', zei ik en ik trapte tegen zijn schenen. Hij had het duidelijk gevoeld. Hij gromde en boog voorover van de pijn maar liet niet los. Zijn gezicht was nu binnen mijn bereik en ik greep zijn haar vast en sloeg zijn neus tegen mijn opgetilde knie. Ik voelde hoe er kraakbeen brak. Mijn maag keerde zich om.

Hij vloekte in een taal die pijn deed aan mijn hoofd. Toen liet hij mij los en viel achterover.

Ik moest hier weg. Ik moest nu sterk zijn of het zou mij nooit lukken. Mijn hart sloeg als een bezetene. Ik greep de steen om zijn hals vast en trok de ketting over zijn oren en zijn hoofd. De steen knetterde in mijn hand als vuur en ik klemde mijn vingers er stevig omheen, bereid om elk lijden te doorstaan als ik uiteindelijk maar weer heel werd.

Seth viel op de vloer. Hij staarde me aan. Zijn gezicht was helemaal bedekt met bloed. Hij keek ongelooflijk verrast, net alsof hij door een glazen muur was gelopen.

'Madison...' Barnabas schraapte zijn keel.

Ik draaide me om en zag dat hij naar me keek met een van pijn doordrongen, onscherpe blik.

'Ren', hijgde hij.

Met de amulet van Seth in mijn hand, keerde ik me om naar de open hal... en begon ik te rennen.

3

'Vader!' Ik stond in de open voordeur en mijn hart bonsde. Ik luisterde naar de stilte die opsteeg uit het huis dat mijn vader altijd zo netjes en ordelijk hield. Achter me zag ik in een tuin

een grasmaaier rondsnorren in de vroege zon. De gouden
nevel viel binnen in het huis en deed de hardhouten vloer en
de trapleuning schitteren. Ik had de hele weg afgelegd op
mijn hakken en in die afschuwelijke jurk. Mensen hadden me
aangestaard. Dat ik me eigenlijk helemaal niet moe voelde,
beangstigde me. Mijn pols klopte snel, niet van angst maar
van de inspanning.

'Vader!'

Ik ging naar binnen en mijn ogen vulden zich met tranen
toen ik boven de ongelovige, beverige stem van mijn vader
hoorde. 'Madison?'

Ik liep de trap op met twee treden tegelijk. Ik struikelde over
mijn jurk en spurtte het laatste stukje naar boven. Mijn keel
werd dichtgeknepen en ik sprintte naar mijn kamer. Daar
bleef ik plotseling staan. Mijn vader zat op de vloer tussen
mijn dozen, die ik wel had geopend maar nooit had
uitgepakt. Hij zag er oud uit. Zijn dunne gezicht was
uitgemergeld van verdriet. Ik kon me niet bewegen, ik wist
niet wat ik moest doen.

Hij staarde me aan met opengesperde ogen, net alsof ik niet
echt daar was. 'Je hebt nooit uitgepakt', fluisterde hij.

Een warme traan bengelde aan mijn kin. Ze leek nergens
vandaan te komen. Toen ik hem zo zag, besefte ik dat hij me
echt nodig had om hem te herinneren aan de goede dingen.
Niemand had me ooit zo nodig gehad. 'Ik... sorry, papa...'
was alles wat ik kon uitbrengen, terwijl ik daar hulpeloos
stond.

Hij ademde diep in. Er verscheen een emotie op zijn gezicht.
Opeens stond hij op. 'Je leeft?' stamelde hij en ik snakte naar
adem toen hij de drie stappen die ons van elkaar scheidden,
overbrugde en me in een versmachtende omhelzing in zijn

armen nam. 'Ze zeiden dat je dood was. Maar je leeft?'

'Met mij is alles goed', snikte ik in zijn armen. De opluchting die door mijn lichaam stroomde was zo groot dat het pijn deed. Hij rook naar zijn lab, naar olie en inkt, en niets had ooit zo goed geroken. Ik kon mijn tranen niet tegenhouden. Ik was dood – dacht ik toch. Ik had een amulet, maar ik wist niet of ik in staat zou zijn om te blijven. Door de gedachte daaraan groeide mijn machteloosheid. 'Met mij is alles goed', herhaalde ik, tussen mijn hikkende snikken door. 'Er was een vergissing gebeurd.'

Half lachend duwde hij me een beetje achteruit zodat hij mijn gezicht kon zien. Er schitterden tranen in zijn ogen en hij lachte alsof hij er nooit mee zou ophouden. 'Ik ben in het ziekenhuis geweest', zei hij. 'Ik heb je gezien.' Hij voelde als het ware de herinnering aan die pijn opnieuw. Hij raakte mijn haar aan met een bevende hand om zichzelf ervan te vergewissen dat ik echt was. 'Maar je bent oké. Ik heb geprobeerd je moeder te bereiken. Ze zal denken dat ik gek ben. Nog gekker dan anders. Ik kon geen boodschap achterlaten op haar antwoordapparaat om te zeggen dat je een ongeluk had gehad. Dus heb ik opgehangen. Maar is alles echt goed met je?'

Mijn keel zat helemaal dicht en ik snikte luid. *Ik was niet van plan om mijn amulet op te geven. Nooit.* 'Sorry, papa', zei ik nog altijd huilend. 'Ik had niet mogen meegaan met die jongen. Ik had het nooit mogen doen. Ik heb er zo'n spijt van. Sorry.'

'Sssst.' Hij gaf me opnieuw een knuffel en wiegde me in zijn armen, waardoor ik nog harder begon te wenen. 'Het geeft niet. Je bent oké', zei hij zacht en zijn hand streek door mijn haar. Hij wist natuurlijk niet dat ik wel degelijk dood was.

Toen hield hij even zijn adem in en stopte zijn bewegingen. Hij hield me op een armlengte voor zich. De rust die me overviel toen hij me zo bekeek, deed mijn tranen verminderen tot een zacht gesnik. 'Je bent echt oké', zei hij verwonderd. 'Je hebt geen schrammetje.'

Ik lachte nerveus en hij liet een van zijn armen zakken.

'Papa, er is iets dat ik je moet vertellen. Ik...'

Ik hoorde een zacht geschuifel aan de deur. Mijn vader keek over mijn schouders en ik draaide me om. Daar stond Barnabas, een beetje slungelachtig, naast een kleine man in gevechtsuitrusting. De kleren zaten losjes om zijn lichaam en leken helemaal niet functioneel. Hij stond kaarsrecht en was slank, met scherpe gelaatsuitdrukkingen en een getaande huid. Hij had donkerbruine ogen met diepe rimpels aan de ooghoeken. Ook aan zijn haar kon je zien dat hij oud was, want de dikke krullen waren grijs aan de uiteinden.

'Excuseer', zei mijn vader en hij trok me naar zich toe. 'Hebben jullie mijn dochter thuisgebracht? Bedankt.'

Ik hield niet van de grijns van Barnabas en ik moest mij vermannen om me niet te verbergen achter mijn vader. Hij had zijn arm nog altijd om me heen en ik wilde me niet bewegen. Verdorie, volgens mij had Barnabas zijn baas meegebracht. Ik wilde blijven. *Verdomme, ik wil niet dood zijn. Dit is niet eerlijk!*

De donkere man keek spottend. 'Nee', zei hij. 'Ze is helemaal alleen hier gekomen. God mag weten hoe.'

Ik droogde mijn ogen en voelde me angstig. 'Zij hebben me niet naar huis gebracht', zei ik nerveus. 'Ik ken hen niet. De jongen heb ik eerder gezien,' voegde ik eraan toe, 'maar de oude man niet.'

Mijn vader keek nog altijd op een heel neutrale manier naar

de twee mannen. Hij probeerde de puzzelstukjes in elkaar te passen. 'Zijn jullie van het ziekenhuis?' vroeg hij en zijn gezicht verstrakte. 'Wie heeft mij verteld dat mijn dochter dood was? Daar zal iemand voor boeten.'

Barnabas kromp ineen en zijn baas snoof bevestigend. 'U kon het niet juister formuleren, mijnheer.' Zijn ogen dwaalden door mijn kamer, over de roze muren, de witte meubels en langs de dozen die ik wel had opengemaakt maar nooit volledig had uitgepakt. Uiteindelijk belandde zijn blik op mij en ik vroeg me af tot welke conclusies hij was gekomen. Nu mijn leven zo abrupt eindigde, leek ik wel wat op mijn kamer – alles was hier, maar er was niets uit de dozen gehaald. En nu zou alles weer worden dichtgeplakt en in een kast worden geschoven, zonder dat al de goede dingen die erin zaten ooit waren bekeken of ten volle waren doorgedrongen. *Ik ben er nog niet mee klaar.*

Ik verstijfde toen de man een stap in mijn kamer zette en zijn dunne hand verzoenend optilde. 'We moeten praten, mijn kind', zei hij kil.

Oh, mijn god. Hij wilde dat ik met hem mee zou gaan.

Ik klemde de amulet dicht tegen me aan en mijn vaders greep verstevigde. Hij zag mijn angstige ogen en begreep eindelijk dat er iets fout zat. Hij bewoog zichzelf tussen mij en de twee personen in de deuropening. 'Madison, bel de politie', zei hij. Ik nam het telefoontoestel op het nachtkastje. *Dat* had ik uitgepakt.

'Ik denk dat we even tijd nodig hebben', zei de oude man. Mijn aandacht verscherpte toen hij zijn hand op en neer bewoog als een slechte acteur in een sciencefictionfilm. Het gezoem van de open telefoonlijn hield op en de grasmaaier buiten viel stil. Ik was verstomd, keek naar de telefoon en vervolgens naar mijn vader, die tussen mij en de twee mannen in stond. Hij bewoog zich niet.

Mijn knieën voelden sponzig. Ik zette de telefoon terug in de houder en staarde naar mijn vader. Hij leek oké. Los van het feit dat hij niet kon bewegen althans.

De oude man zuchtte en ik keek hem strak aan. Jong van een prostituee, dacht ik, koud en bang. Maar ik zou me niet zomaar gewonnen geven.

'Laat hem gaan', zei ik met trillende stem. 'Of ik zal... ik zal...'

Barnabas krulde zijn lippen en de man fronste zijn wenkbrauwen. Zijn ogen waren grijsblauw, terwijl ik echt had gedacht dat ze bruin waren. 'Je zult wat?' zei hij en hij ging steviger staan met zijn armen gekruist over zijn borstkas.

Ik keek naar mijn vader die daar helemaal bevroren stond. 'Ik ga gillen of zoiets', dreigde ik.

'Ga je gang. Niemand zal je horen. Het zal een zuchtje in de wind zijn, het zal zo snel oplossen dat het niet zal worden gehoord.'

Ik ademde in, klaar om het toch te proberen en hij schudde zijn hoofd. Mijn adem barstte uit mijn lichaam en ik deinsde achteruit toen hij de kamer in stormde. Maar hij kwam niet naar mij. Hij gaf een ruk aan de witte stoel van de kaptafel en kroop er met zijn kleine lichaam in. Hij legde een elleboog op de rug van de stoel en schudde zijn voorhoofd heen en weer in zijn hand, alsof hij bezorgd was. Hij zag er vreemd uit op die stoel, tussen de muziekinstallatie en de meisjesspullen. 'Waarom kan het nooit eens gemakkelijk gaan?' mompelde hij en hij speelde met mijn keramieken zebra's. 'Is dit grappig?' riep hij, luider nu, naar het plafond. 'Lach je erom?

Vind je dit één grote grap of zo?'

Ik keek naar de deur. Barnabas schudde waarschuwend zijn hoofd. Het raam was ook nog een optie – hoewel ik met deze jurk aan waarschijnlijk dood zou vallen als ik weggleed.

Maar, wacht even, kon dat een probleem zijn? Ik was al dood. 'Is alles goed met mijn vader?' vroeg ik en ik raakte zijn elleboog aan.

Barnabas knikte en de oude man richtte zijn blik weer op mij. Hij grijnsde en het leek alsof hij een beslissing had genomen. Hij stak zijn hand uit. Ik keek ernaar, maar ik nam ze niet aan.

'Aangename kennismaking', zei hij kordaat. 'Madison is je naam? Iedereen zegt Ron tegen mij.'

Ik keek hem aan. Langzaam liet hij zijn arm zakken. Zijn ogen waren weer bruin. 'Barnabas heeft me verteld wat je hebt gedaan', zei hij. 'Mag ik hem zien?'

Ik was verrast en liet nerveus mijn vingers van mijn vaders arm glijden. Jezus... dit was griezelig. Het leek alsof de hele wereld was opgehouden te bestaan. Ik was een wandelende dode, dus was mijn bevroren vader waarschijnlijk nog niet eens zo erg. 'Wat zien?'

'De steen', zei Ron en het vleugje angst in zijn stem sloeg bij me in als een bom.

Hij wilde de steen. Hij wilde hem. Het enige wat me in leven hield. Of ervoor zorgde dat ik althans niet helemaal dood was. 'Dat denk ik niet', zei ik. Ik was nog meer overtuigd van de waarde van de steen toen ik het gealarmeerde gezicht van Ron zag terwijl ik mijn hand omhoog liet kruipen om het koude oppervlak van de steen te voelen.

'Madison', vleide hij en hij stond op. 'Ik wil er alleen maar eens naar kijken.'

'Jij wilt de steen!' riep ik uit en mijn hart sloeg over. 'De steen houdt me stevig, ik wil niet sterven. Jullie hebben het verknoeid. Ik moest helemaal niet dood! Het is jouw schuld!'

'Dat is waar, maar je *bent* nu wel dood', zei Ron. Mijn adem gierde door mijn keel toen hij zijn hand uitstak. 'Laat me er gewoon eens naar kijken.'

'Ik geef hem niet!' schreeuwde ik en de ogen van Ron fonkelden van angst.

'Madison, nee! Zeg dat niet!' riep hij en hij stak zijn hand uit naar de steen.

Ik strompelde achteruit, weg van de twijfelachtige bescherming van mijn vader, en hield de steen stevig vast.

'Hij is van mij!' gilde ik en ik botste met mijn rug tegen de muur.

Ron bleef plotseling staan en ik zag de wanhoop in zijn gezicht toen hij zijn arm liet zakken. De wereld kantelde. 'Oh, Madison', ademde hij zwaar. 'Dit had je niet mogen doen.'

Ik begreep niet waarom hij opeens was blijven staan en staarde hem aan. Toen voelde ik een rilling door mijn lichaam gaan. Een verkrampend, ijzig gevoel ontstond in mijn handpalm en in de amulet, en de ijlheid trok door heel mijn lichaam en verstijfde me. Het voelde aan als een elektrische schok. Ik hoorde mijn hartslag als een echo binnen in me. Het bonkende geluid kaatste tegen mijn huid en kwam dan weer de ruimte van mijn lichaam in en vulde mij en ik voelde me bijna... heel. Eén tel later overspoelde mij een hitte, als om de koude te counteren, en toen... was het over.

Mijn adem blokkeerde en ik stond versteend met mijn rug tegen de muur. Mijn hart bonsde en ik staarde naar Ron. Hij zag er ellendig uit, stil en terneergeslagen. Ik durfde me niet te bewegen. Maar de amulet in mijn hand voelde anders aan. Ze straalde bijna geen vonken meer uit. Ik kon mezelf niet tegenhouden en opende mijn hand. Mijn mond viel open. De amulet zag er niet meer hetzelfde uit.

'Kijk', zei ik een beetje dom. 'Ze is veranderd.'

Ron boog zijn rug en zakte mompelend terug in de stoel. Ik was stomverbaasd en nam de koord waar de amulet aan hing in mijn handen. Toen ik de amulet van de zwarte maaier had gestolen, was de steen vaalgrijs geweest. Nu was hij helemaal zwart, net een transparante vlek die aan een koord bungelde. De zwarte koord had een zilveren schijn die het licht opving en terugkaatste in de kamer. Verdorie, misschien had ik de amulet vernield. Maar ze was zo mooi. Hoe kon ze nu kapot zijn?

'Zo zag ze er niet uit toen ik ze wegnam', zei ik. Ik kreeg het koud toen ik de meelijwekkende blik zag waarmee Ron naar me keek. Achter hem stond Barnabas, die er doodsbenauwd uitzag, met een bleek gezicht en grote ogen.

'Dat is zo', zei Ron bitter. 'We hadden gehoopt hier op een constructieve manier een einde aan te maken. Maar dat kan niet meer, nu jij de amulet hebt opgeëist. Nee, nu is ze van jou.' Zijn ogen ontmoetten de mijne. In zijn blik stond wrange afkeer te lezen. 'Gefeliciteerd.'

Ik liet mijn hand zakken en ik schuifelde wat heen en weer. De amulet was van mij. Hij zei dat ze van mij was.

'Maar het was de steen van een zwarte maaier', zei Barnabas en ik hoorde de angst in zijn stem. 'Die kerel was geen zwarte maaier, maar hij had wel de steen van een maaier. Misschien is zij een zwarte maaier!'

Mijn lippen bewogen. 'Hola, wacht even.'

'Ze is een zwarte maaier', riep Barnabas. Mijn mond viel

open toen hij van onder zijn shirt een korte zeis haalde, precies dezelfde als die van Seth. Hij deed een sprong vooruit en kwam tussen mij en Ron in staan.

'Barnabas', brulde Ron en hij gaf hem een klap zodat hij weer naar de deur strompelde. 'Zij is geen zwarte maaier, idioot! Zij is ook geen witte maaier. Dat kan niet. Ze is een mens, ook al is ze dood. Steek dat ding weg voor ik het laat verdwijnen!'

'Maar het is de steen van een zwarte maaier', stotterde hij. Hij haalde zijn magere schouders op. 'Ik zag hoe ze hem wegnam.'

'En door wie is ze te weten gekomen wat dat ding was, Barney?' spotte hij. De jongeman kromp ineen met gebogen hoofd. Hij schaamde zich duidelijk.

Mijn hart bonsde terwijl ik daar in de hoek stond, met mijn vingers om de hanger geklemd. Mijn handen deden pijn. Ron keek minachtend naar ons beiden. 'Dat is helemaal geen steen meer van een zwarte maaier. Want een zwarte maaier zou sterk genoeg zijn om een fysiek bewijs van zijn bestaan achter te laten of...' en hij vervolgde terwijl hij zijn hand opstak zodat Barnabas hem niet kon onderbreken, 'heeft een reden om terug te komen voor de ziel van iemand wier lot hij heeft beslecht. Zij bezit iets dat krachtiger is dan een steen, en ze zullen ervoor terugkomen. Daar kun je zeker van zijn.'

Fantastisch. Prachtig.

Barnabas probeerde zich een beetje te herstellen. Hij zag er ongerust en bang uit. 'Hij zei dat hij geen maaier was, maar ik dacht dat hij probeerde om ons bang te maken. Wat is hij, als hij geen maaier is?'

'Dat weet ik nog niet. Maar ik heb zo mijn vermoedens.'

Rons onwetendheid was erger dan wat hij ook had kunnen

zeggen. Het koude zweet brak mij uit. Ik beefde en Ron zuchtte toen hij het opmerkte. 'Ik had waakzamer moeten zijn', mompelde hij. Hij keek naar boven en bulderde: 'Een memo zou handig zijn geweest!'

Zijn stem galmde en accentueerde het gedempte niets dat de wereld in zijn greep had. Ik realiseerde me dat deze twee mensen geen echte mensen waren en keek opnieuw naar mijn vader, die er nog altijd even ijzig en onbewogen bij stond, als een paspop. Ze zouden hem toch geen pijn berokkenen, of wel? Om hun fout met betrekking tot mij te verdoezelen?

'Van de regen in de drop', zei Ron zacht. 'Maar we zullen er het beste van moeten maken.'

De oude man stond met een diepe zucht op. Toen ik hem in beweging zag komen, verliet ik mijn hoek om tussen hem en mijn vader te gaan staan. Ron keek vermoeid naar mijn opgestoken hand. Ik was net een pup die een grote hond wilde tegenhouden en de grote hond stopte inderdaad, maar dan alleen omdat het hem niet interesseerde.

'Ik ga niet weg', zei ik en ik ging onverschrokken voor mijn vader staan, alsof ik ook maar iets kon doen. 'En jullie blijven van mijn vader af. Ik heb een steen. Ik ben stevig. Ik leef!'

Ron keek recht in mijn ogen. 'Je hebt een steen, maar je weet niet hoe je hem moet gebruiken. En je leeft niet. Deze hersenschim – dat je wel leeft – is een overmoedig idee. Natuurlijk, als ik erover nadenk dat jij een steen hebt en dat *zij* jouw lichaam hebben...'

Mijn blik gleed naar Barnabas en ik zag aan zijn ongemakkelijke gelaatsuitdrukking dat het waar was. 'Seth? Hij heeft mijn lichaam?' vroeg ik vervuld van angst. 'Hoe bedoel je?'

Ron reikte naar me en ik sprong op toen zijn hand op mijn schouder belandde. Ze was warm en ik kon zijn steun voelen – al dacht ik niet dat hij echt iets kon doen om me te helpen. 'Om ervoor te zorgen dat je niet overloopt en de steen voorgoed aan ons geeft?' suggereerde hij. Zijn donkere ogen vulden zich met medelijden. 'Zolang ze jouw lichaam hebben, zit je hier vast. De steen die je hebt weggenomen, is blijkbaar een belangrijke steen. Hij is uiteengevallen om zich aan te passen aan jouw sterfelijkheid. Dat kunnen maar heel weinig stenen. Meestal, wanneer een mens een steen opeist, wordt hij verpulverd doordat de steen overbelast raakt.'

Mijn mond viel open en Ron knikte wijs.

'Met de steen in ons bezit,' ging Ron verder, 'zijn zij in het nadeel. Het kan alle kanten uit momenteel, het is een dubbeltje op zijn kant.'

Zijn hand gleed weg. Ik voelde me nog slechter en heel klein, ook al was ik groter dan hij.

'Zolang jij je in de lichamelijke dimensie bevindt, kunnen ze je misschien vinden', zei hij. Hij stapte naar het raam en keek naar buiten, naar een wereld die bijna helemaal was stilgevallen.

'Seth weet toch waar ik ben?' zei ik verward. Ron draaide zich langzaam om.

'Strikt genomen wel, ja. Maar hij is hier nogal onverwacht vertrokken met jouw lichaam. Hij is overgestoken zonder een steen mee te nemen die hem een aanwijzing geeft van de exacte plek in de tijd waar jij je bevindt. Het zal moeilijk zijn om jou terug te vinden. Vooral wanneer jij niets doet om de aandacht op jezelf te richten.'

Miss Anoniempje. Ja, dat moet wel lukken. Wat had je gedacht?

Mijn hoofd deed pijn en ik hield mijn ene arm met de andere tegen mijn lichaam gedrukt. Ik probeerde te begrijpen wat hij aan het vertellen was.

'Maar hij gaat je vinden. Hij zal je vinden, en jou en die steen met zich meenemen. En wat gebeurt er dan?' Hij schudde zijn hoofd en draaide zich weer naar het raam. Het binnenvallende licht verleende hem gouden contouren. 'Ze doen vreselijke dingen, zonder nadenken, om er zelf beter van te worden.'

Seth had mijn lichaam. Ik voelde me wit wegtrekken. Barnabas merkte het op en schraapte zijn keel om de aandacht van Ron te trekken. De oude man keek naar me en hij knipperde met zijn ogen, alsof hij nu pas besefte wat hij tegen me had gezegd. 'Ach, ik kan me ook vergissen', zei hij maar dat hielp me niet echt. 'Ik zit soms helemaal fout.'

Mijn pols versnelde en ik voelde paniek opborrelen. Voor het ongeval had Seth me gezegd dat ik zijn ticketje was naar een hogere loge. Hij wilde me niet gewoon dood. Hij wilde mij. Niet de steen die ik van hem gestolen had. Mij. Ik opende mijn mond om het aan Ron te vertellen en veranderde toen van gedachten. De angst sloeg me om het hart. Barnabas maakte uit mijn reactie op dat ik iets achterhield, maar Ron stapte met kordate stappen door de kamer en joeg Barnabas naar buiten. Die trok zich stilletjes terug in de hal, ervan overtuigd dat – wat het ook was wat ik niet had gezegd – het iets was wat hem dieper in de nesten zou brengen. Mijn hele lichaam bevond zich in staat van alarm. Ze gingen toch niet vertrekken?

'Het enige wat we nu kunnen doen,' zei Ron, 'is jou intact houden tot we weten hoe we de greep die de steen op jou heeft, kunnen verbreken zonder jouw ziel kapot te maken.'

'Maar je hebt net gezegd dat ik niet kan sterven', zei ik. *Waar dacht hij wel dat hij naartoe ging? Seth was naar me op zoek!* Ron bleef op de drempel staan. Barnabas stond achter hem. De bezorgdheid die hij uitstraalde leek te zwaar voor zijn prille zeventien jaar. 'Je kunt niet sterven omdat je al dood bent', zei de oude man. 'Maar er zijn ergere dingen.'
Fantastisch, dacht ik en ik kreeg het warm als ik terugdacht aan hoe ik had gedanst met Seth, hoe hij mij had gekust, de gewaarwording van zijn neus die tegen mijn knie was gebroken, en de haatdragende blik die hij me toen had toegeworpen. Je bent er nog lang niet, Madison. Ik had niet alleen mijn reputatie op een nieuwe school naar de haaien geholpen, ik was er bovendien ook in geslaagd om de engel des doods te beledigen. Ik had mezelf boven aan zijn verlanglijstje gezet.
'Barnabas?' zei Ron. Ik schrok. Barnabas keek ook verrast. 'Mijnheer?'
'Gefeliciteerd, je bent gepromoveerd tot beschermengel.'
Barnabas verstijfde en keek toen verschrikt naar mij. 'Dat is geen promotie. Dat is een straf!'
'Dit is gedeeltelijk jouw schuld', zei Ron en zijn stem klonk scherp terwijl hij geniepig naar me lachte – buiten het gezichtsveld van Barnabas. 'Voor het grootste deel, waarschijnlijk.' Zijn gezicht verstrengde. 'Aanvaard het. En reageer het niet af op haar.'
'En Lucy dan? Het was haar verantwoordelijkheid!' protesteerde hij. Hij zag er heel jong uit als hij zo zeurde.
'Madison is zeventien', zei Ron. Zijn toon duldde geen tegenspraak. 'Jij doet zeventienjarigen. Een koud kunstje voor jou.'
Hij draaide zich om, met zijn handen op zijn heupen. 'Boven

op jouw gewone preventietaak als witte maaier ben je vanaf nu dus ook Madisons beschermengel. Ik durf te denken dat wij deze klus in een jaartje kunnen klaren.' Zijn blik dwaalde af. 'Op de een of andere manier.'

'Maar, mijnheer!' riep Barnabas uit en hij botste tegen de muur van de hal toen Ron hem opzij duwde op weg naar de trap. Ik volgde hen. Ik kon mijn oren niet geloven. *Ik kreeg een beschermengel?*

'Mijnheer, dat kan ik niet!' zei Barnabas en zijn protest gaf me het gevoel een ongewenste last te zijn. 'Ik kan niet én mijn werk doen én haar in de gaten houden! Als ik iets te ver uit de buurt ga, nemen ze haar mee!'

'Houd haar dan bij je in de buurt terwijl je je werk doet.' Ron ging enkele treden naar beneden. 'Ze moet leren hoe ze dat ding gebruikt. Leer haar iets in je *overvloedige* vrije tijd. Trouwens, het is niet zo dat je haar in leven moet houden. Zorg er gewoon voor dat haar muntje blijft tollen. En probeer deze keer wat beter je best te doen', snauwde hij.

Barnabas sputterde nog wat tegen en Ron draaide zich naar mij met een bezorgde glimlach. 'Madison', zei hij op een afscheid nemende toon. 'Houd de hanger bij je. Hij zal je enigszins beschermen. Als je hem afdoet, kunnen de zwarte vleugels je vinden en dan zijn de duistere maaiers nooit ver uit de buurt.'

Zwarte vleugels. Daar was die omschrijving weer. De naam alleen riep een vervelend beeld op in mijn hoofd. 'Zwarte vleugels?' vroeg ik. De twee woorden klonken vies uit mijn mond.

Ron bleef staan op de onderste trede. 'Verachtelijke gieren die zijn overgebleven uit de schepping. Ze ruiken verdachte overlijdens nog voor ze plaatsvinden en proberen een stukje van de verdwaalde ziel mee te graaien. Zorg ervoor dat ze je niet aanraken. Omdat je dood bent, kunnen ze je ruiken, maar door die steen zullen ze denken dat je een maaier bent en zullen ze je met rust laten.'

In mijn hoofd ging het alle kanten uit. Uit de buurt blijven van zwarte vleugels. Check.

'Cronus!' smeekte Barnabas, toen Ron opnieuw in beweging kwam. 'Doe me dit alstublieft niet aan!'

'Haal eens diep adem en maak er het beste van', zei Ron toen hij beneden was gekomen en naar de voordeur liep. 'Het is maar voor een jaartje.'

Hij stapte over de drempel, naar het zonlicht. Het licht raakte hem aan en hij verdween. Niet in een keer, maar stukje bij beetje, vanaf zijn voeten ging hij op in het licht. Het zonlicht dat het huis binnenstroomde scheen te glinsteren en opeens kwam de grasmaaier in de verte weer tot leven.

Ik haalde adem toen de wereld weer begon te draaien en opnieuw het geluid van vogels, wind en een radio voortbracht. Ik stond naast Barnabas. 'Wat bedoelt hij, voor een jaar?' fluisterde ik. 'Is dat alles wat ik nog heb?'

Barnabas bekeek me van top tot teen en was zichtbaar uit zijn humeur.

'Hoe moet ik dat weten?'

Vanuit mijn kamer kwam een verbaasd: 'Madison? Ben jij dat?'

'Vader!' zei ik en ik liep tegen hem aan toen hij uit de deur kwam. Hij maakte van onze botsing een innige omhelzing. Terwijl hij zijn armen om me heen sloeg, glimlachte hij naar Barnabas. 'Jij moet de jongen zijn die Madison gisterenavond heeft thuisgebracht. Seth, was het niet?'

Huh? dacht ik, stomverbaasd. Hij had Barnabas toch al

ontmoet? En hoe kon hij zo snel overschakelen van
beschermende kwaadheid naar de rol van sympathieke
vader? En wat met het ongeval? Of het ziekenhuis? De
verongelukte auto? *Ik die dood was?*

Barnabas sprong van de ene voet op de andere, alsof hij
verlegen was. Hij zag dat mijn mond wijd openstond van
verbazing en zond me een blik die betekende dat ik moest
zwijgen. 'Nee, mijnheer. Ik ben Barnabas. Een vriend van
Madison. Ik was ook bij haar gisterenavond, nadat Josh was
vertrokken. Aangenaam om met u kennis te maken. Ik kwam
gewoon eens kijken of Madison, euh, zin had om vandaag
iets te gaan doen.'

Mijn vader zag er trots uit omdat ik erin geslaagd was een
vriend te maken zonder zijn hulp, maar ik was compleet in
de war.

Hij schraapte zijn keel, alsof hij even tijd nodig had om te
beslissen hoe hij het eerste vriendje van zijn dochter dat hij te
zien kreeg, zou behandelen. Hij nam de uitgestrekte hand
van Barnabas aan. Ik keek verbaasd toe hoe ze handjes
schudden. Barnabas haalde zijn schouders op in mijn
richting en ik begon me een beetje te ontspannen. Het leek
erop dat alles uit het geheugen van mijn vader was gewist en
dat een valse herinnering aan een niet-gebeurde avond in de
plaats was gekomen – de natte droom van elke tiener. Ik
moest alleen nog te weten komen hoe Ron dit gedaan had.
Voor in de toekomst.

'Is hier misschien een restaurant in de buurt?' zei Barnabas
en hij wreef met een hand over zijn nek. 'Het lijkt alsof ik in
geen jaren heb gegeten.'

Mijn vader bleef wonderwel in zijn zopas geprogrammeerde
rol van sympathieke vader en mompelde iets over wafels

terwijl hij naar beneden stommelde. Barnabas ging hem achterna. Hij aarzelde even toen ik hem bij zijn elleboog greep en hem liet stilstaan.

'Dus het verhaal is dat Seth me heeft thuisgebracht en dat ik de hele avond tv heb gekeken?' vroeg ik. Ik wilde weten welk deel van het verhaal ik zelf moest verzinnen. 'Ik ben nooit van de dijk af gegaan?' voegde ik eraan toe toen hij knikte. 'Wie gaat er zich gisterenavond herinneren? Iemand?'

'Niemand van de levenden', zei hij. 'Ron pakt dit blijkbaar grondig aan. Hij moet jou wel heel leuk vinden.' Zijn blik viel op de steen om mijn hals. 'Of misschien vindt hij jouw mooie, nieuwe steen uitermate interessant.'

Ik voelde me weer helemaal zenuwachtig worden en liet zijn shirt los. Hij strompelde achter mijn vader aan, die nu vanuit de keuken iets naar ons riep en wilde weten of Barnabas mee bleef ontbijten. Ik trok mijn jurk recht, streek mijn hand even door mijn warrige haar en ging met kleine, langzame stapjes achter hem naar beneden. Ik voelde me verschrikkelijk vreemd. Een jaar. Ik had minstens een jaar. Ik was dan wel niet levend, maar ik zou toch ook niet helemaal doodgaan. Ik zou uitvinden hoe ik de steen moest gebruiken om te blijven waar ik was. Waar ik thuishoorde. Hier bij mijn vader. Wees daar maar zeker van.

4

Ik zat rusteloos op het dak, in het donker, en ik gooide steentjes in de nacht. Ik probeerde alles weer op een rij te krijgen in mijn hoofd. Ik leefde niet, maar ik was ook niet helemaal dood. Zoals ik vermoedde, na een voorzichtige ondervraging van mijn vader in de loop van de dag, bleek dat hij helemaal niets meer wist over het feit dat ik dood in het ziekenhuis had gelegen, en dat hij zich zelfs het ongeval niet herinnerde. Hij dacht dat ik Josh had gedumpt nadat ik te weten was gekomen dat hij mij maar een zielige date vond, dat Seth en Barnabas me hadden thuisgebracht en dat we samen tv hadden gekeken de rest van de avond. Hij herinnerde zich ook nog dat hij had gezeurd over mijn feestjurk.

Hij was er niet bepaald blij mee dat ik de gehuurde jurk had geruïneerd. En ik was er net zo min blij mee dat hij de kosten ervan had afgetrokken van mijn zakgeld, maar ik was niet van plan om hierover te klagen. Ik was hier, min of meer in leven, en dat was het belangrijkste. Mijn vader was verbaasd dat ik mijn straf kalm onderging en zei dat ik volwassen aan het worden was. Wist hij veel.

Ik had mijn vader die middag constant in de gaten gehouden terwijl ik uitpakte en mijn spullen in de lades legde en op de planken zette. Het was wel duidelijk dat hij aanvoelde dat er iets niet klopte, maar hij kon zijn vinger niet op de wond leggen. Hij verloor me bijna niet uit het oog en kwam me snacks en popcorn brengen tot ik er mijn buik letterlijk van vol had. Ik betrapte hem er meermaals op dat hij me met een bange blik observeerde, maar die camoufleerde hij zodra hij merkte dat ik naar hem keek. Het gesprek tijdens het avondeten klonk geforceerd en nadat ik twintig minuten in mijn varkenslapjes had geprikt, verontschuldigde ik me met het excuus dat ik nog moe was van het schoolbal de avond tevoren.

Inderdaad, ik had moe moeten zijn, maar ik was het niet. Integendeel, het was nu twee uur 's nachts en hier zat ik, buiten op het dak, steentjes te gooien. Ik deed alsof ik sliep in een wereld die ronddraaide in de kille duisternis. Misschien had ik wel geen slaap meer nodig.

Met hangende schouders plukte ik nog wat aarde van de kiezels en mikte er eentje op de schoorsteen. Het steentje raakte de metalen kap met een kletterend geluid en ketste terug het duister in. Ik bewoog mij naar de smalle dakrand en schoof mijn jeans wat omhoog, terug op de goede plek.

Er bekroop me een vaag gevoel van ongemak. Het begon bij de toppen van mijn vingers, als een zachte tinteling, en drong verder mijn lichaam binnen, als een scherpe punt. Het gevoel dat er iemand naar me keek werd snel bewaarheid. Ik draaide me met ingehouden adem om en zag hoe Barnabas uit een overhangende boom viel.

'Hè!' riep ik. Mijn hart maakte een sprongetje toen hij landde in een bolletje, net als een kat. 'Wat dacht je van een kleine waarschuwing vooraf?'

Hij stond op in het volle maanlicht en zette zijn handen in zijn zij. Ik zag een zwakke glinstering op zijn gelaat, die iets van aversie uitstraalde. 'Als ik een zwarte maaier was geweest, zou je nu dood zijn.'

'Ach, ik ben al dood, nietwaar?' zei ik spottend en ik keilde een steen naar hem. Hij bewoog niet toen de steen over zijn schouder viel. 'Wat wil je?' vroeg ik star.

In plaats van te antwoorden haalde hij zijn smalle schouders op en keek naar het oosten. 'Ik wil weten wat je niet tegen Ron hebt gezegd.'

'Pardon?'

Hij stond doodstil, met zijn armen over zijn borst gekruist, en staarde me aan. 'Seth heeft iets tegen jou gezegd in die auto. Het was het enige moment waarop ik je even uit het oog ben verloren. Ik wil weten wat het was. Het kan voor jou het verschil uitmaken tussen levend uit deze leugen komen of afgevoerd worden naar een zwarte rechtbank.' Hij gesticuleerde nu bruusk en met kwade bewegingen. 'Ik ben niet van plan om opnieuw te falen en zeker niet door jou. Jij was belangrijk voor Seth vóór je die steen hebt gestolen. Daarom kwam hij je halen in het mortuarium. Ik wil weten waarom.'

Ik keek naar beneden naar de steen die schitterde in het maanlicht en richtte mijn blik op mijn voeten. Door de onhandige helling van het dak deden mijn enkels pijn. 'Hij zei dat mijn naam te vaak was opgedoken in de zaken van een aantal mannen en dat hij van plan was mijn ziel weg te nemen.'

Barnabas kwam naast me zitten, met heel veel ruimte tussen ons in. 'Dat heeft hij gedaan. Je bent geen bedreiging meer voor hem nu je dood bent. Waarom is hij teruggekomen voor jou?'

Ik voelde me een beetje meer op mijn gemak door zijn ontspannen houding en keek naar hem. Zijn ogen leken zilver in het maanlicht. 'Vertel je het tegen niemand?' vroeg ik, want ik wilde hem vertrouwen. Ik moest met iemand praten en het was niet zo dat ik mijn oude vrienden kon opbellen en als klankbord kon gebruiken over mijn halfslachtige doodervaring – hoe amusant dat ook zou zijn. Barnabas aarzelde. 'Nee, maar het is wel mogelijk dat ik je zal trachten te overtuigen om het hem zelf te vertellen.'

Daar kon ik me in vinden en ik ademde langzaam in. 'Hij zei dat hij door mijn pathetische leventje te beëindigen een ticket zou krijgen voor een hogere loge. Hij was teruggekomen om te bewijzen dat hij me had... uitgeschakeld.'

Ik wachtte op een reactie, maar die kwam niet. Ik hield het

ten slotte niet meer uit en ik tilde mijn hoofd op om zijn ogen te kunnen zien. Barnabas keek naar me alsof hij aan het nadenken was over de betekenis van mijn woorden. Hij had klaarblijkelijk geen antwoord en zei langzaam: 'Ik denk dat je dit een tijdje voor jezelf moet houden. Hij bedoelde er waarschijnlijk niets mee. Vergeet het. Gebruik je tijd om je aan te passen.'

'Ja, natuurlijk', zei ik met een sarcastisch lachje. 'Een nieuwe school, dat staat garant voor tonnen plezier.'

'Ik bedoelde aanpassen aan de levenden.'

'Oh.' Oké. Ik moest me aanpassen, niet aan een nieuwe school, maar aan de levenden. Geweldig. Ik dacht terug aan het desastreuze diner met mijn vader en beet op mijn lip.

'Euh, Barnabas, word ik verondersteld om te eten?'

'Natuurlijk. Als je dat wilt. Ik doe het niet. Niet veel, in ieder geval', zei hij en hij klonk bijna weemoedig. 'Als je bent zoals ik zul je nooit honger hebben.'

Ik stak mijn korte haar achter mijn oor. 'En hoe zit het met slapen?'

Hij lachte. 'Je kunt het proberen. Ik slaag er niet in, tenzij ik me dood verveel.'

Ik plukte weer wat aarde van een kiezel en mikte opnieuw op de schoorsteen. 'Hoe komt het dat ik niet hoef te eten?' vroeg ik.

Barnabas draaide zijn gezicht naar me. 'Die steen van jou geeft energie af en jij neemt die op. Absorbeert die. Kijk uit voor spirituele mediums. Ze zullen denken dat je bezeten bent.'

'Mmmm', mompelde ik en ik zuchtte.

Daar zat ik, op het dak, in de nacht, met een witte maaier – mijn beschermengel. *Goed bezig, Madison,* dacht ik. Ik vroeg me af of mijn leven – of dood, eerder – nog meer verpest zou kunnen worden. Ik betastte de steen die me min of meer in leven hield en vroeg me af wat ik nu moest doen. Naar school gaan. Huiswerk maken. Bij mijn vader zijn. Proberen uit te vissen wie ik was en wat ik verder moest doen. Er was niet veel veranderd eigenlijk, met uitzondering van het niet-eten en niet-slapen. Ik had dan wel zoiets vreselijks als een zwarte maaier die achter me aanzat, maar ik had ook een beschermengel. En het leven gaat blijkbaar verder, zelfs als je er niet echt meer deel van uitmaakt.

Barnabas verraste me toen hij plotseling opstond. Ik leunde voorover zodat ik hem in zijn volle lengte in het licht van de sterren kon zien staan.

'Kom, we vertrekken', zei hij en hij stak zijn hand uit. 'Ik heb niets te doen vanavond en ik verveel me. Je bent niet het gillende type, of wel?'

Ik dacht even *gillende type?* En toen *vertrekken naar waar?* Maar wat er uit mijn mond kwam, was een zwak: 'Dat gaat niet. Ik ben gestraft. Ik mag geen voet uit het huis zetten behalve naar school, totdat ik die jurk heb terugbetaald.' Maar ik lachte, nam zijn hand en liet hem toe dat hij me omhoogtrok. Als Ron mijn vader kon laten vergeten dat ik gestorven was, durfde ik erom te wedden dat Barnabas wel een smoes voor me kon verzinnen voor de paar uurtjes dat ik zou wegglippen.

'Tja, ik kan niets veranderen aan het feit dat jij huisarrest hebt,' zei hij, 'maar op de plek waar wij naartoe gaan, moet je geen voet verzetten.'

'Huh?' stamelde ik. Ik verstijfde toen hij achter me kwam staan. Hij was groter dan ik, door de helling van het dak.

'Hé!' Ik gilde toen hij zijn arm om me heen sloeg. Maar mijn protest ging over in verbazing toen een grijze schaduw ons plotseling omsloot. Het was echt en het rook naar het verenkussen van mijn moeder. Ik snakte naar adem toen hij zijn greep verstevigde. Mijn voeten kwamen van het dak los en werden naar beneden getrokken door de zwaartekracht. 'Mijn hemel!' riep ik uit toen de wereld zich onder ons uitstrekte, zilver en zwart in het maanlicht. 'Heb jij vleugels?' Barnabas lachte en terwijl mijn maag een dansje maakte, gingen we hoger.

Misschien... misschien zag dit er toch nog niet zo heel slecht uit.

Michele Jaffe

De kussendief

1

'Het spijt me dat dit niet meer op het einde van een sprookje lijkt', zei de man, met zijn handen rond haar hals. Hij lachte en hield haar ogen in zijn blik gevangen terwijl hij haar verstikte.

'Als je van plan bent me te doden, kun je dat dan gewoon doen? Dit is niet zo comfortabel.'

'Bedoel je mijn handen? Of het gevoel dat je een mislukking bent –'

'Ik ben geen mislukking.'

'– alweer.'

Ze spuugde in zijn gezicht.

'Er zit nog wat pit in. Dat bewonder ik echt aan je. Ik denk dat jij en ik goed hadden kunnen opschieten. Maar spijtig genoeg is daar geen tijd voor.'

Ze deed een laatste poging om zich te redden en klauwde naar zijn handen om haar keel, naar zijn voorarmen, naar om het even wat, maar hij bewoog geen millimeter. Haar vuisten vielen wanhopig naast haar lichaam.

Hij leunde voorover en bracht zijn gezicht zo dicht bij het hare dat ze hem kon horen ademhalen. 'Laatste woorden?'

'Vier: spoelwater, voor, je, adem. Je hebt het echt nodig.'
Hij lachte en kneep zijn handen dichter om haar keel, tot ze
elkaar raakten. 'Vaarwel.'
Gedurende een seconde brandden zijn ogen in de hare. Toen
hoorde ze een scherpe knak en voelde ze dat ze op de grond
viel. Alles werd zwart.

2

Acht uur eerder...

'Sexy meiden weten dat een stilte goud waard is – maar
slechts voor vier seconden. Als ze langer duurt, wordt het
gênant', las Miranda. Ze keek bedenkelijk. 'Als je voelt dat
het lanceringsproces de verkeerde kant opgaat, bied hem
dan iets aan. Een eenvoudig – met de glimlach – "Wil je
misschien wat nootjes?" kan de stagnerende stilte verbreken.
Denk eraan, een lekker stuk biedt wat lekkers aan.'
Miranda begon een diep wantrouwen te koesteren tegenover
Hoe je jouw droomjongen verleidt – en kust!
Ze leunde tegen de zijkant van de zwarte auto – die eigendom
was van de stad – die ze op deze avond in juni had
geparkeerd in de laadzone van de stedelijke luchthaven van
Santa Barbara. Ze dacht aan de overweldigende opwinding
die ze had gevoeld toen ze het boek in de winkel had
gevonden. Het zag eruit als een en-ze-leefden-nog-lang-en-
gelukkig-droom in pocketvorm. Wie wilde niet 'De vijf
gelaatsuitdrukkingen die je leven zullen veranderen'
beheersen, of zich 'De geheimen van de tongtantra – alleen
voor profs' eigen maken? Maar nadat ze alle oefeningen
had gedaan, was ze niet meer zo overtuigd van de

transformationele krachten van de 'Sprankelende Lach' of
het effect dat het boek had beloofd door elke dag een halfuur
op een pompelmoes te zuigen. Het was niet de eerste keer
dat een zelfhulpboek haar had teleurgesteld – 'Stop nu met
uitstellen' en 'Word de beste vriend van jezelf' waren allebei
een dikke flop gebleken – maar het was deprimerend omdat
ze er deze keer zoveel van had verwacht. En omdat haar
beste vriendin Kenzi haar onlangs duidelijk had gemaakt dat
iedereen die zich, met betrekking tot haar huidige verliefd-
heid, gedroeg zoals Miranda, echt wel hulp nodig had.

Ze probeerde nog een stukje. 'Herhaal iets wat hij heeft
gezegd en haal op een suggestieve manier je wenkbrauw op.
Of herstel het gesprek met een "herstelzinnetje"! Jij: Zijn
we hier in de afdeling zilver? Hij: Nee, waarom? Jij: Omdat je
zo schittert. Of als zilver niet jouw ding is, kun je deze
proberen – Jij: Draag je een spacebroek? Hij: Nee, waarom?
Jij: Omdat je achterste zo buitenaards –'

'Hallo, juffrouw Kiss.'

Miranda keek op en zag het kuiltje in de kin en het
zongebruinde gezicht van hulpagent Caleb Reynolds.

Ze moest in gedachten verzonken zijn geweest, want ze had
zijn hartslag niet gehoord toen hij naar haar toe kwam. Die
was nochtans heel herkenbaar, met een kleine echo aan het
einde, een beetje een een-twee-drie-chacharitme (ze had de
chachacha geleerd uit Jij kan dansen!, nog een ontgoo-
chelende zelfhulpervaring van formaat). Die afwijking zou
hem waarschijnlijk problemen bezorgen wanneer hij oud
was, maar op tweeëntwintigjarige leeftijd kon ze hem nog
niet tegenhouden om intensief te fitnessen, zoals bleek uit
zijn verzameling borstspieren, zijn biceps, zijn schouders,
zijn voorarmen...

Houd op met staren.

Aangezien ze leed aan domme-praat-aanvallen telkens als ze probeerde te praten met een leuke jongen – dus zeker met de jongste hulpagent van Santa Barbara, die maar vier jaar ouder was dan zij, die elke ochtend vóór zijn werk ging surfen en die cool genoeg was om een zonnebril te dragen om acht uur 's avonds – zei ze: 'Hey, agent. Kom je hier vaak?'

Hij fronste zijn wenkbrauwen. 'Nee.'

'Nee, waarom zou je ook? Ik ook niet. Of toch niet zo vaak. Misschien een keer per week. Niet vaak genoeg om te weten waar de toiletten zijn. Ha ha!' Miranda dacht bij zichzelf, en niet voor de eerste keer, dat je leven zou moeten worden geleverd samen met een noodluik. Gewoon een klein luikje waarlangs je zou kunnen verdwijnen wanneer je jezelf compleet belachelijk had gemaakt. Of wanneer je spontane puistuitbarstingen kreeg.

'Een goed boek?' vroeg hij. Hij nam het uit haar handen en las hardop de ondertitel: 'Gids voor brave meisjes die (weleens) ondeugend willen zijn'.

Maar in het echte leven kreeg je geen noodluik cadeau.

'Het is voor een project op school. Huiswerk. Over, euh, paringsrituelen.'

'Ik dacht dat jij meer geïnteresseerd was in misdaad.' Hij zond haar iets wat op een glimlach leek. Hij was natuurlijk te cool om breed te grijnzen. 'Van plan om nog roofovervallen op nachtwinkels te verijdelen in de nabije toekomst?'

Dat was een vergissing geweest. Niet het feit dat ze de jongens had tegengehouden die de nachtwinkel van Ron hadden overvallen, maar wel dat ze zo lang in de buurt was gebleven, waardoor de politie haar had opgemerkt. Ze hadden het, om welke reden dan ook, moeilijk kunnen geloven dat zij heel toevallig tegen een lantaarnpaal had gestaan die dan op de motorkap van de auto van de overvallers was gevallen toen die het kruispunt op stoof. Het was jammer dat mensen zo wantrouwig waren, vooral dan in de gelederen van de ordehandhaving. En in de schooladministratie. Maar ze had heel wat geleerd sindsdien.

'Ik probeer om het bij één operatie per maand te houden', antwoordde ze, en ze hoopte dat ze het zei op een lichtvoetige toon – ha ha ha, ik maak een grapje, vind je me nu niet onweerstaanbaar? 'Vandaag doe ik mijn gewone werk, vips ophalen op de luchthaven.'

Ze hoorde dat zijn chacha-hartslag lichtjes verhoogde. Misschien vond hij vips cool.

'Dat internaat waar jij op zit, Chatsworth Academy, mag je altijd weg van de campus, of alleen op bepaalde dagen?'

'Op woensdag en zaterdag, als je een senior bent. We hebben dan geen lessen', zei ze, en ze hoorde dat zijn hartslag nog wat versnelde.

'Woensdag- en zaterdagmiddag vrij. En wat doe je zoal in je vrije tijd?'

Ging hij haar uit vragen? Nee. Onmogelijk. On-mo-ge-lijk! Flirt! beval ze zichzelf. Lach je tanden bloot! Zeg iets! Het maakt niet uit wat. Wees sexy! Nu!

'Wat doe jij in je vrije tijd?' herhaalde ze zijn vraag, en ze trok een wenkbrauw op.

Hij leek even van zijn stuk te zijn gebracht en zei dan heel plechtig: 'Ik werk, juffrouw Kiss.'

Graag een warm applaus voor Miranda Kiss, onze nieuwe Miss Idioot van het jaar, dacht ze. En ze zei: 'Natuurlijk. Ik ook. Ik bedoel, ofwel rijd ik klanten rond, ofwel oefen ik met het team. Ik ben een van de Tony Bosun's Bee Girls. Ken je het roller-derbyteam? Daarom doe ik dit.' Ze wilde naar de zwarte auto wijzen maar in plaats daarvan sloeg ze met haar hand tegen het portier. 'Je moet voor het bedrijf van Tony rijden als je tot het team wilt behoren. We hebben gewoonlijk alleen wedstrijden in het weekend, maar we oefenen op woensdag, en soms ook op andere dagen...' De domme-praat-aanval nam langzaam af.

'Ik heb de Bees al zien spelen. Dat is toch een professioneel team, nietwaar? Laten ze studenten spelen?'

Miranda slikte. 'Ja, natuurlijk.'

Hij keek naar haar over de rand van zijn zonnebril.

'Oké, ik heb moeten liegen om in het team te komen. Tony denkt dat ik twintig ben. Je gaat het hem toch niet vertellen?'

'Hij geloofde dat jij twintig bent?'

'Hij had een nieuwe jammer nodig.'

Agent Reynolds gniffelde. 'Dus jij bent de jammer? Je bent goed. Ik begrijp waarom hij een uitzondering heeft gemaakt.' Hij bekeek haar nog wat aandachtiger. 'Ik zou je nooit herkend hebben.'

'Wel, weet je, we dragen van die pruiken, en gouden maskers voor onze ogen, dus we zien er allemaal hetzelfde uit.' Het was een van de dingen die ze leuk vond aan roller derby, de anonimiteit, het feit dat niemand wist wie je was en wat je kon. Het gaf haar een gevoel van onkwetsbaarheid, van veiligheid. Niemand kon je er uitpikken voor... om het even wat.

Agent Reynolds nam zijn zonnebril af en keek haar strak aan. 'Dus jij draagt dan een satijnen pakje in rood, wit en blauw? Met zo'n korte jurk en een schattige cape? Dat zou ik weleens willen zien.'

Hij lachte en keek recht in haar ogen. Haar knieën werden slap en in haar geest ontspon zich een scenario met hem in de hoofdrol, zonder shirt maar met een kan vol esdoornsiroop en een grote...

'Ah, daar komt mijn afspraakje aan', zei hij. 'Hou je haaks.' En hij wandelde weg.

...stapel pannenkoeken. Miranda zag hoe hij naar een vrouw liep die vooraan in de twintig was – dik, blond haar, slank maar gespierd –, zijn arm om haar middel legde en haar in haar nek kuste. Het type vrouw dat beha's droeg met etiketjes waarop 95C stond, niet MADE IN CHINA. Ze hoorde hem opgewonden zeggen: 'Wacht tot we thuis zijn. Ik heb fantastische nieuwe speeltjes, en iets heel speciaals voor jou.' Zijn stem klonk stoer en gejaagd.

Toen hij Miranda passeerde, stak hij zijn kin omhoog in haar richting en zei: 'Uit de problemen blijven, jij.'

'Ja, jij ook', zei ze, in een nieuwe domme-praat-aanval. Miranda had zin om met haar hoofd tegen de bovenkant van de auto te bonken. Idioot! Ze trachtte een Lichte Lach (uitdrukking nummer vier in het boek) te produceren, maar stikte er bijna in.

Toen ze over het parkeerterrein liepen, hoorde ze de vrouw vragen wie zij was. Agent Reynolds zei: 'De plaatselijke taxichauffeur.'

'Zij rijdt in een taxi?' zei de vrouw. 'Ze ziet eruit als een van die meisjes van Hawaiian Airlines waar je vroeger afspraakjes mee had, maar dan jonger. En schattiger. En je weet zelf wat er met je beoordelingsvermogen gebeurt in de buurt van jonge, schattige meisjes? Weet je zeker dat ik me niet ongerust hoef te maken?'

Miranda hoorde hoe hij lachte en hoe hij met oprecht plezier in zijn stem zei: 'Zij? Schatje, zij is niets meer dan een studentje dat een zwak heeft voor mij. Geloof me, jij hoeft je helemaal geen zorgen te maken.'

En ik dacht. Trap. Valluik. Nu. Als het even kan.

Soms was het echt rot om een supergehoor te hebben.

3

Miranda was gek op de luchthaven van Santa Barbara. Vooral omdat ze meer op een Mexicaanse kantine dan op een officiële inrichting leek. Het gebouw had muren van steenklei, koele terracottavloeren, ongelijke blauwe en gouden tegels, en bougainvilles die van de muren naar beneden slingerden. De luchthaven was klein. Vliegtuigen parkeerden gewoon op de plek waar ze landden. Er werden trappen naartoe gerold en alleen wat paaltjes met een ketting ertussen scheidden de mensen die iemand kwamen ophalen van de mensen die arriveerden.

Ze haalde het welkom-bord uit de auto, controleerde de naam die erop stond – CUMEAN – en hield het omhoog in de richting van de aangekomen passagiers. Terwijl ze wachtte, luisterde ze naar een vrouw in een gouden Lexus SUV die vier auto's achter haar stond. De vrouw was aan het telefoneren en zei: 'Als ze uit het vliegtuig komt, zal ik het weten. Hij kan maar beter zijn chequeboekje tevoorschijn halen.' Ze stak haar hoofd omhoog en concentreerde zich op het langzame *srlp-srlp*-geluid van een slak die over het warme asfalt naar een hoopje klimop kroop.

Ze kon zich nog perfect het moment herinneren waarop ze besefte dat niet iedereen hoorde wat zij hoorde, het moment waarop ze zich realiseerde dat ze niet normaal was. Ze had het eerste semester van haar zevende jaar op Bartolomeo School – de periode nadat ze de video 'Je lichaam verandert. Vrouw zijn' had bekeken – doorgebracht met gepieker over al de veranderingen die de video niet vermeldde. Zo kreeg ze onverwachte snelheidsaanvallen, vermorzelde ze onwillekeurig dingen die ze eigenlijk gewoon wilde oprapen, stootte ze haar hoofd tegen het plafond terwijl ze in de gymzaal salto's deed, en kon ze plotseling stofdeeltjes op de kleren van mensen zien. Maar aangezien zuster Anna al haar vragen had beantwoord met 'Houd op met grapjes maken, kind' dacht Miranda dat deze veranderingen te vanzelfsprekend waren om in de film te worden besproken. Pas toen ze had geprobeerd om de eeuwige affectie van Johnnie Voights voor zich te winnen door hem te waarschuwen om niet meer te spieken bij Cynthia Riley, omdat ze – afgaande op het geluid van haar potlood vijf stoelen verder – wist dat Cynthia allemaal verkeerde antwoorden had opgeschreven, ondervond Miranda hoe anders-bekwaam ze was. Johnnie was niet op zijn knieën gevallen voor haar en had niet uitgeroepen dat ze een godin was met een sportbeha en een fleece trui, maar hij had haar een *freak* genoemd, daarna een bemoeizieke *bitch* en hij had zelfs geprobeerd haar in elkaar te slaan.

Toen had ze voor het eerst ervaren hoe gevaarlijk bijzondere krachten waren, want ze konden een verstotene van je maken. Ze had ook ondervonden dat ze sterker was dan de jongens van haar leeftijd en dat die haar superioriteit niet bepaald cool of aantrekkelijk vonden. En ook het schoolpersoneel apprecieerde haar krachten niet.

Sindsdien was ze een expert geworden in gewoon doen en voorzichtig zijn. Ze had haar krachten leren beheersen. Of

dat had ze gedacht, tot zeven maanden geleden, toen –
Miranda verdrong de herinnering en richtte haar aandacht
opnieuw op de mensen op de luchthaven. Op haar werk. Ze
zag een klein meisje met blonde, lange krullen dat op de
schouders van haar vader zat en wuifde naar een vrouw die
van het vliegtuig hun richting uitkwam. Het meisje riep:
'Mama, mama, ik heb je gemist!'
Ze aanschouwde de innige familieknuffel. Het voelde aan
alsof iemand haar een stomp in haar maag gaf. Een van de
voordelen van op internaat zitten, dacht Miranda, was dat je
niet werd uitgenodigd bij kinderen thuis, zodat je ook niet
werd geconfronteerd met normale familietaferelen, zoals
gezellig ontbijten met het gezin. Om de een of andere reden
stelde ze zich altijd gezinnen aan het ontbijt voor als ze dacht
aan gelukkige families.
Bovendien gingen mensen die uit een normaal gezin kwamen
niet naar Chatsworth Academy, 'Het eerste
internaatexperiment in Zuid-Californië'. Of, zoals Miranda
het voor zichzelf noemde, het kindermagazijn, waar ouders
hun kinderen opborgen tot ze hen voor iets nodig hadden.
Ze maakte een mogelijke uitzondering voor haar
kamergenoot Kenzi.
Zij en Kenzi Chin woonden al vier jaar samen, sinds hun
eerste jaar op het internaat, en dat was langer dan Miranda
ooit met iemand had samengewoond. Kenzi kwam uit een
perfect samen-ontbijten-gezin, had een perfecte huid,
perfecte punten en perfecte al-de-rest. Miranda had haar
vanwege al die volmaaktheid kunnen haten, maar Kenzi was
ook uitzonderlijk loyaal en innemend. En een heel klein
beetje gek.
Zoals deze middag, toen Miranda de kamer was

binnengekomen en zij op haar hoofd stond, met alleen een slipje aan en heel haar lichaam besmeerd met een dikke laag muntkleurige modder.

'Ik zal mijn hele leven in therapie moeten om dit beeld uit mijn hoofd te krijgen', zei Miranda.

'Jij moet sowieso je hele leven in therapie om het eens en voor altijd op te lossen met je ontaarde familie. Ik geef je gewoon wat CBS-materiaal om over te praten.' Kenzi wist meer van Miranda's familiegeschiedenis dan wie ook op Chatsworth. Het grootste deel ervan had ze dan wel verzonnen, dat van de ontaarde familie klopte wel.

Kenzi was ook gek op afkortingen en vond voortdurend nieuwe uit. Miranda liet haar tas op de grond vallen, sprong op haar bed en vroeg: 'CBS?'

'Compleet Bovenste Schuif.' Toen zei Kenzi: 'Ik kan niet geloven dat je niet naar het schoolbal komt. Ik had altijd gedacht dat we samen zouden gaan.'

'Ik denk niet dat Beth dat zo leuk zou vinden. Je weet wel, om het vijfde wiel aan de wagen te zijn.'

Beth was het vriendinnetje van Kenzi. 'Spreek me niet over dat mens', zei ze, en ze deed alsof ze rilde. 'De Beth en Kenzi Show is officieel geannuleerd.'

'Sinds wanneer?'

'Hoe laat is het?'

'Halfvier.'

'Sinds twee uur en vijfendertig minuten.'

'Oh, dan zal het wel weer aan zijn tegen het schoolbal.'

'Natuurlijk.'

Kenzi's 'annulaties' deden zich ongeveer een keer per week voor en duurden nooit langer dan vier uur. Ze was van mening dat het drama van uiteen te gaan en de opwinding van zich te verzoenen een relatie fris hielden. En op een vreemde manier leek het ook te werken, want zij en Beth waren het gelukkigste koppel dat Miranda kende. Nog meer perfectie.

'Maar houd op met van onderwerp te veranderen. Ik denk dat je een grote fout maakt door niet naar het schoolbal te gaan.'

'Ja, ik denk inderdaad ook dat ik het mezelf nooit zal kunnen vergeven.'

'Ik meen het.'

'Waarom? Wat is er zo belangrijk aan? Het is een grote fuif met een dwaas thema. Je weet dat ik danslectisch ben en dat ze me op een dansvloer beter niet in de buurt laten komen van andere mensen.'

'Een charmante ode aan de vlag, in rood, wit en blauw is niet dwaas, maar is patriottisch. En de vogeltjesdans lukt je best.'

'Ik denk dat Libby Geer je ongelijk zou geven. Als haar mond tenminste niet meer zou zijn vastgesnoerd.'

'Ach wat. Het schoolbal is niet zomaar een grote fuif. Het is een overgangsritueel, het moment waarop we overgaan van wie we waren naar de volwassen wezens die we zullen worden, het moment waarop we het juk van onze jeugdige onzekerheden afgooien en –'

'– dronken worden en misschien gelukkig. Hangt ervan af wat je verstaat onder geluk.'

'Je zult er spijt van krijgen als je niet komt. Wil je echt opgroeien met spijt en smart?'

'Ja, graag. Trouwens, ik moet werken.'

'DZW. Je verbergt je weer achter je werk. Je zou gerust een zaterdag vrij kunnen krijgen. Je kunt ten minste eerlijk zijn over de reden waarom je niet gaat.'

Miranda keek Kenzi aan met Onschuldige Ogen, uitdrukking

nummer twee uit het kusboek. 'Ik weet niet wat je bedoelt.'
'Kijk niet naar me alsof je een Little Pony bent. Ik heb vier
letters voor je: W-I-L-L.'
'En ik heb er vier voor jou: N-I-E-T. Oh, en ik heb er nog drie:
D-O-M.'
Maar Kenzi ratelde voort en negeerde haar opmerkingen.
Gedrag dat ze zeer professioneel tot uitvoering bracht. 'Will
moet inderdaad gevaccineerd worden of nagekeken op
ziektes aangezien hij met Ariel heeft opgetrokken, maar ik
begrijp niet waarom jij het zo snel opgeeft.'
Will Javelin vulde ongeveer achtennegentig procent van de
dromen van Miranda. Ze had geprobeerd hem uit haar hoofd
te zetten aangezien ze had vernomen dat hij naar het
schoolbal zou gaan met Ariel – 'ik heb mijn nieuwe borsten
de naam gegeven van de vakantieverblijven van mijn ouders,
hebben jouw ouders vakantiehuizen, Miranda? Ach, dat is
waar ook, ik was even vergeten dat jij een pleegkind bent –
West, van het West-Sugar-is-Best-fortuin, maar het was een
uitdaging. Om slecht karma te vermijden, zei Miranda: 'Er is
niets mis met Ariel.'
'Tja, niets dat niet kan worden genezen door middel van een
uitdrijving.' Kenzi gaf haar hoofdstand op en zette haar
voeten weer op de vloer. Ze nam een handdoek. 'Beloof me
dan dat je naar de afterparty komt. In het huis van de ouders
van Sean, op het strand. Oké? Wij gaan daar allemaal wat
chillen en naar de zonsopgang kijken. Het geeft je de
gelegenheid om met Will te praten buiten de school. En
wanneer ga je me trouwens vertellen wat er tussen jullie twee
is gebeurd de vorige keer? Waarom doe je er zo MLZV over?'
Miranda kende deze. 'Ik doe niet Mijn Lippen Zijn
Verzegeld', zei ze. Ze raapte een stapel papieren op van de

boekenplank tussen haar bed en dat van Kenzi en begon ze te sorteren.

'Je doet het weer. Die komedie waarin je doofstommetje speelt om een discussie te vermijden.'

'Misschien.' Miranda bekeek de papieren. Het waren fotokopieën van krantenartikelen van het afgelopen halfjaar. *'Tasjesdief gevat door mysterieuze Goede Samaritaan en vastgebonden aan een hek met een jojo'*, kopte het eerste en meest recente artikel. En, van enkele maanden eerder: *'Overval verijdeld – Aanvaller verliest controle over vuurwapen. Getuige zegt dat Pez-dispenser uit het niets kwam en het wapen uit de hand van de overvaller sloeg.'* En ten slotte, van zeven maanden eerder: *'Overval op nachtwinkel mislukt door omvallende lantaarnpaal – twee arrestaties.'* Ze kreeg een zwaar gevoel in haar maag.

Gelukkig waren het maar drie incidenten uit, hoeveel, misschien een dozijn, zei ze tegen zichzelf. Maar dat gaf haar geen beter gevoel. Niemand mocht enig verband leggen tussen deze gebeurtenissen. Nooit.

De nachtwinkel was de eerste geweest. Er was die avond, in de schemering, mist opgestegen uit de oceaan en de straatverlichting had nevelige kringen in de lucht gemaakt. Ze had rondgereden in een kleinere straat van Santa Barbara, op weg naar de teamtraining, toen ze de bedreigingen in de winkel van Ron had gehoord en gewoon... in actie was gekomen. Ze had geen controle gehad over wat ze deed, het was alsof ze had gedroomd en haar lichaam perfect had geweten wat het moest doen, waar de overvallers naartoe zouden gaan, en hoe ze hen kon tegenhouden. Net als een liedje dat zich in je hoofd opeens weer begint af te spelen, al heb je de woorden ervan in jaren niet gehoord. Alleen had zij geen idee waar het liedje vandaan was gekomen.

Na het incident in de nachtwinkel had ze drie dagen in bed gelegen, opgerold in een balletje, rillend, helemaal in shock. Ze had tegen Kenzi gezegd dat ze griep had, maar in werkelijkheid had ze doodsangst gevoeld. Ze was vreselijk bang geweest van de krachten die ze plotseling niet had kunnen bedwingen.

Doodsbang omdat het enerzijds heel goed had gevoeld om ze te gebruiken. Zo juist. Alsof ze voor het eerst echt had geleefd. Maar ook doodsbang omdat ze wist wat er kon gebeuren als mensen het zouden ontdekken. Met haar. En met –

Ze wuifde met de kopieën naar Kenzi en vroeg: 'Wat ben je hiermee van plan?'

'Jeetje. Drilinstructeur Kiss is *in the house*', zei Kenzi, en ze maakte een militaire groet. 'Met alle respect, mevrouw, maar zoals ze zeggen: GGMN. Het gaat je niet lukken om van onderwerp te veranderen, alleen door even een enge stem op te zetten.'

GGMN betekende Goed Geprobeerd Maar Niet. Miranda kon er niet om lachen. 'Als ik van plan zou zijn om van onderwerp te veranderen, armzalig soldaatje, dan zou ik je erop wijzen dat dat goedje op je lichaam lekker aan het druipen is. En wel op het dierenvel waarvoor de decorateur van je moeder drie continenten heeft bereisd omdat het misschien heeft toebehoord aan Lucy Lawless. Ik wil het echt graag weten, waarom ben je geïnteresseerd in de straatcriminaliteit van Santa Barbara?'

Kenzi stapte van het dierenvel op het parket. 'Niet zomaar straatcriminaliteit, maar *verijdelde* straatcriminaliteit. Het is voor mijn eindwerk voor journalistiek. Er zijn mensen die zeggen dat er een geheimzinnige kracht aan het werk is. Misschien Santa Barbara zelf die is teruggekomen.'

'Kan het niet gewoon toeval zijn? Criminelen verknoeien het toch zelf de hele tijd, nietwaar?'

'Mensen houden niet van toevalligheden. Net zoals het geen toeval is dat jij mij hierover wilt laten praten in plaats van mijn vragen te beantwoorden over wat er tussen jou en Will is gebeurd. Het ene moment leek het alsof jullie elkaar helemaal – en ik mag er wel aan toevoegen, eindelijk – hadden gevonden, en het volgende moment stond jij hier weer in onze kamer. Waardoor je – dat mag ik ook wel even zeggen – een uitgelezen romantische avond voor me hebt verknald.'

'Ik heb het je wel verteld', zuchtte Miranda. 'Het was niets. Er is niets gebeurd.'

Miranda stond onderuitgezakt tegen de taxi. Het laatste straaltje zonlicht verdween en ze bedacht dat *niets* een understatement was. Het was erger dan niets geweest. De uitdrukking op het gezicht van Will, die balanceerde tussen je-hebt-iets-groens-tussen-je-tanden en oh-hallo-gekke-professor, een mengeling van horror en, welja, horror, toen ze eindelijk de moed had gevonden om –

Toen schoot het door haar hoofd. De krantenartikelen op het bureau van Kenzi waren allemaal op donderdag verschenen, en deden verslag van dingen die op woensdag waren gebeurd – dingen die zij had gedaan.

'Vrij op woensdag en donderdag', hoorde ze Caleb weer zeggen, haar woorden herhalend.

Dat zat fout. Dat zat goed fout. Ze zou zich vanaf nu gedeisd moeten houden.

De gouden Lexus achter haar reed de stoep af en Miranda
kon het stel in de auto horen kibbelen boven het geluid van
de airco. De vrouw zat aan het stuur en riep tegen haar man
Lieg niet tegen me! Ik weet dat je bij haar was! Ze trapte op het
gaspedaal op het ogenblik dat het gezin met het kleine,
blonde meisje vlak voor de auto het zebrapad op liep...
Vervolgens kon niemand echt met zekerheid vertellen wat er
was gebeurd.

Het ene ogenblik schoof de auto in de richting van de familie
op het zebrapad, het volgende moment was alles wazig en
bevond het hele gezin zich weer op de stoep, verbijsterd maar
ongedeerd.

Toen ze de SUV in de verte zag wegstuiven, voelde Miranda
de adrenalinestoot die ze altijd voelde nadat ze had
gehandeld zonder na te denken en iemand had gered. Het
was een verslaving, een drug.

En gevaarlijk, ook als een drug, bedacht ze.

Ik denk dat je jezelf een woordenboek moet aanschaffen. Dit is
niet bepaald de betekenis van 'je gedeisd houden'.

Zwijg. Het was maar een handstand-overslag en een klein
duwtje. Zeker geen tactisch manoeuvre te noemen.

Je had het niet mogen doen. Het was te riskant. Je bent niet
onzichtbaar, weet je?

Maar ze hadden me niet gezien. Het was in orde.

Deze keer.

Miranda vroeg zich af of iedereen een stem in zijn hoofd had
die permanent op het je-bent-niets-waard-kanaal stond
afgestemd.

Wat wil je hiermee bereiken trouwens? Denk je dat je iedereen
kunt redden? Terwijl je niet eens –

Zwijg.

'Wat zegt u?' vroeg een meisjesstem. Miranda was stomverbaasd toen ze zich realiseerde dat ze hardop tegen zichzelf had staan praten en dat er opeens iemand naast haar stond.

Het meisje was even groot als Miranda maar jonger, misschien veertien. Ze was gekleed alsof ze elke video van Madonna minutieus had bestudeerd en er zeker van wilde zijn dat ze voorbereid was tegen het moment dat kapotte shirts over beha's, vingerloze handschoenen, getoupeerd haar, dikke zwarte eyeliner, rubberen armbanden, onderrokken en jurkjes met visnetten, en enkellaarsjes opnieuw in de mode zouden komen.

'Sorry', zei Miranda. 'Ik was tegen mezelf aan het praten.' Niet bepaald hoe de volwassen chauffeur die ze verondersteld was te zijn, zich zou moeten gedragen.

'Oh.' Het meisje gaf het bordje waarop de naam CUMEAN stond aan Miranda. 'Dit zal je wel graag terughebben. En dit', zei ze en ze overhandigde Miranda een kleine vierkante doos. Miranda nam het bordje aan, maar schudde met haar hoofd in de richting van de doos.

'Die is niet van mij.'

'Het zal van jou zijn. En ik ook. Ik bedoel, ik ben Sibby Cumean.'

Ze wees naar het bordje.

Miranda tilde de doos op en deed het achterportier open voor het meisje. Ze vroeg zich af welke ouder zijn kind van veertien om acht uur 's avonds liet ophalen door een vreemde.

'Mag ik voorin zitten?'

'Klanten zitten liefst achterin', zei Miranda zo professioneel mogelijk.

'Wat je bedoelt is dat jij het liefst hebt dat ze achterin zitten. Maar wat als ik graag vooraan wil zitten? Krijgen klanten niet wat ze willen?'

5W's Luxevervoer was genoemd naar een aantal principes die de eigenaar, Tony Bosun, had bedacht: W's op tijd, W's beleefd, W's dienstbaar, W's discreet, W's zeker dat ze betalen. Ook al was Miranda ervan overtuigd dat hij deze principes had bedacht toen hij op een avond stomdronken was, toch trachtte ze de regels te volgen, en ze was er vrij zeker van dat het hier W's dienstbaar betrof. Ze liep om de auto en opende het voorportier.

Het meisje schudde haar hoofd. 'Laat maar. Ik ga wel achterin zitten.'

Miranda kleefde een glimlach op haar gezicht. Wat een vreselijke dag! Haar vipklant was een kleine duivel, haar droomjongen ging naar het schoolbal met iemand anders en de agent op wie ze een oogje had wist het niet alleen, maar lachte haar bovendien uit, samen met zijn vriendinnetje. Geweldig.

In ieder geval, zei ze tegen zichzelf, konden de dingen nu toch echt niet meer erger worden.

Oh, nu heb je het uitgesproken.

Zwijg.

4

Vanaf het ogenblik dat ze de luchthaven verlieten, begon Sibby Cumean onophoudelijk te praten.

'Hoe lang rijd jij al mensen rond?' vroeg ze aan Miranda.

'Een jaar.'

'Ben je hier opgegroeid?'

'Nee.'

'Heb je broers?'

'Nee.'

'Zusters?'

'N-nee.'

'Rijd je graag met de auto?'

'Ja.'

'Moet je dat saaie, zwarte kostuum dragen?'

'Ja.'

'Hoe oud ben je?'

'Twintig.'

'Hmm, niet waar.'

'Ook goed. Negentien.'

'Heb je weleens seks gehad?'

Miranda schraapte haar keel. 'Ik denk niet dat die vraag gepast is.' Ze hoorde zichzelf praten als mijnheer Trope, de adjunct-directeur van de school, met de stem die hij gebruikte wanneer hij haar vertelde dat hij niet van plan was om ook nog maar naar één excuus te luisteren over waarom ze weer eens te laat terug was op de campus, en dat de regels die er waren een bestaansreden hadden en dat die reden niet was dat zij ze voor haar plezier kon overtreden; en nu ze het toch over het aspect 'laat' hadden, of ze nog ging beslissen wat ze volgend jaar zou gaan doen, of dat ze van plan was om de plaats die ze kon krijgen op verschillende topcolleges heel onverantwoordelijk te laten schieten, want dat die houding slecht zou zijn voor het imago van de school en nog slechter voor dat van haarzelf; en dat hij er geen idee van had wat er met haar aan de hand was de laatste tijd, waar de Miranda Kiss naartoe was die hij had gekend, degene die de wereld ging redden, niet degene die goed bezig was om te worden weggestuurd van school – is het dat wat je echt wilt, juffrouw? Een stem die ze maar al te goed kende, want die ze sinds begin november minstens een keer per week moest aanhoren.

'Je bent dus nog maagd', zei Sibby, alsof ze een feit bevestigde dat ze al lang vermoedde.

'Dat is niet –'

'Je hebt toch wel een vriendje?'

'Niet op dit –'

'Een vriendinnetje?'

'Nee.'

'Heb je wel vrienden? Je bent niet echt een vlotte babbelaar.' Miranda begon te begrijpen waarom de familie van het meisje haar niet was komen ophalen op de luchthaven.

'Ik heb een heleboel vrienden.'

'Zal wel. Ik geloof je. Wat zijn je hobby's?'

'Vragen beantwoorden.'

'Probeer alsjeblieft niet om grappig te zijn.' Sibby leunde naar voren. 'Heb je er weleens aan gedacht om zwarte eyeliner te gebruiken? Dat zou een hele verbetering zijn.'

W's beleefd! 'Bedankt.'

'Kun je de auto stoppen?'

'Hmm, we staan net bij een verkeerslicht.'

'Rijd een beetje naar voren – perfect.'

Miranda keek in de zijspiegel en zag dat Sibby haar raampje liet zakken en naar buiten leunde. Ze riep naar de jongens in de jeep naast hen: 'Waar gaan jullie naartoe?'

De jongens antwoordden: 'Wij hebben zin in een partijtje *skinny dipping*. Kom je mee, godin?'

'Ik ben geen godin. Vinden jullie dat ik eruitzie als een godin?'

'Kan ik zo niet zeggen. Misschien als je je shirt uittrekt.'

'Misschien als jij me een kus geeft.'

Miranda drukte op de knop om het raampje te sluiten.

'Wat doe je?' vroeg Sibby. 'Je had mijn hand kunnen breken.'

'Doe je gordel om, alsjeblieft.'

'Doe je gordel om, alsjeblieft', herhaalde Sibby snibbig, en ze zakte terug in haar stoel. 'Mijn god, ik probeerde gewoon een beetje sociaal te zijn.'

'Tot we op onze bestemming zijn, geen sociaal gedoe meer.'

'Heb je weleens naar jezelf geluisterd? Je klinkt als een tachtigjarige, niet als een achttienjarige.' Ze keek stuurs naar Miranda in de spiegel. 'Ik dacht dat je een chauffeur was, geen cipier.'

'Het is mijn werk om ervoor te zorgen dat je veilig en tijdig op de plaats komt waar je moet zijn. Dat staat trouwens gedrukt op het kaartje dat je in het opbergvakje van je stoel kunt vinden.'

'Hoe kan een paar jongemannen kussen nu onveilig zijn?'

'Op een miljoen manieren. Wat als ze een onzichtbare mondschimmel hebben? Of een koortslip?'

'Overdrijf je niet een beetje?'

'Vind je?'

'Jij bent gewoon jaloers omdat ik weet hoe ik plezier moet maken, en jij niet. *Maagd.*'

Miranda rolde met haar ogen maar zweeg. Ze luisterde naar de telefonische conversaties in de auto's achter hen. Een vrouw zei tegen iemand dat de tuinman onderweg was; een jongen zei met een raadselachtige stem: 'Ik zie een mysterieuze vreemdeling naar je toe komen, maar ik kan niet meteen zeggen of het een man of een vrouw is.' Een andere man zei tegen iemand dat hij die *bitch* doodgraag uit het testament wilde schrappen en dat hij er niet om gaf dat ze zijn moeders favoriete hond was –

Ze werd plotseling onderbroken door Sibby die uitriep: 'Burger Drive-in! We moeten stoppen.'

W's dienstbaar!

Miranda liet Sibby haar eigen bestelling doorgeven, maar ze had onmiddellijk spijt van haar beslissing toen ze het meisje tegen de jongen die de bestellingen opnam hoorde zeggen:

'Krijg ik korting als je me mag kussen?'

'Oké, even ernstig nu. Op welke planeet ben jij opgevoed? Waarom wil jij al die vreemde jongens kussen?' vroeg Miranda.

'Er zijn niet zoveel jongemannen op de plek waar ik vandaan kom. En wat heeft dat vreemde ermee te maken? Kussen is fantastisch. Ik heb op het vliegtuig vier jongemannen gekust. Ik hoop aan vijfentwintig te komen tegen het einde van de dag.'

Toen ze haar hamburger had gekregen, voegde ze aan haar subtotaal meteen de twee jongens toe die in de drive-in werkten.

'Zijn alle hamburgers zo geweldig?' vroeg ze toen ze weer waren ingestapt.

Miranda keek bedenkelijk in de achteruitkijkspiegel. 'Heb je nog nooit een hamburger gegeten? Waar woon jij?'

'In de bergen', antwoordde Sibby snel. Miranda registreerde een kleine versnelling in haar hartslag, wat verried dat ze loog en dat niet gewend was. Wat eigenlijk wel zeer onwaarschijnlijk was – de niet-gewend-aan-leugens-eigenschap – voor iemand die aan acute aanvallen van kusverslaving leed. Haar ouders konden haar waarschijnlijk niet zonder toezicht laten rondlopen – *Oh Dit Is Zo Helemaal*

Niet Jouw Probleem, wees Miranda zichzelf terecht. W's discreet.

Sibby bleef om kussen van andere jongens bedelen terwijl ze verder reden. Ze waren nog een kilometer verwijderd van de plaats van bestemming – Miranda was heel opgelucht dat de rit bijna voorbij was – toen Sibby gilde: 'Oh, hemeltje, een winkel met donuts! Ik heb altijd al een donut willen proeven. Kunnen we stoppen? Alsjeblieft, alsjeblieft, alsjeblieft?'

Ze waren al bijna een uur te laat, maar Miranda kon niemand een donut ontzeggen. Zelfs niet iemand die 'hemeltje' zei. Maar toen ze het parkeerterrein opreed, zag ze binnen een groepje jongens aan een tafeltje zitten. Ze besliste dat het riskant zou zijn om Sibby in hun buurt te laten komen, als ze tenminste binnen een halfuur weer wilde vertrekken. 'Ik ga wel naar binnen om er een paar te halen, jij blijft hier.'

Sibby had de jongens ook gezien. 'Geen sprake van, ik ga mee.'

'Of jouw achterste blijft in de auto, Miss Kussendief, of de donuts blijven in de winkel.'

'Ik vind dit niet echt een vriendelijke manier om tegen klanten te praten.'

'Gebruik gerust mijn gsm als je je beklag wilt doen terwijl ik in de winkel ben. Hebben we een afspraak?'

'Goed. Maar wil je dan wel het raampje naar beneden doen?' Miranda aarzelde. Sibby zei: 'Kijk, grootmoe, ik beloof dat ik met mijn achterste in de auto blijf zitten, ik wil gewoon niet stikken. Hemeltje.'

Toen Miranda uit de winkel kwam had Sibby zichzelf in het raam geklemd, met haar benen en lichaam uit het raam en haar achterste in de auto. Ze was druk bezig een blonde jongen te kussen.

'Excuseer mij', zei Miranda, en ze tikte de jongen op de schouder.

Hij draaide zich sloom om en nam haar van beneden tot boven op. 'Hallo, droommeisje. Wil jij ook een kus? Ik zou iets heel speciaals kunnen doen met lippen zoals die van jou. Je hoeft me er niet eens een dollar voor te betalen.'

'Bedankt, maar liever niet.' Ze keek naar Sibby. 'Ik dacht dat we hadden afgesproken dat –'

'– mijn achterste in de auto zou blijven. En, als je heel goed kijkt, kun je zien dat het zich daar inderdaad bevindt.'

Miranda wendde haar blik af zodat Sibby niet kon zien dat ze moest glimlachen.

Ze gaf de donuts aan Sibby en ging achter het stuur zitten. Sibby wrong zich uit het raam. Miranda bekeek haar in de achteruitkijkspiegel. 'Je hebt die jongen betaald om je te kussen?'

'En wat dan nog?' zei Sibby boos. 'Niet iedereen van ons kan gratis worden gekust.' En nog wat bozer: 'Je hebt bijna geen borsten. Mijn borsten zijn groter dan de jouwe. Het is niet eerlijk.'

Sibby zweeg. Ze liet zelfs haar donut onaangeroerd. In de minuten die volgden, liet ze af en toe een theatrale zucht horen.

Miranda begon een beetje medelijden met haar te krijgen. Misschien had ze zich inderdaad wat gedragen als een grootmoeder. Ze keek naar *Hoe je jouw droomjongen verleidt – en kust,* dat op de stoel naast haar lag. *Misschien ben je jaloers op haar omdat ze vandaag al meer jongens heeft gekust dan jij in je hele leven zult ontmoeten, zelfs al laat je een borstoperatie doen en word je twee miljoen jaar.*

Zwijg, je-bent-niets-waard-kanaal.

Ze moest vriendelijk zijn, het gesprek gaande houden. 'Aan hoeveel kussen zit je al?'

Sibby bleef naar haar schoot kijken. 'Tien.' Toen keek ze op. 'Maar ik heb er maar zes van betaald. En een van hen heb ik maar een kwartje gegeven.'

'Goed gedaan.'

Miranda zag het wantrouwen in Sibby's blik. Ze wist waarschijnlijk niet goed of Miranda haar uitlachte of niet. Ze nam een donut uit het zakje. Na een tijdje mompelde ze: 'Mag ik je iets vragen?'

'Ga je daar nu opeens toestemming voor vragen?'

'Toe, houd op met grapjes maken. Het is flauw.'

'Bedankt voor de supertip. Had je een vraag of –'

'Waarom wilde je die jongeman daarnet niet kussen? Degene die jou wilde kussen?'

'Ik denk dat hij mijn type niet is.'

'Wat is dan jouw type?'

Miranda dacht aan agent Reynolds – blauwe ogen, kuiltje in de kin en wild, blond haar –, die elke morgen opstond om te gaan surfen. Het soort jongen dat altijd een zonnebril droeg en naar je keek met zijn ogen half dichtgeknepen, en te cool was om echt, gemeend te lachen. Toen haalde ze zich Will voor de geest met zijn donkere, siroopkleurige huid, zijn donkere, korte krullen, zijn brede, jongensachtige glimlach en zijn buikspieren die zich opspanden wanneer hij na de lacrossetraining in zijn bloot bovenlijf met de andere spelers stond te praten, met zijn lichaam dat glinsterde in de zon, en zijn schaterlach die haar een gevoel gaf alsof ze boter zag smelten op perfect gebakken Belgische wafels.

Niet dat ze de hele tijd op het dak van het biologielab sprong om naar hem te gluren wanneer niemand het zag. (Echt niet vaker dan een keer of twee per week.)

'Ik weet niet, het gaat meer om een gevoel dan om een welomschreven type', zei Miranda ten slotte.

'Hoeveel jongemannen heb je al gekust? Honderd?'

'Euh, nee.'

'Tweehonderd?'

Miranda voelde dat ze begon te blozen en hoopte dat Sibby het niet kon zien. 'Blijf raden.'

Ze stopten bij het adres dat haar was doorgegeven, een uur en een kwartier later dan afgesproken. Het was de eerste keer dat ze een klant te laat afleverde.

Toen Miranda het portier voor haar opende, vroeg Sibby: 'Is een jongeman kussen die je type is zo anders dan welke andere jongeman dan ook kussen?'

'Het is ingewikkeld.' Miranda was verrast dat ze zo opgelucht was dat ze hier niet verder op hoefde in te gaan; dat ze, meer zelfs, zou moeten toegeven aan dit meisje dat ze er werkelijk geen enkel idee van had.

De plek leek meer op een beschermhuis voor getuigen van de overheid dan op een thuis, dacht ze, terwijl ze Sibby naar de voordeur begeleidde. Het beantwoordde helemaal aan de definitie van 'onopvallend' in het woordenboek en zat ingeklemd tussen een huis met in de voortuin Sneeuwwitje en de Zeven Dwergen die het kersttafereel uitbeeldden, en aan de andere kant een huis met een gigantisch roze-en-oranje kinderspeeltuig naast de oprit. De meest opvallende dingen aan dit huis waren de dikke gordijnen voor de ramen aan de voorkant, zodat je niet kon binnenkijken, en een twee meter hoge, stevige, houten afrastering die de achtertuin omsloot, zodat je er langs die kant zeker niet in kon. Er was veel lawaai in de straat – Miranda hoorde barbecues knisperen, gesprekken, iemand die naar *Mooi en Meedogenloos* in het Spaans keek – maar dit huis was gehuld in stilte, alsof het geluiddicht was gemaakt.

Ze hoorde een zacht geneurie aan de zijkant, een beetje zoals een airco, maar toch net iets anders. Ze keek naar boven en zag dat de elektriciteitsbekabeling niet aan dit huis was vastgemaakt. De telefoonlijnen ook niet trouwens. Het geluid dat ze hoorde was van een generator. De persoon die hier woonde, was dus niet aangesloten op het elektriciteitsnet. Alles bij elkaar zag de plek er wel, euh, speciaal uit, als je dat dan definieerde als griezelig en sektarisch.

En de vrouw die de deur opendeed? Exact wat je zou kunnen verwachten van een griezelig sektelid, dacht Miranda. Ze had grijs haar dat was samengebonden in een losse knot en ze droeg een lange jurk en een vormloze trui. Ze was ergens tussen de dertig en de zestig jaar. Je kon haar leeftijd niet preciezer schatten omdat ze een enorme bril met onflatterende, vierkante glazen droeg, die haar ogen vergrootte en de helft van haar gezicht bedekte. Ze zag er absoluut ongevaarlijk uit, een beetje als een schoollerares die het zich tot levensdoel had gesteld om voor een ouder familielid te zorgen en wier enige verstrooiing was dat ze in het geheim verliefd was op mijnheer Rochester uit *Jane Eyre*. Of iets van die strekking. Alsof dat de *look* was die ze nastreefde. Maar er was iets niet juist, iets dat niet paste, één klein detail dat niet klopte in het geheel.

En dan? Niet. Jouw. Zaak.

Miranda nam afscheid, nam haar fooi van één dollar aan – 'Omdat je wel heel erg laat bent, mijn beste' – en reed weg. Ze was twee straten verder toen ze op haar rem ging staan en terug naar het huis scheurde.

5

Wat ben je in hemelsnaam aan het doen? vroeg ze aan zichzelf. Volstrekt retorisch, aangezien ze al in de boom zat van het Sneeuwwitje-en-de-Zeven-Dwergen-doen-Kindje-Jezus-na-huis van de buren en in de tuin staarde van het huis waar ze Sibby had achtergelaten.

Ik kan niet wachten tot je tegen de agenten zegt: 'Ja, mijnheer, ik weet dat ik privé-eigendom betrad maar die vrouw zag er heel verdacht uit want ze had valse wimpers.' Helemaal uitgedost in een griezelig pak van een of andere sekte. De wimpers pasten gewoon niet in het plaatje. Bovendien had ze een gaatje in haar neus voor een piercing. En fijn gemanicuurde nagels.

Misschien had ze gewoon grote poriën? En een voorliefde voor verzorgende manicures?

Ze was niet wie ze pretendeerde te zijn.

Gaat dit over hulpvaardigheid of is dit een excuus om niet naar het schoolbal te hoeven gaan en Will te zien met zijn gezicht neuzelend in Ariels volumineuze, zachte –

Zwijg. Je bent niets waard.

Ik ging kapsel zeggen.

Je bent zo on-grappig.

Je bent zo on-moedig.

Er zaten twee kerels in de achtertuin. Ze leunden naar elkaar over een picknicktafel. Er lag een boek tussen hen in. Ze droegen T-shirts, kaki shorts en Teva-sandalen. De ene droeg een dikke, zwartomrande bril, de andere had een verwaarloosde baard. Ze zagen eruit als twee sullige collegestudenten die Dungeons & Dragons speelden, en zo klonken ze ook toen de kerel met de bril zei: 'Zo werkt het nu eenmaal. In het Wetboek staat dat ze niet voor zichzelf kan zien, alleen voor andere mensen. Je weet wel, zoals wensgeesten, die kunnen hun eigen wensen ook niet vervullen.' Iets minder sullig was het grote, automatische geweer dat naast hen op de tafel lag en de schietschijven die op de houten omheining waren aangebracht.

En dan? Het zijn gewapende sullen. Misschien beschermen ze Sibby. Ga naar huis. Sibby heeft jou niet nodig. Alles is in orde met haar.

Maar als alles in orde is met haar, waarom komt ze dan niet naar buiten om deze twee jongens te kussen?

Miranda spande zich in om iets in het huis te kunnen horen maar het was absoluut geluiddicht. Plotseling stapte er een stel door de zwaaideuren de patio in, buiten het gezichtsveld van de twee nozems. Ze kon de contouren onderscheiden van een man, en daarna van een vrouw die een sigaret rookte, met korte, intense trekjes. Miranda viel bijna uit de boom toen ze de vrouw herkende als de sektedame, maar nu zonder bril, jurk of trui en met haar haren los.

Wat niets hoefde te betekenen.

De vrouw fluisterde. 'Het meisje moet ons nog altijd de locatie vertellen, Byron.'

'Dat zal ze wel doen.'

'Tot nu toe heeft ze dat nog niet gedaan.'

'Ik heb het je al gezegd, zelfs als ik haar niet aan het praten krijg, zal het de Tuinman wel lukken. Die is daar goed in.'

De vrouw zei: 'Ik houd er niet van dat hij een partner heeft meegebracht. Dat maakte geen deel uit van het plan. Gaat de Tuinman haar –'

De man die naar de naam Byron luisterde onderbrak haar.

'Parkeer dat even en zwijg, we hebben gezelschap.' Hij wees naar de sullen die naar hen toe kwamen geslenterd.

De vrouw stampte met haar voet de sigaret uit en schopte het peukje weg.

'Is alles oké met Haar?' vroeg Baardige Sul, buiten adem, en hij sprak Haar uit alsof het met een hoofdletter moest worden geschreven.

'Ja', stelde de man hem gerust. 'Ze is aan het rusten, na haar beproeving.'

Ze konden toch niet over Sibby aan het praten zijn?

Beproeving? Onmogelijk.

'Heeft Ze al iets gezegd?' vroeg Brillige Sul.

De man antwoordde: 'Ze heeft alleen gezegd hoe dankbaar ze is dat ze hier is.'

Miranda proestte het bijna uit.

Baardige Sul zei: 'Gaan we Haar te zien krijgen?'

'Wanneer de Overgang plaatsvindt.'

De kerels wandelden weg, bedwelmd van verrukking.

Miranda besloot dat dit de vreemdste situatie was die ze ooit had meegemaakt.

Maar het bewees dat Sibby niet in gevaar was. Deze mensen verafgoodden haar klaarblijkelijk. Wat betekende dat het tijd was om –

'Waarom noemen ze hem eigenlijk de Tuinman?' vroeg de valse-wimper-dame aan de man.

'Ik denk omdat hij goed is in het uittrekken van dingen.'

'Dingen?'

'Tanden, nagels. Gewrichten. Zo krijgt hij mensen aan het praten.'

– Sibby te vinden.

Miranda sprong uit de boom in de tuin van de buren en stond ineens oog in oog met de loop van een automatisch geweer.

6

'Steek ze omhoog', zei Brillige Sul. 'Je armen, bedoel ik.'
Miranda deed wat hij vroeg omdat zijn handen zo beefden
dat ze bang was dat hij haar ongewild zou neerschieten.
'Wie ben jij? Wat doe je hier?' vroeg hij met een stem die al
net zo trilde als zijn handen.
'Ik wilde alleen maar een glimp van Haar opvangen', zei ze,
en ze hoopte dat het geloofwaardig klonk.
Hij vernauwde zijn ogen. 'Hoe wist je dat Ze hier was?'
'De Tuinman heeft het me verteld, maar ik wist niet waar Ze
precies werd vastgehouden. Daarom klom ik in die boom,
om rond te kijken.'
'Tot welke afdeling behoor jij?'
Ik wist dat het in mineur zou eindigen. Wat nu, wijsneus?
Miranda haalde een wenkbrauw op en zei: 'Tot welke
afdeling behoor jij?' En om de gekozen tactiek helemaal te
perfectioneren, voegde ze eraan toe: 'Ik bedoel, ik zou me
een jongen als jij herinneren als ik je al eens eerder had
gezien.'
Het werkte! Ze zag hoe hij slikte, en hoe zijn adamsappel op
en neer ging. Ze zou nooit meer twijfelen aan Hoe je jouw
droomjongen verleidt - en kust! Hij zei: 'Ik zou me jou ook
nog herinneren.'
Ze schonk hem een dosis Sprankelende Lach en zag dat zijn
adamsappel nog wat heftiger bewoog. Ze zei: 'Als ik je een
hand geef, ga je me dan neerschieten?'
Hij lachte hard en liet zijn wapen zakken. 'Nee', zei hij, nog
steeds grinnikend. Hij stak zijn hand uit. 'Ik ben Craig.'
'Hey, Craig, ik ben Miranda', zei ze en ze schudde zijn hand.
Toen draaide ze hem op zijn rug en sloeg hem knock-out, in
een enkele, geluidloze beweging.

Ze keek gedurende een seconde in shock naar haar eigen hand. Dat had ze absoluut nooit eerder gedaan. Dit was wel heel cool.

Ze boog zich voorover en fluisterde in zijn oor: 'Het spijt me. Neem drie aspirines voor je hoofd als je wakker wordt en je zult je veel beter voelen.' Ze sloop om de hoek van het huis. Er moest ergens een raam openstaan, want ze hoorde stemmen. De man die daarnet buiten had gestaan, zei tegen iemand: 'Alles naar wens?'

Ze hoorde Sibby antwoorden: 'Nee. Ik houd niet van die fauteuil. Ik kan niet geloven dat dit de aangenaamste plek is in het hele huis. Het ziet eruit als een kamer van een oude grootmoeder.'

Waar was ze?

Miranda volgde het geluid van Sibby's stem. Die leidde haar naar een van de ramen met spiegelglas aan de voorzijde van het huis. Door een gaatje in de donkerblauwe overgordijnen kon ze binnengluren in een woonkamer. Ze zag een afgeleefde fauteuil, een stoel en een eettafel. Sibby zat op de stoel, met haar rug naar Miranda. Er stond een bord met Oreo-koekjes voor haar op de tafel. Ze zag er oké uit.

De man lag languit in de fauteuil en lachte naar Sibby. Hij zei: 'Dus, waar moeten we je afleveren?'

Sibby nam het bovenste Oreo-koekje van de stapel en at het op. 'Dat zal ik je straks wel vertellen.'

De man bleef lachen. 'Ik zou het nu graag weten zodat ik de route kan plannen. We kunnen niet voorzichtig genoeg zijn.'

'Hemeltje, het duurt nog uren voor we vertrekken. Ik wil even tv kijken.'

Miranda hoorde de hartslag van de man versnellen en zag dat hij zijn hand spande maar hij bleef op een luchtige toon praten. 'Natuurlijk.' Toen voegde hij eraan toe: 'Nadat je hebt gezegd waar we je naartoe moeten brengen.'

Sibby keek hem bedenkelijk aan. 'Ben je misschien doof of zo? Ik heb net gezegd dat ik je dat straks zal vertellen.'

'Het is in je eigen belang dat je met me praat. Anders ben ik bang dat ik iemand anders naar hier zal moeten brengen. Iemand met wat meer... overtuigingskracht.'

'Goed. Maar kan ik alsjeblieft tv kijken terwijl ik wacht? Zeg me dat je een kabelaansluiting hebt. Hemeltje, als je geen MTV hebt hier, dan word ik heel kwaad.'

De man stond op. Zijn gezicht zag eruit alsof hij iets kapot ging slaan. Hij liep kordaat naar de deur. Miranda hoorde voetstappen die van de hal naar de kamer kwamen en ze hoorde een vertrouwde chacha-hartslag. Twee seconden later kwam agent Reynolds de kamer binnen.

Zie je wel? Sibby is niet in gevaar. De politie is hier. Opkrassen.

Agent Reynolds vroeg aan de man: 'Waarom duurt het zo lang?'

'Ze wil niet praten.'

'Ik ben er zeker van dat ze van gedachten zal veranderen.' Zijn hartslag ging omhoog.

Sibby keek naar hem. 'Wie ben jij?'

Caleb Reynolds zei: 'Ik ben de Tuinman.'

Dit was helemaal niet goed, besliste Miranda.

'Ik was niet erg onder de indruk van de voortuin', zei Sibby.

'Ik ben niet dat soort Tuinman. Het is een bijnaam. Ze noemen me zo omdat –'

'Eerlijk gezegd ben ik niet in het minst geïnteresseerd. Ik weet niet wat je van plan bent, plantenjongeman –'

'Tuinman', verbeterde hij en hij liep een beetje rood aan.

'– maar als je te weten wilt komen waar ik zal worden opgepikt door de Overzeeër, zul je me wel in leven moeten houden, nietwaar? Dus je kunt niet echt met doodsbedreigingen komen aanzetten.'

'Niet met doodsbedreigingen, maar wel met pijn.' Hij richtte zich tot de man. 'Byron, ga mijn instrumenten halen.'

De man verliet de kamer. Sibby zei: 'Ik ga jou helemaal niets vertellen.'

Agent Reynolds liep door de kamer en leunde over haar stoel, met zijn rug naar het raam.

'Luister naar me –' zei hij, en zijn hartslag zakte bruusk. Miranda draaide om haar as en beukte met haar voeten vooruit door het raam. Ze sloeg Caleb bewusteloos met een zijdelingse trap tegen zijn nek voor hij zich kon omdraaien. Ze leunde vooruit om 'Het spijt me' in zijn oor te fluisteren, maar besloot om niets over de aspirines te zeggen, om hem te straffen. Ze greep Sibby, spurtte naar haar auto en trapte het gaspedaal in.

7

'Hij wist niet eens dat je daar was', zei Sibby. 'Hij zal nooit weten wie hem heeft uitgeschakeld.'

'Dat was ook de bedoeling.' Ze stonden geparkeerd naast een verlaten Amtrak onderhoudsgebouw, op een oud gedeelte van de treinsporen, dat vanaf de straatkant helemaal aan het zicht onttrokken was. Het was de plaats waar Miranda zeven maanden eerder voor het eerst naartoe was gekomen, om al haar nieuwe, onstuimige energie te ontladen, en dingen te proberen die ze nergens anders kon doen – roller derby was geweldig voor het oefenen van snelheid, evenwicht, gymnastiek en duwbewegingen, maar je werd niet verondersteld er judogrepen voor gevorderden te gebruiken. Of wapens.

Ze kon op de zijkant van het gebouw nog de sporen zien van haar meest recente kruisboogoefening, en het stuk treinspoor dat ze in een knoop had gelegd de dag nadat Will haar had afgewezen lag er ook nog. Ze had hier nog nooit iemand anders gezien en ze was er zeker van dat zij en Sibby vrijwel onvindbaar zouden zijn zolang ze hier geparkeerd stonden.

'Waar heb je geleerd om mensen op die manier knock-out te slaan?' vroeg Sibby, languit op de achterbank. 'Kun je me dat leren?'

'Nee.'

'Waarom niet? Toe, één beweging?'

'Absoluut niet.'

'Waarom zei je "het spijt me" nadat je hem had neergeslagen?'

Miranda draaide haar hoofd om zodat ze Sibby kon aankijken. 'Het is nu mijn beurt om vragen te stellen. Wie wil je vermoorden en waarom?'

'Hemeltje, dat weet ik niet. Het kunnen duizenden mensen zijn. Het is niet zoals jij denkt dat het is.'

'Hoe is het dan wel?'

'Het is ingewikkeld. Maar als we hier gewoon wat kunnen rondhangen tot vier uur morgenvroeg, dan heb ik een plek om naartoe te gaan.'

'Dat is nog zes uur.'

'Dan heb ik tijd voor nog minstens tien kussen.'

'Ja, natuurlijk. Wat zou je anders doen, terwijl iemand je probeert te vermoorden, dan uitgaan en tongdansen met zo veel mogelijk vreemdelingen?'

'Ze probeerden niet om me te doden, ze probeerden me te ontvoeren. Dat is iets helemaal anders. Kom op, ik wil iets leuks doen. Met jongemannen.'

'Of we kunnen dat ook niet doen.'

'Kijk, het is niet omdat jij een stichtend lid bent van de No Fun Club dat de rest van ons ook wil intekenen.'

'Ik ben geen stichtend lid van de No Fun Club. Ik houd van *fun*. Maar -'

'*Funkiller.*'

'- op de een of andere manier lijkt het idee mij niet echt geweldig *fun* om wat rond te hangen terwijl "duizenden mensen" proberen om jou te kidnappen. Het klinkt als een goede manier om in het *Guinness Book of World Records* te komen onder "Plan, komma, 's Werelds Stomste." Bovendien kunnen er onschuldige toeschouwers in betrokken raken en meegesleurd worden wanneer die duizenden mensen jou vinden.'

'"Als", niet "wanneer". Bovendien zijn ze alleen maar in mij geïnteresseerd.'

Miranda rolde met haar ogen en draaide zich weer om.

'Daarom noemen ze het ook toeschouwers. Omdat ze toekijken en toevallig gewond geraken.'

'Dan moet jij ervoor zorgen dat je zo snel mogelijk uit mijn buurt bent. Ik meen het. Ook al zou ik niets liever doen dan hier zes uur op een godverlaten plek zitten in jouw exclusieve gezelschap, toch denk ik dat het veiliger is voor ons allebei als ik ergens anders naartoe ga. Zoals naar die ijssalon op weg hiernaartoe. Heb je de lippen gezien van die jongeman achter de toonbank? Die waren ongelooflijk mysterieus. Breng me daarnaartoe en het komt wel goed met me.'

'Jij gaat helemaal nergens naartoe.'

'Meen je dat? Omdat je een geluid hoort? Dat ben ik die aan de hendel van het portier trek.'

'Meen je dat? Omdat *jij* een geluid hoort? Dat ben ik die het kinderslot activeer.'

Miranda zag in de achteruitkijkspiegel hoe Sibby's ogen vuur schoten.

'Je bent echt gemeen', zei Sibby. 'Er moet je vroeger iets heel ergs zijn overkomen, iets dat je zo kwaadaardig heeft gemaakt.'

'Ik ben niet gemeen. Ik probeer jou in veiligheid te houden.'

'Ben je zeker dat je aan mij denkt? Niet aan het een of ander lijk in je kast? Zoals toen je –'

Miranda zette de radio harder.

'Zet dat stiller! Ik was aan het praten en ik ben de klant.'

'Niet meer.'

Sibby schreeuwde heel luid: 'Wat is er met je zus gebeurd?'

'Ik weet niet waar je het over hebt', schreeuwde Miranda terug.

'Je liegt.'

Miranda zei niets

'Ik heb je daarstraks al gevraagd of je een zus had en je gezicht werd heel verdrietig', riep Sibby in haar oor. 'Waarom vertel je het me niet?'

Miranda zette de radio zachter. 'Kun je me drie goede redenen geven waarom ik dat zou doen?'

'Je zou je er beter door voelen. We zouden iets hebben om over te praten terwijl we hier toch zitten. En als je het me niet vertelt, ga ik raden.'

Miranda legde haar hoofd naar achteren, keek op haar horloge en staarde naar buiten. 'Doe wat je niet laten kunt.'

'Je hebt haar zo geïrriteerd dat ze is weggelopen? Of je hebt haar zo verveeld dat ze jou heeft achtergelaten? Of heb je haar misschien weggejaagd met die lange stok die je in je broek hebt verstopt?'

'Houd op met mijn gevoelens te sparen. Vooruit, zeg maar wat je echt denkt.'

Sibby zei: 'Dat was misschien te gemeen. Sorry.'

Miranda zweeg.

'Je hebt niet echt een stok in je broek. Want dan zou je niet kunnen rijden. Nietwaar? Ha ha!'

Het bleef stil op de voorstoel.

'Maar ik bedoel, jij bent begonnen. Met dat gedoe over dat kinderslot. Ik ben geen kind. Ik ben veertien.'

Miranda antwoordde nog steeds niet.

'Ik heb sorry gezegd.' Sibby zakte ineen en zuchtte. 'Ook goed dan. Blijf jij maar zwijgen.'

De stilte hield nog wat langer aan, tot Miranda ineens, zonder aanwijsbare reden, zei: 'Ze zijn gestorven.'

Sibby zat meteen rechtop en boog zich voorover naar de bestuurdersstoel. 'Wie? Je zussen?'

'Iedereen. Mijn hele familie.'

'Door iets wat jij hebt gedaan?'

'Ja. En ook door iets wat ik niet heb gedaan. Denk ik.'

'Euh, dat is onzin, grootmoe Grimm. Hoe kan iets *niet* doen – wacht even, je *denkt* het? Weet je dan niet wat er precies is gebeurd?'

'Ik kan me helemaal niets herinneren van dat deel van mijn leven.'

'Je bedoelt van die dag?'

'Nee. Van dat jaar. En van het jaar erna. Eigenlijk helemaal niets van de periode tussen mijn tiende en mijn twaalfde jaar. En er zijn ook nog wat andere gaten.'

'Je bedoelt dat die dingen te pijnlijk zijn om je te herinneren?'

'Nee, het is allemaal gewoon… weg. Het enige wat ik heb zijn een paar indrukken. En de dromen. Heel erg slechte dromen.'

'Zoals?'

'Zoals dat ik ergens niet was waar ik had moeten zijn en dat ik iedereen in de steek heb gelaten…' Sibby onderbrak haar en wuifde met haar hand.

'Wacht even, jij denkt echt dat je had kunnen voorkomen wat er met hen is gebeurd? Jij zelf? Toen je vier jaar jonger was dan ik nu?'

Miranda voelde dat haar keel helemaal dichtslibde. Ze had nooit eerder tegen iemand zoveel over haar echte familiegeschiedenis verteld. Ze had er nooit eerder over gesproken, zelfs niet met Kenzi. Nooit. Ze slikte. 'Ik had het kunnen proberen. Ik had er kunnen zijn en proberen.'

'Hemeltje. Dit is echt een pathetische vertoning. Geeuw. Maak me wakker als je klaar bent.'

Miranda gaapte haar stomverbaasd aan in de spiegel. 'Ik vertelde je dat ik er niet over wilde praten, maar je bleef aandringen, en nu word je de burgemeester van Vertel-het-Me-Zoals-Het-Is-Stad?'

Ze slikte opnieuw. 'Jij klein –'

'Je weet niet eens wat er is gebeurd. Hoe kun je je daar zo slecht over voelen? Bovendien, ik zie niet in hoe het jouw schuld zou kunnen zijn. Je was er niet eens bij en je was pas tien. Ik denk dat je moet ophouden met je obsessie voor een of andere mysterieuze gebeurtenis in het verre verleden en dat je in het mo moet leven.'

'Excuseer, maar zeg jij me nu dat ik in "het mo" moet leven?'

'Ja. Weet je, dump het verleden en probeer je te concentreren op wat er in het heden gebeurt. Bijvoorbeeld op het liedje dat nu op de radio speelt. Dat *by the way* wel een oerstom nummer is. Of denk aan het feit dat er een hele stad is vol met leuke jongemannen die ik nu niet aan het kussen ben?'

Miranda ademde diep in, maar voor ze iets kon zeggen, ging Sibby verder. 'Ik begrijp het, ik begrijp dat je je verontschuldigt tegenover de mensen die je knock-out slaat omdat je nooit sorry hebt kunnen zeggen tegen je familie, en dat je me wilt beschermen omdat het je niet gelukt is om hen te beschermen. Nu begrijp ik het.'

'Zo zit het helemaal *niet*. Ik –'

'Blablabla, voeg gerust wat ontkenningen in hier. En trouwens, waarom moet "beschermen" betekenen dat we hier de hele nacht in de auto blijven zitten? Is er geen plek in de buurt waar we ons onder de mensen kunnen mengen? Ik ben goed in mengen. Ik ben net boter.'

'Ja, je bent inderdaad net boter. Eerlijk gezegd ben je zo goed als onzichtbaar in je Madonna-heeft-gebeld-en-ze-wil-haar-pakje-uit-de-Borderline-video-terug-outfit.'

'Da's een goeie, *funkiller*! Kom op, laten we ergens naartoe gaan.'

Miranda draaide zich helemaal om in haar stoel en zei: 'Ik zal het voor je spellen. Iemand. Probeert. Je. Te. Vermoorden.'

'Nee. Dat. Is. Niet. Waar. Jij blijft dat maar zeggen, maar ik heb het je al uitgelegd. Ze kunnen me niet vermoorden. Jij moet echt werken aan die obsessie van je. Altijd maar denken dat er mensen worden vermoord. En ik zal eerlijk tegenover je zijn, ik begin me te vervelen. Op welk kanaal heb je de radio staan? Radio Rommel? Geen denken aan dat we hier zes uur in deze auto blijven zitten.'

Miranda kon niet anders dan haar gelijk geven. Want dat scenario zou ongetwijfeld tot gevolg hebben dat ze Sibby zelf zou vermoorden.

Plots wist ze de perfecte plek om naartoe te gaan.

'Je wilt je onder de mensen mengen?' vroeg ze.

'Ja. Onder de jongemannen.'

'Jongens', zei Miranda.

'Wablief?'

'Normale Amerikaanse meisjes van deze eeuw noemen hen jongens, niet jongemannen. Als je dan toch wilt "mengen".'

Sibby keek heel even aangedaan. Toen lachte ze flauwtjes.

'Oh, jazeker. Jongens.'

'"Oké", niet "jazeker". Tenzij je tegen een volwassene praat.'

'Oké.'

'En het is "in hemelsnaam" en niet "hemeltje".'

'Zei ik –'

'Inderdaad. En niemand heeft ooit gezegd of zal ooit zeggen "leven in het mo".'

'Wacht even.'

'Nee. Nooit. En je mag geen jongens betalen om gekust te worden. Dat is niet nodig. Ze mogen blij zijn dat ze je mogen kussen.'

Sibby keek aarzelend. 'Waarom ben je opeens zo vriendelijk tegen me en waarom help je me? Je vindt me niet eens leuk.'

'Omdat ik weet hoe het voelt om ver van huis te zijn, alleen, en te proberen om je aan te passen. En om niemand te kunnen vertellen wie je precies bent.'

Nadat ze een tijdje in stilte verder hadden gereden zei Sibby: 'Heb je al ooit iemand gedood met je blote handen?'

Miranda keek haar aan in de spiegel. 'Nog niet.'

'Je bent grappig.'

8

'Je bent gek', zei Sibby, toen ze naar binnen stapten. Haar
ogen waren zo rond als pannenkoeken. 'Je zei dat dit maar
niets zou zijn. Dit is niet niets. Dit is geweldig.'

Miranda huiverde. Ze waren naar binnen geglipt in de grote
hal van het Geschiedkundig Genootschap van Santa Barbara
langs een nooddeur die op een kier was gezet door de
studenten zodat ze eventjes naar buiten konden sluipen om
stoned te worden. Terwijl ze rondkeek, leek de optie om zelf
ook stoned te worden haar superaantrekkelijk. De muren van
de zaal waren bedekt met blauw satijn waarop witte sterren
waren geborduurd. Vier grote beuken in het midden waren
bekleed met rode en witte linten. Op de tafeltjes aan de
zijkant lagen tafellakens met de Amerikaanse vlag erop. In
het midden van de tafels stonden visbokalen en de vissen in
het water waren rood en blauw geschilderd. In de hoeken van
de zaal stonden uit suikerklontjes opgetrokken
reconstructies van belangrijke Amerikaanse monumenten,
zoals Mount Rushmore, het Witte Huis, het Vrijheidsbeeld,
de Liberty Bell en de geiser Old Faithful. Allemaal bewijzen
van de vrijgevigheid van de vader van Ariel West. Ariel had
de vorige dag op de vergadering aangekondigd dat na het
schoolbal alle decoratiestukken zouden worden geschonken
aan de 'arme, hongerige mensen van Santa Barbara, die
suiker nodig hebben'.

Miranda wist niet of het dat was, of de ballonnen die aan
rubberen koordjes van het plafond naar beneden hingen en
die zachtjes op en neer bewogen wanneer mensen er
onderdoor gingen, of een onheilspellend voorgevoel, maar ze
voelde zich duidelijk niet op haar gemak.

Sibby waande zich in de hemel.

'Denk eraan – de meeste jongens zijn met een date hiernaartoe gekomen, dus tracht discreet te zijn met je kussendiefgedoe', zei Miranda.

'Oké, goed.'

'En als je hoort dat ik je roep, kom dan onmiddellijk.'

'Zie ik eruit als een hond?' Miranda keek scherp naar haar. Sibby zag dat ze het meende. 'Oké, al goed. *Funkiller*.'

'En als je ook maar het minste gevoel hebt dat er iets vreemds gebeurt, dan –'

'– laat ik het je weten. Ik heb het begrepen. Ga nu maar en amuseer je. Oh, dat is waar ook, je weet waarschijnlijk niet hoe dat moet. Wel, als je twijfelt, stel jezelf dan de vraag "Wat zou Sibby nu doen?"'

'Kan ik me misschien uitschrijven van de ledenlijst?'

Sibby had het te druk met het monsteren van alle prooien in de zaal om nog te antwoorden. 'Djeezes, wie is die hete brok in de hoek ginder?' vroeg ze. 'Die jongen met de bril?' Miranda keek rond op zoek naar een hete brok maar ze zag alleen Phil Emory. 'Hij heet Phillip.'

'*Here I come*, Phillip', gilde Sibby, en ze zette vastberaden koers in zijn richting.

Miranda borg haar skatetas weg onder een tafeltje en bleef dicht bij de muur staan, ergens tussen het Witte Huis en Old Faithful, enerzijds omdat ze Sibby in het oog wilde houden en anderzijds omdat ze niet wilde dat medestudenten haar zouden herkennen. Ze had in het personeelstoilet haar werkkleren geruild voor het enige andere dat ze bij zich had, en ook al was het in de kleuren rood, blauw, en wit, ze twijfelde ernstig of haar roller-derby-uniform wel geschikt was voor het schoolbal. Er zaten twee uniformen in haar tas, een thuis-uniform – wit satijnen topje en broekje, met een blauwe cape en rode, witte en blauwe strepen op de jurk (als je iets dat vijftien centimeter lang was en absoluut panty's eronder vereiste een jurk kon noemen) – en een uit-uniform: identiek, maar dan in het blauw. Ze had geoordeeld dat wit wat chiquer was, maar ze was er vrij zeker van dat het witte pakje in combinatie met haar zwarte schoenen met de lage hak niet echt een geweldig resultaat opleverde.

Ze stond daar al een tijdje, vol verbazing toekijkend hoe alle andere studenten erin slaagden om zich op een dansvloer te bewegen zonder andere mensen te verwonden, toen ze twee hartslagen hoorde die ze herkende.

Ze zag hoe Kenzi en Beth door de wriemelende massa naar haar toe kwamen.

'Je bent gekomen!' zei Kenzi, en ze gaf Miranda een stevige knuffel. Een van de eigenschappen van Kenzi die Miranda zo geweldig vond, was dat ze zich vaak gedroeg alsof ze aan de ecstasy was, terwijl dat helemaal niet zo was. Ze zei tegen mensen dat ze van hen hield en knuffelde haar vrienden uitgebreid, zonder zich daarvoor te schamen. 'Ik ben zo blij dat je er bent. Het voelde niet goed zonder jou erbij. En, ben je klaar om jezelf te ontketenen van je jeugdige onzekerheden? Klaar om meester te worden van je eigen toekomst?'

Kenzi en Beth waren gekleed om meester te worden van om het even wat, dacht Miranda. Kenzi droeg een nauw-sluitende, blauwe jurk met een open rug en ze had op haar rug een zwarte panter met een saffierblauw oog laten schilderen. Beth had een rode satijnen mini-jurk aan en droeg een gouden slangenarmband met twee robijnkleurige ogen om haar bovenarm (Miranda veronderstelde althans dat het robijnen waren aangezien de ouders van Beth twee van de grootste sterren waren in Bollywood). Zoals zij eruitzagen, leek volwassen worden een ongelooflijk cool en opwindend feestje, met een uitstekende dj, waar je alleen op verwacht werd als je op de viplijst stond.

Miranda keek even naar haar eigen skate-uniform. 'Ik had kunnen weten dat wanneer de tijd er rijp voor zou zijn om mijn eigen toekomst te bezitten, ik gekleed zou zijn als een figurant uit Disney On Ice.'

'Niet waar. Je ziet er fantastisch uit', zei Beth, en Miranda had kunnen veronderstellen dat ze het sarcastisch bedoelde, maar die optie verviel zonder meer, aangezien Beth behoorde tot het soort mensen dat geboren werd zonder sarcasme-chromosomen.

'Echt waar', bevestigde Kenzi. 'Je bevindt je ver in H&G-gebied.' H&G betekende Heet en Gereed. 'Ik zie grootse dingen op jouw pad naar volwassenheid.'

'En ik zie een bezoek aan de oogarts voor jou', voorspelde Miranda. In de verte zag ze hoe Sibby Phillip Emory op de dansvloer trok.

Miranda draaide zich weer naar Kenzi. 'Vind je dat ik een leuke persoon ben? Of ben ik een grootmoeder Grimm? Een *funkiller*?'

'Grootmoeder Grimm? *Funkiller*?' herhaalde Kenzi. 'Waar heb je het over? Heb je je hoofd weer eens gestoten tijdens de training?'

'Nee, ik meen het. Ben ik *fun*?'

'Ja', zei Kenzi plechtig.

'Zeker weten', bevestigde Beth.

'Behalve wanneer je helemaal MLAS begint te doen', nuanceerde Kenzi haar mening. 'En wanneer je ongesteld bent. En in de buurt van je verjaardag. En toen die keer –'

'Houd maar op.' Miranda keek naar Sibby, die vol overgave een *conga line* leidde.

'Ik maak maar een grapje', zei Kenzi, en ze draaide Miranda's gezicht van de dansvloer in haar richting. 'Ja, ik vind jou echt *fun*. Ik bedoel maar, wie anders zou zich verkleden als Magnum P.I. voor Halloween?'

'Of eraan denken om de kinderen van de kankerafdeling te amuseren door *Dawson's Creek* helemaal na te spelen met Precious Moments-popjes?' voegde Beth eraan toe.

Kenzi knikte. 'Dat klopt. Zelfs kinderen die tegen kanker vechten vinden jou leuk. En ze zijn niet de enigen.'

Bij het uitspreken van deze laatste zin was er iets in Kenzi's toon dat Miranda ongerust maakte. 'Wat heb je uitgespookt?'

'Ze was briljant', zei Beth.

Dat verontrustte Miranda nog meer. 'Zeg het me.'

'Het was niets, gewoon wat onderzoek', zei Kenzi.

'Wat voor onderzoek?' Miranda zag opeens dat Kenzi's arm helemaal beschreven was.

Kenzi zei: 'Over Will en Ariel. Ze zijn helemaal niet samen.'

'Heb je hem dat *gevraagd*?'

'Dat noemen ze een interview', zei Kenzi.

'Nee. Oh, nee. Zeg dat je een grapje maakt.' Soms was het gevaarlijk om een kamergenoot te hebben die journalist wilde worden.

'Ontspan, hij vermoedde niets. Ik deed alsof ik over koetjes en kalfjes praatte', zei Kenzi.

'Ze deed het fantastisch', prees Beth haar.

Miranda verlangde weer hevig naar valluikjes.

'Ik vroeg hem dus waarom hij dacht dat Ariel hem had gevraagd om mee te gaan naar het schoolbal en hij antwoordde – en op dit punt citeerde Kenzi haar arm – "Om iemand anders jaloers te maken." Dus vroeg ik wie en hij vervolgde: "Wie dan ook. Dat is waar Ariel een kick van krijgt, van de jaloezie van andere meisjes." Is dat niet opmerkzaam? Zeker voor een jongen?'

'Hij is slim', verkondigde Beth. 'En charmant.'

Miranda knikte afwezig en speurde op de dansvloer naar Sibby. Eerst zag ze haar niet, maar toen merkte ze haar op in een donker hoekje, met Philipp. Ze waren aan het praten, niet aan het kussen. Dat ontlokte haar ongewild een glimlach.

'Kijk, we hebben haar gelukkig gemaakt!' zei Kenzi, en ze klonk zo oprecht blij dat Miranda haar de waarheid niet wilde vertellen.

'Bedankt dat jullie dat allemaal te weten zijn gekomen', zei Miranda. 'Het is –'

'Het beste moet nog komen', zei Kenzi. 'Ik vroeg hem waarom hij had ingestemd om met Ariel naar het schoolbal te gaan als ze geen koppel waren, en hij zei – en ze spiekte weer op haar arm – "Omdat niemand me een beter aanbod heeft gedaan."'

Beth vulde haar aan: 'Met dat schattige lachje van hem.'

'Inderdaad, met dat schattige lachje. En hij keek me recht aan toen hij het zei en hij praatte er echt heel openhartig over.'

'Openhartig.' Miranda hield van haar vrienden, zelfs als ze hallucineerden.

'Stop met zo naar me te staren, alsof ik mijn hersens heb laten verwijderen, Miranda', zei Kenzi. 'Ik heb helemaal gelijk. Hij vindt jou leuk en hij is niet bezet. Stop met nadenken en pak hem beet. LIHM.'

'LIHM?'

'Leef In Het Mo', verklaarde Beth.

Miranda staarde haar aan. 'Nee. Onmogelijk.'

'Wat?' vroeg Kenzi.

'Niets.' Miranda schudde haar hoofd. 'En zelfs als hij single is, waarom denk je dat Will met *mij* zou willen uitgaan?'

Kenzi keek haar zijdelings aan. 'Euh, boven op al het melige gedoe over hoe leuk en slim je bent, moet ik je zeggen, aangezien ik je beste vriendin ben: heb je onlangs nog in de spiegel gekeken?'

'Grappig. Geloof me –'

'Toedeloe!' zei Beth, en ze onderbrak Kenzi en sleurde haar mee. 'Tot straks!'

'Niet vergeten. LIHM!' riep Kenzi over haar schouder. 'En in de hemel is geen bier, daarom drinken we het hier!'

'Waar ben je –' riep Miranda hen na. Toen hoorde ze een hartslag heel dicht in haar buurt. Ze draaide zich om en botste met haar schouder bijna tegen de borstkas van Will.

9

Hij zei: 'Hoi.'

En zij zei: 'Ho. Mijn God.' GOD. Kon ze ooit eens iets normaals zeggen? Bedankt voor deze onzin, mond van me.

Hij keek haar verbaasd aan. 'Ik wist niet dat je naar het schoolbal zou komen.'

'Ik – ben op het laatste moment van idee veranderd.'

'Je ziet er goed uit.'

'Jij ook.' Wat een totaal understatement was. Hij zag eruit als een dubbele stapel pannenkoeken met extra spek en gebakken aardappeltjes (heerlijk knapperig); het mooiste waar Miranda ooit naar had gekeken.

Ze voelde dat ze naar hem aan het staren was en keek snel weg. Er steeg een blos naar haar wangen. Het was even stil. Weer eens. Laat het niet langer duren dan vier seconden, herinnerde ze zich. Er zou al wel een seconde verstreken zijn; dan bleven er nog drie over, nu twee, zeg iets! Zeg –

'Heb je een spacebroek aan?' vroeg ze.

'Wat zeg je?'

Hoe ging het ook alweer? Ja, ze wist het. Ze schonk hem een Lichte Lach en zei: 'Omdat je achterste zo schittert.'

Hij keek haar aan met een blik alsof hij haar maten voor een dwangbuis aan het opnemen was. 'Ik denk –' zette hij aan, maar toen zweeg hij. Hij leek moeilijk te kunnen praten. Hij schraapte zijn keel drie keer voor hij ten slotte zei: 'Ik denk dat het zinnetje is "omdat je achterste zo onaards knap is".'

'Oh. Dat klinkt inderdaad beter. Nu begrijp ik het. Weet je, ik heb het gelezen in een boek over hoe je jongens moet verleiden en er stond in dat die zin altijd werkte, maar het zinnetje ervoor ging over zilver, en dat ging over schitteren, en ik zal de twee door elkaar hebben gehaald.' Hij bleef haar aanstaren. Ze dacht aan het andere advies in het boek 'Als je twijfelt, bied hem iets aan', en ze tastte met haar hand en greep het eerste wat ze kon vinden. Ze bracht haar hand naar zijn kin, en vroeg: 'Nootjes?'

Hij keek alsof hij ging stikken. Hij schraapte zijn keel nog een paar keer, nam de nootjes aan, zette de kom daarna terug op de tafel en deed een stap in haar richting zodat hun neuzen elkaar bijna aanraakten. Hij zei: 'Ben je hierover een boek aan het lezen?'

Miranda kon zijn hartslag niet eens boven die van zichzelf uit horen. 'Inderdaad. Omdat ik het blijkbaar niet goed deed. Ik bedoel, als je een jongen kust en hij trekt zich terug en hij kijkt je dan aan alsof je huid net is veranderd in purper slijm, dan moet je waarschijnlijk wat tijd besteden aan het zelfhulpgedeelte van –'

'Je praat veel als je zenuwachtig bent', zei hij. Hij stond nog steeds vlak bij haar.

'Dat is niet waar. Dat is absurd. Ik probeer je gewoon uit te leggen –'

'Maak ik je zenuwachtig?'

'Nee. Ik ben niet zenuwachtig.'

'Je staat te trillen.'

'Ik heb het koud. Ik heb bijna geen kleren aan.'

Zijn blik gleed naar haar lippen, en dan weer naar haar ogen. 'Dat heb ik gemerkt.'

Miranda snakte naar adem. 'Kijk, ik zou –'

Hij nam haar pols vast voor ze ervandoor kon gaan. 'Die kus die je me hebt gegeven, was de heetste kus die ik ooit heb gekregen. Ik trok mezelf terug omdat ik bang was dat ik je de kleren van het lijf zou rukken. En dat leek me niet echt een goede manier om een eerste afspraakje mee te beëindigen. Ik wilde niet dat je dacht dat dat het enige was waarin ik geïnteresseerd was.'

Ze staarde hem aan. Er viel opnieuw een stilte, maar deze keer kon het haar niet schelen hoe lang die zou duren.

'Waarom heb je me dat niet gezegd?' zei ze uiteindelijk.

'Dat heb ik geprobeerd, maar iedere keer dat ik je daarna zag, verdween je. Ik kreeg het gevoel dat je me uit de weg ging.'

'Ik wilde geen gênante situaties.'

'Ja, het was inderdaad helemaal niet gênant toen ik woensdag in de cafetaria binnenkwam en jij je achter een plant verstopte.'

'Ik verstopte me niet. Ik was, euh, aan het ademen. Je weet wel, zuurstof. Van de plant. Heel zuurstofrijk, zo dicht in de buurt van die plant.'

Steek hoofd nu in oven.

'Natuurlijk. Dat ik daar niet aan heb gedacht.'

'Het is een zuurstoftherapie. Niet zoveel mensen hebben er weet van.'

Laat het zitten tot het helemaal GAAR is.

'Nee, ik ben zeker dat ze –'

Miranda gooide het eruit: 'Meende je dat echt? Dat je het leuk vond dat ik je kuste?'

'Ja, heel erg leuk.'

Haar handen trilden. Ze ging op haar tenen staan en trok hem naar zich toe.

Op dat moment stopte de muziek, ging de noodverlichting aan en verkondigde een blikken stem door een luidspreker: 'Begeef u naar de dichtstbijzijnde nooduitgang en verlaat het gebouw onmiddellijk.'

Will en zij werden in verschillende richtingen geduwd door de massa die naar de deur stroomde, begeleid door vier mannen in gevechtsuitrusting. De ontruimingsboodschap werd voortdurend herhaald, maar Miranda hoorde het niet. Ze hoorde ook Ariel niet, die schreeuwde dat iemand de rekening gepresenteerd zou krijgen voor het ruïneren van HAAR avond, of de persoon die helemaal van de wereld was en zei dat dit, maatje, het beste einde was van een schoolbal ooit. Ze hoorde alleen de een-twee-drie-chacha hartslag van agent Reynolds, lichtjes gedempt door zijn uitrusting. Dit was geen oefening.

'Het is voor ons, nietwaar?' riep Sibby, die door de menigte naar Miranda kwam gelopen. 'Daarom zijn die gevechtstroepen hier. Voor ons.'

'Inderdaad.'

'Je had gelijk. Ik had ondergedoken moeten blijven. Dit is mijn schuld. Ik wil niet dat iemand gewond raakt. Ik zal mezelf gewoon overgeven aan deze mensen, en dan moeten ze –'

Miranda onderbrak haar. 'Nu? Met nog maar drie uur voor de boeg? Jij, ik-meng-als-boter-meisje? Geen sprake van. Het is niet voorbij. We komen hier wel uit.'

Ze deed haar best om vol zelfvertrouwen te klinken, maar eigenlijk was ze doodsbenauwd.

En wat denk je dat je aan het doen bent? vroeg het je-bent-niets-waard-kanaal.

Ik heb geen idee.

Sibby keek haar aan en in haar ogen stond hoop te lezen.

'Meen je dat? Jij weet hoe we hier wegkomen?'

Miranda slikte, haalde diep adem en zei tegen Sibby: 'Volg me.' En tegen zichzelf: Faal alsjeblieft niet.

10

Het verliep perfect.

Of toch bijna. Er waren zes militairen die de uitgangen blokkeerden en nog eens vier bij de deur die iedereen controleerden bij het buitengaan. Tien in totaal. Allemaal in wapenrustingen en met maskers. Ze legden geduldig uit dat er een bomalarm was gemeld en dat het belangrijk was om zo snel mogelijk te evacueren. Niemand vroeg zich blijkbaar af waarom deze mannen gewapend waren met automatische wapens, die ze gebruikten om de massa voort te stuwen. Niemand behalve mijnheer Trope, die kordaat naar een van hen toe stapte en zei: 'Jongeheer, mag ik vragen uw wapens uit de buurt van mijn studenten te houden?' Hij leidde de man net lang genoeg af zodat Miranda en Sibby konden opgaan in de massa.

Ze waren voorbij de eerste twee militairen en hadden er nog twee te gaan, toen Ariel riep: 'Mijnheer Trope? Mijnheer Trope? Kijk, daar is ze. Miranda Kiss. Ik zei u nog dat ze op het schoolbal was binnengestormd. Daar is ze, in het midden. U moet –'

Vier van de zwaarbewapende mannen draaiden zich pijlsnel om en baanden zich een weg door de massa studenten. 'Bukken!' fluisterde Miranda naar Sibby. Ze doken onder in de menigte en probeerden terug naar de grote zaal te sluipen. Achter haar rug hoorde ze mijnheer Trope roepen: 'Waar is ze? Waar is ze naartoe? Ik laat hier niemand van mijn studenten achter.' De militair zei: 'Alstublieft, mijnheer. U moet het gebouw verlaten. We vinden haar wel. Wees gerust.'

Als ze hier levend uitkwam, zou ze in de toekomst veel vriendelijker zijn tegen mijnheer Trope, besloot Miranda. *Als*.

Ze sleepte Sibby mee naar Old Faithful en zei: 'Daarin. Nu.'

'Waarom kan ik me niet verbergen in het Witte Huis? Waarom moet het in een geiser zijn?

'Ik heb misschien een stuk van het Witte Huis nodig. Alsjeblieft, doe het gewoon. Ze zullen je niet kunnen onderscheiden als ze nachtkijkers hebben.'

'En jij dan? Jij draagt wit.'

'Ik pas bij het decor.'

'Wauw, je bent hier echt goed in. Dit strategisch nadenken en plannen van dingen. Hoe heb je geleerd om –'

Miranda vroeg zich precies hetzelfde af. Hoe het kwam dat,

zodra ze de aankondiging had gehoord, een gedeelte van haar brein de afstand tot de uitgangen was gaan berekenen, dat ze onmiddellijk was gaan speuren naar wapens en de deuren was gaan observeren. Dat haar zintuigen in overdrive gingen, was een opluchting; het betekende dat haar krachten aan het samenwerken waren. Maar had ze de kracht om tien bewapende mannen te overtroeven? Het grootste aantal mannen dat ze tot nu toe in een keer had kunnen overwinnen, was drie, en die hadden geen machinegeweren bij zich gehad. Ze zou geslepen moeten zijn in plaats van direct. Ze zei tegen Sibby: 'Geef me je laarzen.'

'Waarom?'

'Om van een aantal van onze opponenten af te komen zodat we naar buiten kunnen.'

'Maar ik vind deze laarzen echt leuk –'

'Geef ze me. En ook een van je rubberen armbanden.'

Miranda zette haar val op en hield haar adem in toen een van de bewapende mannen dichterbij kwam. Ze hoorde hem in de walkietalkie zeggen: 'Zuil zuidwesten. Ik heb er een.' Ze zag de linten bewegen toen hij de loop van zijn geweer gebruikte om ze uit elkaar te schuiven. Toen hoorde ze hem zeggen: 'Wat in godsnaam –'

Ze vuurde de gesuikerde neus van George Washington op hem af met de katapult die ze had gemaakt van het armbandje en een vork. Haar doordachte voorbereiding loonde want haar munitie raakte hem precies op de goede plek zodat hij voorover viel, met zijn hoofd op de grond. De klap was net hard genoeg om hem even te desoriënteren en zijn krachten te ontnemen, zodat ze zijn handen en voeten kon vastbinden met de linten van de zuil. 'Het spijt me echt', zei ze, terwijl ze hem omdraaide en hem knevelde met een stukje van een servet. Toen glimlachte ze. 'Oh, hallo, Craig. Niet echt je dagje blijkbaar? Ik hoop dat het al wat beter gaat met je hoofd. Wat zeg je? Niet? Het zal wel beteren. Wrijf wat spierzalf aan je polsen en enkels wanneer ze je losmaken. Dag.'

Ze had net de laarzen opgeraapt die ze aan de voet van de zuil als aas had gebruikt, toen ze aan haar linkerkant nog een bewapende kerel snel zag naderen. Miranda gooide een van de laarzen naar hem. Frisbee-stijl. Ze hoorde een bevredigende dreun toen hij ook vooroverviel.

Twee uitgeschakeld, nog acht te gaan.

Ze was zich aan het verontschuldigen tegenover de man die ze had geraakt met de laars en die buiten bewustzijn lag – het was goed om te weten dat enkellaarsjes toch ergens goed voor waren – toen de walkietalkie op zijn buik tot leven kwam. 'Leon, de Tuinman hier. Waar ben je? Geef je positie door. Over?'

Miranda nam de walkietalkie en zei: 'Ik dacht dat jouw naam Caleb Reynolds was, mijnheer de agent. Excuseer, mijnheer de tuinman. Of, zoals mijn vriendin je graag noemt, planten-jongen.'

Gekraak. Toen hoorde ze de stem van agent Reynolds in de walkietalkie. 'Miranda? Ben jij dat? Waar ben je? Miranda?'

'Ik ben hier', fluisterde ze in zijn oor. Ze was naar hem toe geslopen. Hij draaide zich om en ze sloeg haar arm om zijn nek, met de hak van de laars op zijn keel gericht.

'Waar ga je me mee neersteken?' vroeg hij.

'Het enige wat jij moet weten is dat het verschrikkelijke pijn zal doen en dat je er waarschijnlijk een lelijke infectie aan zult overhouden als je me niet meteen vertelt hoeveel mannetjes je hier hebt en wat ze van plan zijn.'

'We zijn met zijn tienen en buiten staan er nog eens vijf die
de uitgangen in het oog houden. Maar ik sta aan jouw kant.'
'Is dat zo? Zo zag het er nochtans niet uit in het huis.'
'Je hebt me de kans niet gegeven om met het meisje te
praten.'
'Je zult iets beters moeten verzinnen. Ik ben niet dom. Je
kunt me niet manipuleren.'
'Heb je enig idee wat ze is?'
'*Wat* ze is? Niet bepaald.'
Zijn hartslag versnelde. 'Ze is een echte profetes, van vlees en
bloed. De sibille van Cumae. Ze is een van de tien mensen op
aarde die volgens de overlevering de hele toekomst van de
wereld kennen en kunnen controleren.'
'Wauw. Ik dacht dat ze gewoon een irritante veertienjarige
was met opspelende hormonen.'
'De sibille manifesteert zich in wisselende lichaamsvormen.
Of dat is toch wat ze denken, de mensen met wie ik werk.
Krankzinnig eigenlijk. Ze beweren dat ze haar willen
beschermen, ervoor zorgen dat haar voorspellingen niet
worden uitgebuit door mensen met slechte bedoelingen,
maar ik denk eigenlijk dat het zelf afzetters zijn. Ik hoorde
een van hen zeggen dat ze voor het meisje losgeld konden
vragen, een bedrag van acht cijfers.' Zijn hartslag daalde
terwijl hij sprak. 'Het was mijn taak om uit te vinden waar ze
zou worden opgehaald, zodat ze iemand naar die plek
konden sturen met een of ander prulletje van haar als bewijs
dat we haar in ons bezit hadden, en dan zou de Overzeeër
met geld over de brug moeten komen.'
Miranda hield helemaal niet van het woord *prulletje*. 'Maar
dat ging je dus niet doen?'
'Ze gebruiken dat religieuze gedoe gewoon als dekmantel

voor hun hebberigheid. Het is walgelijk. Ik was helemaal klaar om ze tegen te houden, en toen kwam jij' – hij werd helemaal opgewonden, zijn hartslag piekte – 'en verknoeide alles.'

Miranda voelde dat hij oprecht kwaad was. 'Hoe ging je hen tegenhouden?'

'Ik werd dus verondersteld om te weten te komen waar ze haar zouden ophalen. Toen jij binnenviel, stond ik net op het punt om haar een plek in te fluisteren die ze moest noemen, een plek die ik samen met de speciale eenheid had bedacht. Wanneer die gekken daar dan naartoe zouden gaan, zouden ze worden gearresteerd door de politie. Ondertussen zou ik de sibille veilig naar de echte plaats van afspraak brengen. Maar toen kwam jij binnen en verknalde alles. Maanden politiewerk naar de maan.' Zijn hart klopte nu langzaam en stabiel.

Miranda liet hem los. 'Het spijt me', zei ze.

Hij draaide zich om en keek haar onderzoekend aan. Er verscheen een vage glimlach op zijn gezicht toen hij zag wat ze droeg. 'Staat je goed.'

Hij pauzeerde even en zei toen: 'Weet je, er is nog een manier waarop dit kan lukken. Heb je nog zo een outfit?'

'Mijn skate-uniform? Ja. Maar het heeft niet dezelfde kleur. Het is blauw.'

'Dat is niet erg. Als het er maar op lijkt. Als jullie twee gekleed zijn als tweelingen, kunnen we hen wel misleiden. Ze moeten denken dat jij de sibille bent. We gebruiken jou als aas terwijl we haar in veiligheid brengen.'

Hij praatte snel en legde de rest van zijn plan uit.

Miranda zei: 'Het is beter dat we ook de maskers en de pruiken dragen. Dan is de vermomming nog beter.'

'Je hebt gelijk. Ga naar de dienstingang waarlangs je bent binnengeslopen. Er staat iemand om de buitendeur te bewaken, maar er is nog een deur aan je linkerkant en die is veilig. Je komt uit in een kantoor. Ik reken hier af met deze jongens en dan kom ik –'

Hij stopte met praten, tilde zijn geweer op en schoot. Miranda draaide zich om en zag dat hij een van de militairen had neergeschoten.

'Hij zag ons samen', zei hij. 'Ik moest ingrijpen voor hij jou te pakken kreeg of iets tegen de andere smeerlappen zou zeggen. Ik zal hen afleiden en hier bezighouden. Jij gaat naar de sibille, zorgt voor jullie vermomming en wacht op me in het kantoor.'

Ze wilde vertrekken maar toen aarzelde ze even en vroeg: 'Hoe heb je ons gevonden?'

Zijn hartslag vertraagde. 'Ik heb een opsporingsbericht voor je auto verspreid.'

'Daar had ik aan moeten denken', zei Miranda. Ze ging ervandoor terwijl hij op de walkietalkie doorgaf: 'Man neer – man neer.'

Sibby was uitzinnig toen Miranda haar vond.

'Wat is er gebeurd? Ben je geraakt?'

'Nee. Ik heb een ritje naar buiten voor ons versierd.'

'Hoe?'

Miranda legde haar alles uit terwijl ze zich verkleedden. Daarna slopen ze voorzichtig langs de muren van de grote zaal in de richting van het kantoor van de directeur. Terwijl ze zich behoedzaam voortbewogen, hoorde Miranda agent Reynolds bevelen schreeuwen naar de militairen zodat die bleven zoeken in andere delen van de zaal. Op een bepaald moment riep hij: 'Nee. Geen lichten aansteken. Dat geeft hun een voordeel.' Niet veel later hoorde ze een pijnlijk gegrom. Het klonk alsof iemand was neergeslagen. Ze was onder de indruk.

Ze bereikten het kantoor zonder dat ze iemand waren tegengekomen. Sibby ging op de bureaustoel zitten. Miranda ijsbeerde door de kamer, op en neer op het ritme van de klok op de schouw. Ze bekeek de dingen die op het bureau stonden: een kristallen kom, een doos met brieven en een familiefoto van een man, een vrouw, twee kleine jongens en een hond. Ze zaten op een pier met de ondergaande zon achter hen. De hond droeg het petje van een van de kinderen, alsof hij een echt lid van de familie was.

Er verscheen een hand op de foto. 'Miranda, hallo? Ik vroeg je iets?'

Miranda zette de foto neer. 'Sorry. Wat zei je?'

'Hoe weet je dat je hem kunt vertrouwen?'

'Dat weet ik gewoon. Geloof me.'

'Maar als je je vergist –'

'Dat doe ik niet.'

De klok tikte. Miranda liep heen en weer. Sibby zeurde: 'Ik haat die klok.'

Tik, tik. Ze mompelde: 'Ik weet niet of ik dit kan.'

Miranda keek haar geconcentreerd aan. 'Natuurlijk wel.'

'Ik ben niet zo moedig als jij.'

'Pardon? Het meisje dat – hoeveel jongens zijn het nu? Drieëntwintig?'

'Vierentwintig.'

'Dat vierentwintig jongens heeft gekust? Jij bent heel dapper.'

Miranda aarzelde. 'Wil je weten hoeveel jongens ik heb gekust?'

'Hoeveel?'

'Drie.'

Sibby gaapte haar aan en barstte toen in lachen uit. 'Mijn god, geen wonder dat je zo geremd bent. Dit kan maar beter goed aflopen, of jij zou wel een heel zielig leven hebben gehad.'

'Bedankt.'

11

Achttien minuten later stond agent Reynolds aan de deur van het directeurskantoor. Hij keek naar hen door een smalle spleet. Het had iets langer geduurd dan hij had verwacht om alles geregeld te krijgen, maar hij voelde zich goed en vol zelfvertrouwen over de afloop. Zeker nu hij de twee meisjes daar zag, in de Bee's roller derby outfits, met hun nauwe, korte jurkjes en topjes, en ook met de maskers en pruiken op. Ze leken sprekend op elkaar, alleen was de ene in het blauw en de andere in het wit. Net kleine popjes. Ja, zo dacht hij graag aan hen. Zijn kleine popjes.

Dure popjes.

Het blauwe popje zei: 'Ben je er zeker van dat je oordeel niet beïnvloed wordt door het feit dat je hem wilt kussen?'

En het witte popje zei: 'Wie zegt dat ik hem wil kussen? Jij bent de kusjesdief.'

'Wie zegt dat ik hem wil kussen?' papegaaide het blauwe popje. 'Kom op. Jij moet echt leren om plezier te maken. Leef in het mo.'

'Misschien zal ik dat doen zodra ik van jou verlost ben, Sibby.'

Het blauwe popje stak haar tong uit, en dat maakte hem bijna aan het lachen. Ze zagen er schattig uit, die twee samen. Het blauwe popje zei: 'Ik meen het. Hoe weet je dat je hem kunt vertrouwen?'

'Hij heeft zijn eigen agenda,' legde het witte popje uit, 'en die strookt met de onze.'

Hij probeerde opnieuw een lach te onderdrukken. Ze had er geen flauw idee van hoe juist ze zat. Over dat eerste gedeelte. En hoe verkeerd over het tweede.

Hij duwde de deur open en zag hoe ze allebei naar hem keken met een jij-bent-mijn-held-blik.

'Ben je klaar, juffrouw Cumean?'

Zijn blauwe popje knikte

Zijn witte popje zei: 'Zorg goed voor haar. Je weet hoe belangrijk ze is.'

'Dat zal ik zeker doen. Ik zorg ervoor dat ze op de juiste plaats terechtkomt en dan kom ik terug voor het tweede deel van de operatie. Doe voor niemand anders de deur open.'

'Oké.'

Minder dan een minuut later was hij terug.

'Is alles goed gegaan? Is Sibby veilig?'

'Het is perfect gelopen. Mijn mannen bevonden zich exact in de juiste posities. Het had niet vlotter kunnen gaan.'

'Goed. Hoe lang wachten we voordat ik naar buiten ren?'

Hij liep naar haar toe, duwde haar tegen de muur en zei: 'Er is iets veranderd aan de plannen.'

'Wat dan? Heb je een scène toegevoegd waarin je me kust? Voor we aan de akte beginnen waarin ik me voordoe als Sibby en die guerrillero's in de valstrik van het SWAT-team laat trappen?'

Hij hield van de manier waarop ze lachte terwijl ze dit zei. Hij streelde over haar wang en zei: 'Niet helemaal, Miranda.'

Zijn handen gleden van haar gezicht naar haar hals.

'Waar heb je het –'

Voor ze haar zin kon afmaken, had hij haar tegen de muur gedrukt en zweefde ze met haar voeten een halve meter boven de grond. Hij legde zijn handen om haar keel. Hij verstrakte zijn greep en zei: 'Nu tussen ons tweeën. Ik weet alles van je. Wie je bent. Wat je kunt.'

'Is dat zo?' hijgde ze.

'Inderdaad, prinses.' Hij zag dat haar ogen zich verwijdden en dat ze moeite had met ademen. 'Ik wist wel dat dat je aandacht zou trekken.'

'Ik weet niet waarover je het hebt.'

'Ik weet alles over de losprijs die op je hoofd staat. Opsporing verzocht: Miranda Kiss, dood of levend. Mijn oorspronkelijke plan was om je nog even te laten leven, en je na een paar weken uit te leveren, maar spijtig genoeg moest je je er zo nodig mee komen bemoeien. Je had je met je eigen zaken moeten bezighouden in plaats van met de mijne, prinses. Nu kan ik het risico niet nemen om je in de weg te laten lopen.'

'Je bedoelt in de weg van wat je doet met Sibby? Dus jij was degene die het geld wilde. Je hebt de anderen bedrogen en hun het idee gegeven dat je hun belangen deelde, net zoals je ons hebt bedrogen.'

'Wat ben je toch een slim meisje.'

'Je vermoordt me, ontvoert haar en int het losgeld? Is dat het plan?'

'Yep. Net Monopoly, prinses. Ga voorbij Start, krijg tweehonderd dollar. Alleen is het in dit geval een slordige vijftig miljoen. Voor het meisje.'

'Wauw.' Ze keek oprecht verbaasd. 'En hoeveel krijg je voor mij?'

'Dood? Vijf miljoen. Levend ben je meer waard. Blijkbaar

denken sommige mensen dat je een soort van tienerwondervrouw bent. Dat je superkrachten hebt. Maar ik kan
het risico niet nemen.'

'Dat heb je al gezegd', zei ze met een schorre stem.

'Wat is er? Verveel je je, Miranda?' Hij verstevigde zijn greep
nog een beetje. 'Het spijt me dat dit niet meer op het einde
van een sprookje lijkt', zei hij, met zijn handen bijna
helemaal rond haar hals. Hij lachte en hield haar ogen in zijn
blik gevangen terwijl hij haar verstikte.

'Als je van plan bent me te doden, kun je dat dan gewoon
doen? Dit is niet zo comfortabel.'

'Bedoel je mijn handen? Of het gevoel dat je een mislukking
bent –'

'Ik ben geen mislukking.'

'– alweer.'

Ze spuugde in zijn gezicht.

'Er zit nog wat pit in. Dat bewonder ik echt aan je. Ik denk
dat jij en ik goed hadden kunnen opschieten. Maar spijtig
genoeg is daar geen tijd voor.'

Ze deed een laatste poging om zich te redden en klauwde
naar zijn handen om haar keel, naar zijn voorarmen, naar
wat dan ook, maar hij bewoog geen millimeter. Haar vuisten
vielen wanhopig naast haar lichaam.

Hij leunde voorover en bracht zijn gezicht zo dicht bij
het hare dat ze hem kon horen ademhalen. 'Laatste
woorden?'

'Vier: spoelwater, voor, je, adem. Je hebt het echt nodig.'

Hij lachte en kneep zijn handen dichter om haar keel tot ze
elkaar raakten. 'Vaarwel.'

Gedurende een seconde brandden zijn ogen in de hare. Toen
hoorde ze een doffe knak. Iets zwaars kwam van achteren op

zijn hoofd terecht. Hij viel voorover en zijn handen lieten haar los. Hij viel bewusteloos op de grond.

Hij zou nooit weten wat hem had geraakt, dacht het blauwe popje – ze had nog steeds de klok vast waarmee ze hem knock-out had geslagen. Of wie hem had geraakt.

12

Miranda – in haar blauwe uniform – duwde de man opzij die ze net met de klok had neergeslagen zodat ze Sibby kon bereiken. Ze had nog steeds handboeien om haar polsen. Aan elke pols bungelde een stukje van de ketting. Haar polsen en haar handen trilden.

Ze tilde het bewusteloze meisje voorzichtig op. 'Sibby, kom op. Doe je ogen open.'

Het had niet zo lang mogen duren. Het plan was nochtans eenvoudig geweest. Zij en Sibby hadden van identiteit gewisseld door hun kleren te ruilen. In het dubbelspel dat agent Reynolds speelde – zoals Miranda snel had doorzien – zou het Miranda zijn, vermomd als Sibby, die hij aan zijn mannen zou overdragen. Zij zou met hen afrekenen, terugkomen, en Sibby redden.

'Oké, Sibby, tijd om wakker te worden', zei Miranda. Ze stond op en nam haar in haar armen. Terwijl ze naar buiten rende, drukte ze het meisje tegen haar borst en bewoog haar op en neer, zo snel als ze kon. Ze kon Sibby's hartslag horen, maar hij klonk flauw en langzaam. Hij verzwakte. Dit gebeurt niet echt.

'Sta op en wandel, Sibby', zei ze, met een krakende stem. 'Laat je niet kennen.'

Miranda had niet verwacht dat alle vijf de idioten van agent

Reynolds op haar zouden staan wachten – had er niet iemand in de ontsnappingsauto moeten blijven? – en ze had zeker niet gerekend op de vrouw die hij had opgehaald op de luchthaven en die boksbeugels droeg met spijkers van bergkristal.

De klap die ze daarmee op haar hoofd had gekregen had hen de tijd gegeven om haar aan een leidingbuis te ketenen, en dat had haar positie enigszins verzwakt. Daardoor had het haar wat meer moeite gekost om hen uit te schakelen, met een reeks zwaaistoten en een zijwaartse schaarbeweging. Daarna had ze de ketting van haar boeien kunnen verbreken en was ze erin geslaagd om zichzelf te bevrijden. Door de vertraging had agent Reyolds meer tijd met de luchtpijp van Sibby kunnen doorbrengen dan ze had gepland. Veel meer tijd.

De hartslag van Sibby verzwakte verder en was nog nauwelijks hoorbaar.

'Het spijt me zo. Ik had hier vroeger moet zijn. Ik heb mijn best gedaan, maar ik kreeg de handboeien niet los en ik was te zwak en ik ben mislukt en –' Miranda kon niet scherp zien en besefte dat ze aan het huilen was. Ze struikelde bijna maar bleef rennen. 'Sibby, je moet het redden. Je mag niet weggaan. Als je niet terugkomt, zweer ik dat ik nooit meer plezier zal hebben. Nooit.' De hartslag was nog slechts een gefluister, het meisje in haar armen niet veel meer dan een bleke geest.

Miranda slikte een snik in. 'Mijn god, Sibby, alsjeblieft –'

Plots lichtten Sibby's ogen op. Er kwam wat kleur op haar wangen en haar hart sloeg weer wat harder. 'Is het gelukt?' fluisterde ze.

Miranda slikte de grote brok in haar keel in en weerstond aan de neiging om Sibby van opluchting te versmachten. 'Het is gelukt.'

'Heb je –'

'Hem afgeklokt met de klok, zoals gevraagd.'

Sibby lachte en strekte haar hand uit naar de wang van Miranda. Toen sloot ze haar ogen opnieuw. Ze deed ze pas weer open toen ze in de auto zaten en het historische gebouw achter zich hadden gelaten. Ze ging rechtop zitten en keek om zich heen. 'Ik zit voorin.'

'Speciale gelegenheid', legde Miranda uit. 'Raak er niet aan gewend.'

'Oké.' Sibby draaide haar nek van links naar rechts. 'Dat was een goed plan. Van outfit ruilen zodat ze dachten dat jij mij was. Ze hebben zich verder blijkbaar geen vragen gesteld.'

'En daardoor hebben ze nu allemaal vreselijke hoofdpijn.' Miranda duwde haar cape naar achteren. 'Ik heb de ketting kapotgemaakt, maar ik krijg de handboeien niet af.'

Zonder echte aanleiding dacht ze op dat moment aan wat Kenzi haar op het schoolbal had gezegd.

En, ben je klaar om jezelf te ontketenen van je jeugdige onzekerheden? Klaar om meester te worden van je eigen toekomst?

'Wat is er met de plantenjongen gebeurd?'

'Ik heb een anoniem telefoontje naar de politie gedaan om te vertellen waar hij zich bevond, en waar ze de lichamen konden vinden van de mannen die hij heeft neergeschoten. Ik denk dat hij onderweg is naar de gevangenis.'

'Hoe wist je dat je gelijk had? Dat hij ons probeerde te misleiden?'

'Ik weet het wanneer mensen liegen.'

'Hoe?'

'Door verschillende dingen. Kleine bewegingen. Ik weet het voornamelijk door naar hun hartslag te luisteren.'

'Je bedoelt dat mensen liegen wanneer die sneller gaat?'

'Iedereen is anders. Je moet weten hoe mensen zich gedragen wanneer ze de waarheid spreken om te weten hoe ze reageren wanneer ze liegen. De hartslag van agent Reynolds vertraagt wanneer hij liegt, alsof hij extra voorzichtig wil zijn.'

Sibby bekeek haar aandachtiger. 'Jij kunt de hartslag van mensen horen?'

'Ik hoor heel veel dingen.'

Sibby liet de woorden van Miranda even bezinken. 'Toen de plantenjongen me aan het wurgen was omdat hij dacht dat ik jou was, noemde hij me prinses. En hij zei dat sommige mensen dachten dat jij superkrachten had, zoals een tienerwondervrouw of iets in die aard.'

Miranda voelde een drukkend gevoel op haar borstkas. 'Zei hij dat?'

'En hij zei dat er een premie op jouw hoofd stond. Levend of dood. Al moet ik er wel bij vertellen dat ik blijkbaar tien keer meer waard ben dan jij.'

'Je moet niet zo opscheppen.'

'Is het waar? Dat jij een supervrouw bent?'

'Misschien is het gebrek aan zuurstof naar je hoofd gestegen, maar supervrouwen komen alleen voor in strips en films. Ze zijn verzonnen. Ik ben een echte, normale mens.'

Sibby snoof. 'Je bent helemaal niet normaal. Je bent compleet neurotisch.' Ze pauzeerde even. 'Je hebt geen antwoord gegeven. Ben je echt een prinses met bovennatuurlijke krachten?'

'Ben jij echt een heilige profetes die alles weet wat er gaat gebeuren?'

Hun ogen ontmoetten elkaar. Geen van beiden zei iets. Sibby rekte zich uit en strekte zich uit over de passagiersstoel. Miranda zette de radio harder en ze reden verder in stilte. Ze glimlachten allebei.

Na enkele kilometers zei Sibby: 'Ik heb reuzenhonger. Kunnen we stoppen voor een hamburger?'

'Oké. Maar we hebben een tijdsschema waar we ons aan moeten houden, dus geen kusjesavonturen met vreemdelingen.'

'Ik wist dat je dat ging zeggen.'

13

Miranda zat in de auto en keek hoe de raceboot verdween aan de horizon en Sibby met zich meenam, naar een onbekende bestemming. Je hebt geen tijd om te relaxen, zei ze tegen zichzelf. Agent Reynolds mag dan wel op weg zijn naar de gevangenis, maar hij kan nog praten, en je weet dat hij gelogen heeft over hoe hij je gevonden heeft, wat impliceert dat er iemand is op Chatsworth die iets weet, en dan is er de kwestie van de premie die iemand op je hoofd heeft gezet en –

Haar gsm rinkelde. Ze tastte op de bank naar haar jas en probeerde haar hand in haar jaszak te steken, maar de handboei zat ergens vast. Ze draaide de jas om en kieperde alles op haar schoot.

Bij het laatste belgerinkel had ze de gsm te pakken. 'Hallo.'

'Miranda. Will hier.'

Haar hart maakte een sprongetje. 'Hey.' Ze voelde zich

opeens verlegen. 'Heb je, euh, heb je je wat geamuseerd op het schoolbal?'

'Gedeeltelijk. Jij?'

'Ik ook. Op sommige momenten.'

'Ik ben naar je op zoek gegaan na het bomalarm, maar ik heb je nergens meer gezien.'

'Ja, het was allemaal nogal hectisch.'

Er viel een stilte en toen begonnen ze allebei tegelijk te praten. Hij zei: 'Jij eerst', en zij zei: 'Nee, jij', en ze barstten allebei in lachen uit. Toen zei Will: 'Luister, ik vroeg me af of je van plan was om naar de afterparty van Sean te komen. Iedereen is hier. Het is fun. Maar –'

'Maar?'

'Misschien heb je meer zin om te gaan ontbijten. In het Waffle House. Wij tweetjes?'

Miranda vergat te ademen. Ze zei: 'Dat is een geweldig idee.' En toen dacht ze eraan dat ze niet té gretig mocht klinken, en ze voegde eraan toe: 'Ik bedoel, dat klinkt niet slecht. Denk ik.'

Will lachte zijn warme-boter-smeltend-op-wafeltjes-lach, en zei: 'Ik denk ook dat het een geweldig idee is.'

Ze hing op en zag dat haar handen trilden. Ze ging ontbijten met een jongen. Niet zomaar een jongen. Met Will. Een jongen die een spacebroek droeg. En die haar keileuk vond. En misschien gek. Wat, nu ze er over nadacht, zeer waarschijnlijk zijn idee over haar zou zijn aangezien ze op de afspraak zou verschijnen met handboeien.

Miranda probeerde nog eens om ze met haar handen los te krijgen maar het lukte niet. Of dit waren geen gewone handboeien, of ze had de grenzen van haar kracht bereikt door op één nacht tien mensen uit te schakelen – acht eigenlijk, en met twee ervan had ze twee keer moeten afrekenen. Dat was interessant, dat haar kracht beperkingen had. Ze had nog heel wat te leren over haar krachten. Later. Nu had ze nog exact een halfuur tijd om een andere manier te vinden om de handboeien uit te krijgen. Ze propte de dingen die op haar schoot lagen terug in haar jaszak, zodat ze kon rijden. Toen zag ze een ongewoon doosje.

Het was het doosje dat Sibby haar had gegeven toen ze elkaar hadden ontmoet – was het echt mogelijk dat die kennismaking maar acht uur geleden had plaatsgevonden? Wat had ze alweer gezegd? Iets geks. Toen herinnerde Miranda het zich. Sibby had haar eerst het naamkaartje en daarna het doosje overhandigd en gezegd: 'Het zal van jou zijn.' Maar met een andere klemtoon. 'Het zal van jou zijn.' Miranda opende de doos. In een bedje van zwart fluweel lag een sleutel om handboeien los te maken.

Ben je klaar om je te ontketenen en je eigen toekomst te bezitten?

Het was een poging waard.

Stephenie Meyer

De hel op aarde

Gabe staarde naar de dansvloer en fronste zijn wenkbrauwen. Hij begreep zelf niet goed waarom hij aan Celeste
had gevraagd om mee te gaan naar het schoolbal, en het was
ook een mysterie waarom zij zijn uitnodiging had aanvaard.
Een heel groot mysterie, nu hij zag hoe ze haar handen zo
stevig om de nek van Heath Mckenzie legde, dat die
waarschijnlijk ademhalingsproblemen zou krijgen. Hun
lichamen gingen op in de onverdeelbare massa en ze deinden
tegen de beat in, op een eigen ritme. De handen van Heath
gleden op een intieme manier over de blinkende, witte jurk
van Celeste.

'Geen geluk, Gabe.'

Gabe keek weg van het spektakel dat zijn date op de
dansvloer etaleerde en draaide zich naar zijn vriend die naast
hem was komen staan.

'Hey, Bry. Amuseer je je?'

'Beter dan jij, man, beter dan jij', antwoordde Bryan
grinnikend. Hij maakte een toostende beweging met zijn
coupe, die gevuld was met galachtige, groene punch. Gabe
stootte het glas van zijn vriend aan, nipte van zijn
mineraalwater en zuchtte.

'Ik wist absoluut niet dat Celeste een zwak had voor Heath. Wat is hij, haar ex of zo?'

Bryan nam een slok van het sinister ogende goedje, trok een grimas en schudde zijn hoofd. 'Niet dat ik weet. Ik heb ze nooit eerder met elkaar zien praten.'

Ze staarden allebei naar Celeste, die klaarblijkelijk iets was verloren, diep in de mond van Heath.

'Huh', zei Gabe.

'Het komt waarschijnlijk door de punch', zei Bryan, in een poging zijn vriend wat op te beuren.

'Ik weet niet hoeveel mensen er alcohol aan hebben toegevoegd, maar dit spul is heftig. Misschien weet ze niet eens dat jij het niet bent.'

Bryan nam nog een teug. Zijn gezicht trok weer samen.

'Waarom drink je het eigenlijk?' vroeg Gabe zich hardop af.

Bryan haalde zijn schouders op. 'Geen idee. Misschien klinkt de muziek wat minder pathetisch als ik hier een paar glazen van door mijn keel heb gegooid.'

Gabe knikte. 'Dit vergeven mijn oren me nooit. Ik had mijn iPod moeten meebrengen.'

'Ik vraag me af waar Clara is. Bestaat er een of andere meisjeswet die voorschrijft dat ze een bepaald percentage van de tijd samen moeten doorbrengen in de damestoiletten?'

'Inderdaad. En er zijn zware geldboetes voor meisjes die de quota niet halen.'

Bryan lachte opnieuw, maar toen vervaagde zijn glimlach en friemelde hij even aan zijn vlinderstrikje. 'Over Clara gesproken...' begon hij.

'Je moet helemaal niets zeggen', stelde Gabe hem gerust. 'Ze is een geweldige meid. Bovendien zijn jullie voor elkaar gemaakt. Ik zou stekeblind moeten zijn om dat niet te zien.'

'Je vindt het echt niet erg?'

'Ik heb je toch gezegd dat je haar moest uitnodigen voor het schoolbal, of niet soms?'

'Ja, dat is waar. Sir Galahad heeft er weer eens twee gekoppeld. Serieus man, wanneer denk je eens aan jezelf?'

'Doe ik, elk uur. En, over Clara gesproken... zorg jij er maar voor dat ze een geweldige avond heeft of ik breek je neus.' Gabe lachte zijn tanden bloot. 'Zij en ik zijn nog goed bevriend – wees er dus maar zeker van dat ik een oogje in het zeil houd.'

Bryan rolde met zijn ogen en had het even moeilijk om te slikken. Als Gabe Christensen zijn neus wilde breken, zou dat zeker geen probleem voor hem zijn – Gabe draaide er zijn hand niet voor om om zijn knokkels te kneuzen of zijn record aan diggelen te slaan als het erom ging iets recht te zetten wat in zijn ogen verkeerd was.

'Ik zal goed voor Clara zorgen', zei Bryan, en hij wenste dat zijn woorden niet zo sterk als een belofte hadden geklonken. Er was iets met Gabe en zijn priemende, blauwe ogen waardoor je dat dwingende gevoel kreeg – alsof je je uiterste best ging doen, voor elke opdracht die je werd toebedeeld. Het voelde soms een beetje irritant aan. Bryan goot met een grijns de rest van zijn punch in het dode mos aan de voet van een plastic ficus. 'Als ze nog ooit uit het toilet komt tenminste.'

'Zo hoor ik het graag', zei Gabe goedkeurend, maar zijn glimlach gleed snel van zijn mondhoeken. Celeste en Heath waren in de massa verdwenen.

Gabe wist niet precies wat het protocol was wanneer je werd gedumpt op het schoolbal. Hoe kon hij er nu voor zorgen dat ze veilig thuiskwam? Of was dat vanaf nu de taak van Heath?

Gabe pijnigde zijn hoofd opnieuw met de vraag waarom hij Celeste had gevraagd om samen naar het bal te gaan.

Ze was een heel mooi meisje – spectaculair mooi. Perfect, blond haar – zo vol dat het donzig was –, wijd uit elkaar staande, bruine ogen en mooi gewelfde lippen waar altijd een vleugje roze lipstick op zat. Niet alleen haar lippen waren prachtig gewelfd. De dunne, aansluitende jurk die ze vanavond droeg, zorgde af en toe voor kortsluiting in zijn hersenen.

Toch was haar uiterlijk niet de reden waarom ze hem was opgevallen. Daar was een heel andere reden voor geweest. Het leek eigenlijk dom en beschamend. Gabe zou dit nooit, absoluut nooit aan iemand anders vertellen, maar heel af en toe had hij het vreemde gevoel dat iemand zijn hulp nodig had. *Hem* nodig had. En precies dat soort onverklaarbare noodkreet had Celeste naar hem uitgezonden, alsof diep in de goedgevormde blondine, ergens achter haar onberispelijke make-up, een jonkvrouw in nood verborgen zat.

Heel stom. En kennelijk fout gedacht. Want Celeste zag er op dit moment niet bepaald uit alsof ze de hulp van Gabe nodig had.

Hij scande de dansvloer opnieuw maar zag haar gouden haar nergens in de massa. Hij zuchtte.

'Hey, Bry, heb je me gemist?' Clara, met haar donkere krullen vol glitter, rukte zich los uit een horde vrouwen en kwam bij hen staan, tegen de muur. De rest van de kudde verspreidde zich. 'Hey, Gabe. Waar is Celeste?'

Bryan legde zijn arm om haar schouders. 'Ik dacht dat je vertrokken was. Ik denk dat ik mijn wilde plannen nu wel kan opbergen, met –'

Clara duwde haar elleboog in de zonnevlecht van Bryan.

'Juffrouw Finkle', mompelde Bryan. Hij hapte naar lucht en knikte in de richting van het viceschoolhoofd, die in de hoek het verst van de speakers verwijderd stond en zeer bedenkelijk rondkeek. 'Wij gingen net samen met haar spijbelrapporten sorteren bij kaarslicht.'

'Ik zou niet willen dat je dat moet missen! Ik denk trouwens dat ik coach Lauder heb zien staan bij het dessertenbuffet. Misschien kan ik hem verleiden om mij wat extra studiepunten te geven als ik wat optrekoefeningen doe?'

'Of misschien kunnen we gewoon gaan dansen?' stelde Bryan voor.

'Oké, dat kan ik niet weigeren.'

Ze lachten en baanden zich een weg naar de dansvloer. Bryans handen vlinderden in Clara's taille.

Gabe was blij dat Clara niet had gewacht op een antwoord op haar vraag. Het was nogal gênant dat hij geen antwoord had.

'Hey, Gabe, waar is Celeste?'

Gabe grijnsde en draaide zich in de richting van Logans stem. Logan was ook alleen op dit moment. Misschien was zijn date ondertussen ook geabsorbeerd door de vrouwelijke kuddegeest.

'Ik heb geen idee', gaf Gabe toe. 'Heb jij haar ergens gezien?'

Logan tuitte zijn lippen gedurende een minuut, alsof hij met zichzelf overlegde of hij nu wel of niet iets zou zeggen. Hij streek ietwat nerveus met zijn hand door zijn springerige, zwarte haar. 'Ik denk het wel, ja. Hoewel ik er niet helemaal zeker van ben... ze draagt een witte jurk, nietwaar?'

'Ja - waar is ze?'

'Ik denk dat ik haar heb gezien in de lobby. Maar ik weet het niet zeker. Ik kon haar gezicht niet zo goed zien. David Alvarado's gezicht bedekte het hare helemaal...'

'David Alvarado?' herhaalde Gabe verrast. 'Niet Heath McKenzie?'

'Heath? *Nei*. Het was absoluut David.'

Heath was een lijnverdediger, blond en licht van huid. David was nauwelijks een meter vijftig, had een olijfkleurige huid en zwart haar. Geen mogelijkheid om die twee te verwarren. Logan schudde triest zijn hoofd. 'Sorry, Gabe. Het is *shit*.'

'Zit er maar niet mee in.'

'Je zit tenminste niet alleen in het vrijgezellenbootje', zei Logan troosteloos.

'Echt? Wat is er met jouw date gebeurd?'

Logan haalde zijn schouders op. 'Ze is hier ergens en kijkt iedereen uitdagend aan. Ze wil niet dansen, ze wil niet praten, ze wil geen punch, ze wil niet dat ik foto's neem en ze wil mijn gezelschap niet.' Hij telde elke afwijzing op zijn vingers. 'Ik begrijp niet waarom ze mij eigenlijk mee heeft gevraagd. Waarschijnlijk alleen maar om me met haar jurk te kunnen imponeren – en die is gewaagd, dat moet ik haar nageven. Maar veel imponeren is er nu niet meer bij... ik zou willen dat ik iemand anders had gevraagd.' De blik van Logan bleef hangen op een groepje meisjes die snelle dansbewegingen maakten in een cirkel die alleen uit vrouwen bestond. Gabe dacht dat hij Logan zag kijken naar een welbepaald meisje.

'Waarom heb je Libby niet gevraagd?'

Logan zuchtte. 'Ik weet niet. Ik denk... ik denk anders dat ze het wel leuk zou hebben gevonden als ik haar had gevraagd. Ach.'

'Wie is jouw date eigenlijk?'

'Het nieuwe meisje, Sheba. Ze is ongelooflijk fel, maar echt adembenemend mooi, een beetje exotisch. Ik was compleet in shock en kon alleen maar ja zeggen toen ze me vroeg om met haar naar het bal te gaan. Ik dacht dat ze, wel, dat ze mij misschien... leuk vond...', besloot Logan ontmoedigd. Wat hij echt had gedacht toen ze hem nagenoeg had opgedragen om haar mee te nemen naar het schoolbal, leek niet helemaal gepast om uit te spreken, vooral niet tegenover Gabe; er waren wel meer dingen die ongepast leken in de buurt van Gabe. Met Sheba was het precies omgekeerd. Toen hij een blik had geworpen op haar excentrieke, roodlederen jurk, waren er allerlei beelden in zijn hoofd opgedoken die niet in het minst ongepast leken, zeker niet toen ze hem strak had aangekeken met haar diepe, donkere ogen.

'Ik denk niet dat ik haar al heb ontmoet', zei Gabe, en onderbrak daardoor de verbeelding van Logan.

'Je zou het je herinneren als dat wel zo was.' Sheba van haar kant was hem blijkbaar wel heel snel vergeten nadat ze de danszaal waren binnengekomen, dacht hij. 'Maar denk je dat Libby alleen is gekomen? Ik heb niet gehoord dat iemand haar heeft...'

'Euh, ze is hier met Dylan.'

'Oh', zei Logan teleurgesteld. Toen lachte hij flauwtjes. 'De avond is al verschrikkelijk genoeg zonder daarbovenop nog eens muzikaal te moeten worden gemarteld – gingen ze geen groepje vragen? Deze dj...'

'Ik weet het. Het is alsof we worden gestraft voor onze zonden', zei Gabe lachend.

'Zonden? Alsof jij er al hebt begaan, Galahad de Reine.'

'Maak je een grapje? Mijn schorsing was maar net op tijd afgelopen om hier vanavond naartoe te kunnen komen.'

Maar op dit moment wilde Gabe eigenlijk dat de timing niet zo had meegezeten. 'Ik mag van geluk spreken dat ik niet van school ben gestuurd.'

'Mijnheer Reese had het verdiend. Dat weet iedereen.'

'Ja, dat is waar', zei Gabe, op een ietwat scherpere toon.

Iedereen op school was op zijn hoede voor mijnheer Reese, maar ze konden niet veel ondernemen behalve wachten tot de wiskundeleraar een ontoelaatbare grens zou overschrijden. Maar Gabe was er de kerel niet naar om te blijven toekijken hoe hij de onzekere eerstejaarsstudenten stalkte...

Uiteraard, een leraar knock-out slaan was een nogal extreme reactie geweest. Waarschijnlijk was er een betere manier geweest om met de situatie om te gaan. Zijn ouders hadden hem wel gesteund, zoals altijd.

Logan onderbrak zijn gedachten. 'Misschien moeten we maar vertrekken', zei hij.

'Ik zou me slecht voelen – stel dat Celeste een lift naar huis wil...'

'Dat meisje is niets voor jou, Gabe.' *Ze is door en door slecht – en een echte hoer*, had Logan kunnen toevoegen, maar dat waren gewoon niet het soort dingen die je over een meisje kon zeggen als Gabe luisterde. 'Laat haar maar een ritje maken met die kerel die zijn tong bijna in haar keel heeft zitten.'

Gabe zuchtte en schudde zijn hoofd. 'Ik ga wachten om er zeker van te zijn dat alles in orde is met haar.'

Logan kreunde. 'Ik kan niet geloven dat je haar hebt gevraagd. Kunnen we er tenminste even tussenuit knijpen om een paar fatsoenlijke cd's op te halen? Dan kunnen we dat waardeloze spul dat die dj aan het draaien is, verduisteren...'

'Dat vind ik een goed idee. Ik vraag me wel af of de chauffeur van de limo het ziet zitten om een omweggetje te maken...'

Logan en Gabe verzeilden in een gespeelde discussie over de beste cd's die ze zouden halen – de top vijf was voor de hand liggend, maar daarna werd de lijst ietwat subjectiever – en ze hadden met dit spelletje meer lol dan al de uren ervoor.

Maar zij mochten dan wel plagerige grapjes met elkaar aan het maken zijn, Gabe kreeg wel het nadrukkelijke gevoel dat zij de *enigen* waren die zich amuseerden. Alle anderen in de zaal stonden blijkbaar bedenkelijk naar iets te kijken. In de hoek, bij de muffe desserten, leek een meisje te staan huilen. Was dat niet Evie Hess? En nog een ander meisje, Ursula Tatum, had ook rode ogen en uitgelopen mascara. Blijkbaar waren de muziek en de punch niet de enige elementen op dit schoolbal die *shit* waren. Clara en Bryan zagen er gelukkig uit, maar buiten deze twee leken alleen Gabe en Logan – toch allebei net vernederd en afgewezen – meer *fun* te hebben dan alle anderen in de zaal.

Logan, wat minder alert dan Gabe, pikte de negatieve atmosfeer niet echt op totdat Libby en Dylan begonnen te discussiëren en Libby abrupt van de dansvloer stapte. Dat trok zijn aandacht wel.

Logan verlegde zijn gewicht en bleef Libby nastaren totdat ze uit het zicht verdwenen was. 'Zeg eens, Gabe, vind je het erg dat ik je dump?'

'Helemaal niet. Ga ervoor.'

Logan spurtte Libby achterna.

Gabe wist niet goed wat hij nu moest doen. Moest hij op zoek gaan naar Celeste en haar vragen of ze het erg vond dat hij vertrok? Hij vond het niet echt een aantrekkelijk idee om haar eerst fysiek te moeten losrukken van iemand anders om het haar te kunnen vragen.

Hij besloot nog een flesje water te halen en een rustig hoekje op te zoeken om de avond verder uit te zitten.

En op dat moment, terwijl hij op zoek ging naar dat rustige hoekje, voelde hij die vreemde trekkracht opnieuw, sterker dan hij het ooit in zijn leven had gevoeld; het leek alsof iemand aan het verdrinken was in donker water en om hulp schreeuwde naar hem. Hij keek in paniek rond en vroeg zich af waar de noodkreet vandaan kwam. Hij begreep ook niets van het krachtige, scherpe randje van zijn bezorgdheid. Dit complexe gevoel leek op niets wat hij ooit tevoren had gevoeld.

Heel even liet hij zijn blik rusten op een meisje – op haar rug – dat hem net was gepasseerd. Haar haren waren zwart en glanzend. Ze droeg een spectaculaire lange jurk in flamboyante kleuren. Terwijl Gabe naar haar keek, zag hij haar oorbellen fonkelen, net kleine vuurwerksterretjes. Gabe liep haar achterna, onbewust, onweerstaanbaar aangetrokken door de wanhopige nood die ze uitstraalde. Ze draaide zich een stukje om en hij ving een glimp op van een buitengewoon bleek arendsprofiel – volle, ivoren lippen en zwarte spleetogen – voor ze door de deur van het damestoilet glipte.

Gabe ademde zwaar. Hij moest zich met al zijn kracht tegenhouden om haar niet verder te volgen. Hij voelde haar nood aan hem zuigen, als drijfzand. Hij leunde tegen de muur tegenover het toilet, kruiste zijn armen stevig om zijn borstkas en probeerde er zichzelf van te overtuigen om niet op het meisje te wachten. Dit krankzinnige, intuïtieve gevoel was helemaal verkeerd. Was Celeste daar niet het bewijs van? Het was allemaal slechts verbeelding.

Misschien kon hij nu maar beter vertrekken.

Maar Gabe kon zijn voeten niet bewegen.

Het meisje was – inclusief haar stiletto's – niet groter dan een meter zestig, maar er was iets in haar gestalte – slank als een twijgje en kaarsrecht als een schermdegen – dat haar veel groter deed lijken.

Haar hele verschijning – dus niet alleen haar lengte – zat vol tegenstellingen: ze was zowel donker als licht met haar inktzwarte haar en krijtachtige huid, tegelijk fragiel en hard door haar fijne maar scherpe gelaatsuitdrukkingen, en tegelijk uitnodigend en afstandelijk door de hypnotiserende vibraties van haar lichaam onder de vijandige uitdrukking op haar gezicht.

Slechts één ding aan haar was niet dubbelzinnig – haar jurk was, onbetwistbaar, een kunstwerk: helderrode tongen van lederen vlammen ontblootten haar bleke schouders en speelden langs haar elegante rondingen naar beneden, tot ze de vloer kusten. Wanneer ze over de dansvloer schreed, keken alle vrouwelijke ogen jaloers naar de schaduw van haar jurk, en alle mannen volgden haar met wellust in hun ogen.

Er deed zich nog iets vreemds voor: wanneer het meisje in de vurige jurk tussen de dansers door liep, waren er rondom haar overal korte maar heftige snikken van angst en pijn en schaamte hoorbaar. Een hoge hak kraakte. Iemand verzwikte een enkel. Een satijnen jurk scheurde aan de naad, van dij tot taille. Een contactlens sprong uit een oog en verdwaalde op de vuile vloer. Een behabandje sprong kapot. Een portefeuille viel uit een broekzak. Onverwachte buikkrampen kondigden een vroege ongesteldheid aan. Een geleend halssnoer viel uiteen op de dansvloer in een hagel van parels.

Enzovoort, enzovoort – kleine rampen die minuscule cirkels van ellende sponnen.

Het bleke, donkerharige meisje lachte in zichzelf alsof ze de ellende in de lucht kon voelen en ervan genoot – het leek zelfs alsof ze ervan proefde, als je keek naar de manier waarop ze voldaan haar lippen likte.

Plotseling keek ze bedenkelijk en fronste ze haar wenkbrauwen, in opperste concentratie. De ene jongen die naar haar gezicht keek zag een vreemde, roodachtige schittering in de buurt van haar oorlelletjes, een vuur van knetterende, rode vonkjes. Op dat moment draaide iedereen zich naar Brody Farrow, die zijn arm vastgreep en het uitschreeuwde van de pijn. Door een onbeheerste dansbeweging was zijn schouder uit de kom geschoten.

Het meisje in de rode jurk lachte zelfgenoegzaam.

Haar hakken maakten scherpe klikgeluidjes op de tegelvloer en ze slenterde door de hal naar de damestoiletten. Ze liet een spoor van zwak gekreun en pijn achter.

Een groepje meisjes hing rond aan de muurlange spiegels in de toiletten. Slechts heel even hadden ze oog voor de opmerkelijke jurk van het tengere meisje en merkten ze op hoe ze rilde van de kou in de overvolle, broeierige ruimte.

Toen brak er chaos uit. Het begon met Emma Roland die in haar eigen oog stak met een mascarastaafje. Ze zwaaide van ontzetting wild om zich heen en sloeg daarbij het volle glas punch uit de handen van Bethany Crandall. Daardoor was zij kletsnat en zaten er drie andere jurken vol vlekken, op de meest ongepaste plaatsen. De sfeer in de ruimte werd nog verhitter toen een van de meisjes – die zag dat er een afschuwelijke groene vlek ter hoogte van haar borsten zat – Bethany ervan beschuldigde de punch opzettelijk op haar te hebben gegooid.

Het bleke meisje lachte minzaam bij het aanschouwen van

de escalerende ruzie. Ze liep naar het verste toilet in de lange ruimte en deed de deur achter zich op slot.

Ze maakte geen gebruik van de verworven privacy op de manier die men zou vermoeden. In plaats daarvan – zonder ook maar enig gevoel van afkeer ten opzichte van deze allesbehalve steriele omgeving – leunde ze met haar voorhoofd tegen de metalen muur en kneep ze haar ogen dicht. Haar handen, gebald tot scherpe, kleine vuisten, steunden ook tegen de muur, alsof ze alleen zo haar evenwicht kon bewaren.

Als ook maar een van de meisjes in de hal van de toiletten opmerkzaam was geweest, hadden ze zich misschien afgevraagd wat de oorzaak was van de rode gloed die zwak door de spleet tussen de muur en de deur scheen. Maar niemand had er aandacht voor.

Het meisje in de rode jurk klemde haar tanden stevig op elkaar. Een hete uitbarsting van heldere vlammen schoot tussen haar tanden door en creëerde zwarte schroeiplekken in de dunne laag geelbruine verf op de metalen muur. Ze hijgde, vechtend met een onzichtbaar gewicht. Het vuur begon feller te branden en dikke, rode vingers kraakten op het koude metaal. Het vuur bereikte haar haren, maar het verschroeide haar zachte, inktzwarte lokken niet. Er sijpelden rooksporen uit haar neus.

Uit haar oren ontsprong een fontein van vonken, terwijl ze tussen haar tanden een enkel woord fluisterde.

'Melissa.'

Een eindje daarvandaan, op de drukke dansvloer, keek Melissa Harris verstrooid op. Had iemand net haar naam geroepen? Niemand in haar buurt keek naar haar. Het moest haar verbeelding zijn. Melissa richtte haar aandacht weer op haar date en probeerde zich te concentreren op wat hij tegen haar aan het zeggen was.

Ze vroeg zich af waarom ze had ingestemd om met Cooper Silverdale naar het schoolbal te gaan. Hij was haar type niet. Een kleine jongen, opgeslorpt door zijn eigen ego, die te veel wilde bewijzen. Hij was al de hele avond op een vreemde manier hyperactief, en had non-stop opgeschept over zijn familie en zijn bezittingen. Melissa had er genoeg van. Opnieuw trok een zwakke fluistering haar aandacht. Ze draaide zich om.

Ginds, te ver weg in de massa om de bron te kunnen zijn van het geluid, stond Tyson Bell naar Melissa te staren, boven het hoofd van het meisje met wie hij aan het dansen was.

Melissa keek snel naar beneden. Ze huiverde even en trachtte niet te denken aan het gezelschap waarin Tyson verkeerde. Ze dwong zichzelf niet meer in zijn richting te kijken.

Ze bewoog in de richting van Cooper. Saai en oppervlakkig misschien, maar een betere optie dan Tyson. Iedereen was een betere optie dan Tyson.

Echt waar? Is Cooper echt de betere keuze? De vragen schoten door Melissa's hoofd, alsof ze door iemand anders werden gesteld. Onwillekeurig keek ze opnieuw naar de donkere ogen met de volle wimpers van Tyson. Hij staarde nog steeds naar haar.

Natuurlijk was Cooper een betere keuze dan Tyson, hoe knap Tyson ook was. Die schoonheid was gewoon een deel van de valstrik.

Cooper kwetterde verder en struikelde over zijn woorden terwijl hij de aandacht van Melissa trachtte te trekken.

Je speelt op een ander niveau dan Cooper, fluisterde de gedachte. Melissa schudde haar hoofd, beschaamd over die manier van denken. Het was ijdel. Cooper was evenveel waard als zij, of als elke andere jongen.

Niet evenveel waard als Tyson. Herinner je hoe het was...

Melissa probeerde de beelden uit haar hoofd te krijgen: de warme ogen van Tyson, vol van verlangen... zijn handen, ruw en zacht tegen haar huid... zijn volle stem die de banaalste woorden deed klinken als poëzie... de manier waarop de lichtste aanraking van zijn lippen op haar vingers haar bloed door haar aderen joeg...

Haar hart klopte heftig en deed pijn.

Doelbewust haalde Melissa een nieuwe herinnering naar boven om de opwindende beelden te verdringen. De ijzeren vuist van Tyson die zonder waarschuwing de zijkant van haar gezicht vol raakte... de zwarte vlekken die voor haar ogen verschenen... haar handen die steun zochten op de vloer... het braaksel in haar keel... schurende pijn die haar hele lichaam dooreenschudde –

Hij had er zo'n spijt van. Zo'n spijt. Hij beloofde het haar. Nooit meer. Onbewust benevelde het beeld van de betraande, koffiekleurige ogen van Tyson haar blik.

Intuïtief zochten de ogen van Melissa die van Tyson. Hij stond nog steeds te staren. Zijn voorhoofd rimpelde, zijn wenkbrauwen trokken samen, vervuld van spijt...

Melissa voelde opnieuw een rilling door haar lichaam gaan. 'Heb je het koud? Wil je mijn...' Cooper wriemelde zichzelf half uit zijn smokingjasje maar onderbrak toen zijn beweging. Hij bloosde. 'Je kunt het niet koud hebben. Het is hier ongelooflijk heet', zei hij op vlakke toon. Hij trok zijn aanbod in en maakte de knopen opnieuw vast.

'Ik voel me goed', verzekerde Melissa hem. Ze dwong zichzelf om naar zijn vale, jongensachtige gezicht te kijken. 'Het is hier *shit*', zei Cooper. Melissa knikte, blij dat ze over iets met hem kon instemmen. 'We zouden naar de countryclub van mijn vader kunnen gaan. Ze hebben er een ongelooflijk restaurant, als je zin zou hebben in dessert. We hoeven er niet te wachten op een tafeltje. Zodra ik mijn naam noem...'

Melissa's aandacht verslapte.

Waarom ben ik hier met deze kleine snob? De gedachte in haar hoofd voelde heel vreemd en onbekend aan, ook al sprak ze met haar eigen stem. *Hij is een zwakkeling. Hij durft waarschijnlijk niet eens een vlieg pijn te doen. Is er niet meer in het leven dan zekerheid? Ik voel niet hetzelfde verlangen in mijn maag wanneer ik naar Cooper kijk – wanneer ik naar om het even welke andere jongen dan Tyson kijk... ik kan mezelf niet beliegen. Ik wil hem nog steeds. Is dat geen liefde, dat verlangen?*

Melissa wilde dat ze niet zoveel van die walgelijke, brandende punch had gedronken. Ze kon niet helder denken. Ze zag hoe Tyson zijn danspartner achterliet en de dansvloer overstak tot hij vlak voor haar stond – hij was het wandelende cliché van de breedgeschouderde voetbalheld. Het leek alsof Cooper niet meer tussen hen in stond.

'Melissa?' vroeg hij met een zoete stem, en het gevoel van spijt verzachtte zijn gelaatsuitdrukking. 'Melissa, *alsjeblieft?*' Hij stak zijn hand uit naar haar, en negeerde Coopers mompelende gesputter.

Ja ja ja scandeerde een stemmetje in haar hoofd.

Duizend herinneringen van verlangen raasden door haar lichaam.

Haar benevelde geest bezweek.

Aarzelend knikte ze.

Tyson lachte opgelucht en blij. Hij trok haar weg van Cooper en nam haar in zijn armen.

Het was zo gemakkelijk om bij hem te zijn. Melissa's bloed brandde in haar aderen.

'Yes!' siste het bleke, donkerharige meisje, dat nog steeds verstopt zat in het toilet. Een gevorkte vuurtong lichtte haar gezicht rood op. Het vuur knetterde zo hard dat iemand het gemakkelijk kon hebben opgemerkt, maar de hal van de toiletten was nog steeds gevuld met schrille, geïrriteerde meisjesstemmen.

Het vuur trok terug en het meisje ademde diep in. Haar oogleden knipperden even en sloten zich dan weer. Haar vuisten spanden zich zo hard dat het leek alsof de bleke huid zou scheuren over de scherpe randen van haar knokkels. Haar slanke figuur begon te trillen. Het was alsof ze een berg probeerde op te tillen. Rondom haar ontstond een bijna zichtbaar aura van spanning, vastberadenheid en verwachting.

Hoe moeilijk de taak ook was die ze zichzelf tot doel had gesteld, het was duidelijk dat de vervulling ervan haar grootste verlangen was.

'*Cooper*', snerpte ze. Er stroomde vuur uit haar mond, haar neus en haar oren. Haar gezicht baadde in de vlammen.

Alsof je niks bent. Alsof je onzichtbaar bent. Alsof je niet bestaat! Cooper trilde van kwaadheid en de woorden in zijn hoofd voedden de nijd en brachten de woede tot een kookpunt.

Je zou ervoor kunnen zorgen dat ze jou ziet. Je zou Tyson kunnen tonen wie hier de echte man is.

Automatisch ging zijn hand naar de grote bobbel die verstopt zat onder zijn jasje, ter hoogte van zijn middel. De schok van de herinnering aan het pistool sneed dwars door de woede en zorgde ervoor dat hij met zijn ogen knipperde, alsof hij net ontwaakte uit een droom. Hij voelde kippenvel in zijn nek. Wat deed hij met een pistool op het schoolbal? Was hij gek? Het was in ieder geval dom, maar wat had hij anders kunnen doen, aangezien Warren Beeds hem had gevraagd om zijn onbezonnen bluf in de praktijk te brengen? Inderdaad, de beveiliging van de school was een lachertje, iedereen kon van alles binnensmokkelen. Dat had hij bewezen, of niet soms? Maar was het wel een goed idee om hier met een pistool op zijn rug rond te lopen, alleen maar om zich tegenover Warren Beeds te bewijzen?

Hij zag Melissa staan, met haar hoofd op de schouder van die domme lul en met haar ogen toe. Was ze Cooper helemaal vergeten?

De woede borrelde weer op en zijn hand greep naar zijn rug. Cooper schudde opnieuw zijn hoofd, krachtdadiger deze keer. Daarvoor had hij het pistool niet meegebracht... het was maar een grap, een kwajongensstreek.

Maar kijk naar Tyson. Kijk naar die superieure, zelfvoldane lach op zijn gezicht? Wie denkt hij dat hij is? Zijn vader is maar een veredelde tuinman. Hij is blijkbaar niet bang dat ik zal reageren op het feit dat hij mijn date heeft afgesnoept. Hij weet niet eens meer dat ik haar heb meegebracht. En hij zou ook niet bang voor me zijn als hij dat nog wel wist. En Melissa herinnert zich mijn bestaan ook niet meer.

Cooper knarsetandde, verhit en verontwaardigd. Hij stelde

zich voor hoe de pedante blik op het gezicht van Tyson zou vervagen en veranderen in vrees en verbijstering wanneer hij zo meteen in de loop van een pistool zou kijken.

Een kil en angstig gevoel bracht Cooper terug naar de realiteit.

Punch. Meer punch, dat is wat ik nodig heb. Het is goedkoop, onsmakelijk spul, maar het is tenminste sterk. Nog een paar glazen punch, en dan zal ik weten wat ik moet doen.

Cooper ademde diep in om zichzelf tot rust te brengen en haastte zich naar de dranktafel.

Het donkere meisje in de toiletten fronste haar voorhoofd en schudde geërgerd haar hoofd. Ze ademde twee keer in en fluisterde dan in een hees gebrom kalmerende woorden tegen zichzelf.

'Er is nog tijd genoeg. Een beetje meer alcohol om zijn geest te benevelen en zijn wil over te nemen... geduld. Er is nog genoeg om aandacht aan te schenken, zoveel andere details...' Ze beet op haar lip. Haar oogleden knipperden opnieuw, meermaals na elkaar.

'Eerst Matt en Louisa, daarna Bryan en Clara', zei ze tegen zichzelf, alsof ze zich door een *to do*-lijstje heen werkte. 'Bah, en dan die bemoeizuchtige Gabe! Waarom is *hij* nog niet stomdronken?' Ze ademde nog eens diep in. 'Het is tijd dat mijn kleine helper weer aan het werk gaat.'

Ze drukte haar vuisten tegen haar slapen en sloot haar ogen.

'*Celeste*', snauwde ze.

De stem in het hoofd van Celeste klonk vertrouwd, zelfs aangenaam. Al haar goede ideeën ontstonden de laatste tijd op deze manier.

Zien Matt en Louisa er niet schattig uit?

Celeste glimlachte naar het koppel in kwestie.

Iemand die zich amuseert? Is dat wel aanvaardbaar?

'Ik moet gaan...' Celeste keek in de ogen van haar date en zocht naar zijn naam – 'Derek.'

De vingers van de jongen, die langs haar ribben naar boven kropen, verstijfden.

'Het was leuk', stelde Celeste hem gerust, en ze wreef met de rug van haar hand over haar open mond, alsof ze elk spoor van hem wilde uitwissen. Ze trok zichzelf los.

'Maar, Celeste, ik dacht...'

'Tot ziens dan maar.'

Celestes glimlach was zo scherp als een scheermesje toen ze met haar neus in de lucht naar Matt Franklin en zijn date paradeerde. Dat muisachtige kleine ding, wat-was-haar-naam-ook-weer. Heel even dacht ze aan haar eigen officiële date – de opgepoetste Gabe Christensen – en ze voelde een lachbui opborrelen. Die had echt de tijd van zijn leven vanavond! De vernederingen die ze hem aandeed maakten het bijna de moeite waard om met hem naar het bal te zijn gekomen, hoewel ze zich ernstig afvroeg waar ze met haar verstand had gezeten toen ze ja had gezegd. Celeste schudde haar hoofd...

Gabe had zijn blauwe, onschuldige ogen in haar richting gedraaid, en – gedurende een halve minuut – had ze ja *willen* zeggen. Ze had zin gehad om dichter bij hem te gaan staan. Heel even had ze overwogen om haar verrukkelijke plan op te geven en gewoon een leuke tijd te hebben op het schoolbal met een leuke jongen.

Wauw, ze was blij dat dat kwezelachtige idee snel was verdwenen. Celeste had nog nooit in haar leven zoveel plezier gehad als nu. Ze had het schoolbal verpest voor de helft van de meisjes, en de helft van de jongens was voor haar aan het vechten. Jongens waren allemaal hetzelfde. Ze had ze maar voor het grijpen. Het werd tijd dat de andere meisjes dat beseften. Wat een schitterende ingeving was het geweest om het hele schoolbal te saboteren!

'Hey, Matt', kirde Celeste, en ze tikte op zijn schouder.

'Oh, hey', antwoordde Matt. Hij keek ietwat verward naar haar, weg van zijn date.

'Mag ik je even lenen?' vroeg Celeste. Ze sloeg haar wimpers op en gooide haar schouders naar achteren om haar boezem nog wat beter te laten uitkomen. 'Ik wil je iets, euh, *tonen*.' Celeste rolde haar tong over haar lippen.

'Hum.' Matt slikte hoorbaar.

Celeste voelde de ogen van Derek in haar rug priemen en ze herinnerde zich dat Matt zijn beste vriend was. Ze onderdrukte een lach. Perfect gewoon.

'Matt?' vroeg zijn meisje op een verongelijkte toon, toen zijn handen haar taille loslieten.

'Ik ben maar een seconde weg... Louisa.'

Ha! Hij kon zich ook nauwelijks haar naam herinneren! Celeste zond hem een verpletterende glimlach toe.

'Matt!' riep Louisa nog eens, stomverbaasd en gekwetst, toen Matt de hand van Celeste aannam en haar naar het midden van de dansvloer volgde.

In het achterste toilet was het nu donker. Het tengere meisje zakte onderuit tegen de muur en wachtte. Haar adem vertraagde. Hoewel het oncomfortabel warm was in de ruimte, rilde ze.

Het gekibbel in de toiletten was opgehouden. Een nieuw

groepje meisjes verdrong zich voor de spiegel om hun make-up bij te werken.

De vuurspuwster kwam tot rust. Er verscheen opnieuw een rood vonkje aan haar oren. Opeens draaide iedereen aan de spiegel zich om en keek gespannen naar de grote toegangsdeur van de toiletten. Het meisje in de rode jurk dook uit haar hokje en opende het lage raam. Niemand zag hoe ze wegsloop langs deze ongewone uitgang. De meisjes bleven staren naar de centrale deur en zochten naar het geluid dat hun aandacht had getrokken.

De plakkerige, vochtige nacht in Miami voelde aan als de hel op aarde.

Het meisje in de roodlederen jurk glimlachte opgelucht en wreef met haar handen over haar blote armen.

Ze ontspande haar lichaam tegen de zijkant van een vuile Dumpster en leunde naar het open dak van de auto, waar een stinkende wolk van rottend voedsel uit opsteeg. Haar ogen gleden toe. Toen ademde ze diep in en lachte opnieuw.

Een andere, maar nog viezere geur – iets als ranzig, brandend vlees, maar erger – walmde door de benauwde lucht. De glimlach van het meisje werd nog breder toen ze deze vreselijke, nieuwe geur inademde alsof het een zeldzaam parfum was.

Toen deed ze haar ogen wijd open en rekte haar lichaam kaarsrecht uit.

Een laag gegrinnik rolde uit de fluwelen duisternis.

'Heb je heimwee, Sheeb?' snauwde een vrouwenstem.

De lippen van het meisje krulden op toen het lichaam dat bij de stem hoorde zichtbaar werd.

De adembenemende, zwartharige vrouw leek niets anders te

dragen dan een langzaam draaiende, zwarte nevel. Haar
voeten en benen waren onzichtbaar – misschien waren ze er
niet eens. Hoog op haar voorhoofd bevonden zich twee
kleine, blinkende marmeren horens.

'Chex Jezebel aut Baal-Malphus', gromde het meisje in de
rode jurk. 'Wat doe jij hier?'

'Zo formeel, klein zusje?'

'Wat geef ik om zusters?'

'Dat is waar. En die verwantschap delen we met duizenden.
Maar onze aansprekingen zijn zo'n omslachtig mondjevol.
Waarom noem jij me niet gewoon Jez, en ik berg de Chex
Sheba aut Baal-Malphus op en ik noem je Sheeb.'

Sheba snoof spottend. 'Ik dacht dat ze jou naar New York
hadden gestuurd.'

'Ik heb even pauze – net als jij blijkbaar.'

Jezebel keek aandachtig naar de auto waar Sheba tegen
leunde. 'New York is fantastisch, bijna even slecht als de
hel – bedankt dat je het me vraagt – maar zelfs moordenaars
slapen af en toe. Ik begon me te vervelen, dus ben ik
hiernaartoe gekomen om te kijken of jij je amuseert op het
geweldige schóóóólbal.'

Jezebel lachte. De donkere nevel die haar omringde, maakte
dansende bewegingen.

Sheba haalde haar wenkbrauwen op maar antwoordde niet.
Haar geest stond op scherp terwijl ze zich opnieuw
concentreerde op de nietsvermoedende tieners in de
danszaal van het hotel. Ze zocht naar een situatie die ze kon
verstoren. Was Jezebel hier om haar plannen te saboteren?
Waarom anders? De meeste middenklasdemonen zouden
een omweg van kilometers maken om een kleine speler een
loer te draaien – ze zouden er zelfs een goede daad voor

plegen. Zo had Balan Lilith Hadad aut Hamon zich ooit, een jaar of tien geleden, vermomd als een mens op een van de scholen die Sheba was toegewezen. Sheba had niet begrepen waarom al haar ellendige intriges maar bleven uitdraaien op *happy endings*. Toen ze er uiteindelijk achter was gekomen, kon ze Liliths brutaliteit nauwelijks bevatten – de slechte demone had maar liefst drie afzonderlijke gevallen van echte liefde gearrangeerd, enkel en alleen om Sheba in rang te doen verlagen. Gelukkig had Sheba op het laatste moment een misleidende list kunnen uitvoeren, zodat twee van de drie romances waren mislukt. Sheba ademde diep in. Dat was op het nippertje geweest. Ze had kunnen worden teruggestuurd naar de lagere school!

Sheba grijnsde naar de succulente demone die nu voor haar zweefde. Als ze een droombaan zou hebben als die van Jezebel – een moorddemone, veel beter dan dat werd het niet – zou ze zich bij die geweldige rotzooi houden en de banale kwesties voorgoed aan anderen overlaten.

Sheba's gedachten kronkelden als onzichtbare rook langs de dansers in het gebouw achter haar, op zoek naar sporen van verraad. Maar alles verliep zoals het moest. De ellende in de ruimte escaleerde opnieuw. Het aroma van menselijk ongeluk vulde haar geest. Verrukkelijk.

Jezebel grinnikte omdat ze begreep wat Sheba aan het doen was.

'Ontspan', zei Jezebel. 'Ik ben hier niet om het jou moeilijk te maken.'

Sheba haalde haar neus op. Natuurlijk was Jezebel hier om het haar moeilijk te maken. Dat was wat demonen deden.

'Geweldige jurk', merkte Jezebel op. 'Hellehondenhuid. Zeer geschikt om lust en jaloezie op te wekken.'

'Ik weet hoe ik mijn werk moet doen.'

Jezebel lachte opnieuw en Sheba leunde instinctief naar haar toe om de zwavelgeur van haar adem op te vangen.

'Arme Sheeb, nog altijd gevangen in een half-menselijke uitvoering', plaagde Jezebel. 'Ik kan me nog herinneren hoe lekker alles altijd ruikt. Bah. En de temperatuur! Moeten de mensen echt alles bevriezen met hun ellendige airco?'

Sheba's gezicht was zacht nu, beheerst. 'Ik red het wel. Er is genoeg ellende om mij mee bezig te houden.'

'Dat is de spirit! Nog een paar eeuwen, en je speelt net zoals ik in de eerste klasse.'

Sheba krulde haar lippen en liet een zelfverzekerd lachje zien. 'Misschien duurt het niet eens zo lang.'

Jezebel haalde één zwarte wenkbrauw hoog op, waardoor het leek alsof er op haar witte voorhoofd een grote ebbenhouten hoorn verscheen.

'Is dat zo? Ga je iets heel slechts uit je hoed toveren, zusje?'

Sheba antwoordde niet maar voelde zich zenuwachtig worden, want ze voelde dat Jezebel haar eigen gedachten onzichtbaar door de menigte in de danszaal stuurde. Sheba klemde haar kaken op elkaar, klaar om terug te slaan als Jezebel iets van haar plannen zou trachten teniet te doen. Maar Jezebel keek alleen maar rond en raakte niets aan.

'Hmm', mompelde Jezebel. 'Hmm.'

'Sheba balde haar vuisten toen Jezebels zoektocht haar bij Cooper Silverdale bracht, maar opnieuw observeerde Jezebel alleen maar.

'Wel, wel', prevelde de gehoornde demone. 'Wauw, Sheeb, ik moet toegeven dat ik onder de indruk ben. Je hebt een *pistool* daarbinnen. En een gemotiveerde hand – compleet dronken gevoerd om zijn vrije wil te verzwakken!' De oude demone

lachte op een manier die vreemd genoeg iets eerlijks had.
'Dat is echt slecht. Ik bedoel maar, een middenklasdemon
die zich met moorden of verminkingen of rellen bezighoudt
zou dit natuurlijk zonder enige moeite op een schoolbal
kunnen organiseren, maar een kind in een menselijke
gedaante op ellendemissie? Hoe oud ben jij? Tweehonderd
jaar? Driehonderd?'

'Nee, nog maar honderdzesentachtig, op mijn laatste
broeddag', antwoordde Sheba bits. Ze was nog steeds op
haar hoede.

Jezebel floot een vuurtong tussen haar lippen. 'Heel knap. En
ik zie dat je ook je opdracht niet uit het oog verliest. Dat is
een heel ellendige massa mensen daarbinnen.' Jezebel
lachte. 'Je hebt bijna elke veelbelovende relatie in de kiem
gesmoord, enkele levenslange vriendschappen opgeblazen,
nieuwe vijanden gemaakt... drie, vier, vijf ontluikende
gevechten', telde Jezebel.

'Zelfs de dj luistert naar je! Wat een oog voor detail. Ha ha! Ik
kan de mensen die zich niet ellendig voelen op een hand
tellen.'

Sheba lachte macaber. 'Die krijg ik ook nog wel.'

'Afschuwelijk, Sheeb. Heel erg stout. Je doet onze naam eer
aan. Als er op elk schoolbal een demone zoals jij aan het
werk was, zouden we de wereld bezitten.'

'Au, Jez, je laat me blozen', zei Sheba sarcastisch.

Jezebel lachte. 'Je hebt natuurlijk wel wat hulp.'

De gedachten van Jezebel cirkelden rond Celeste, die net in
de buurt van een nieuwe jongen rondfladderde. De
afgewezen meisjes huilden, terwijl de jongens die Celeste
achteloos liet staan hun vuisten balden en hun rivalen
dreigend aankeken. Brandend van lust was elk van hen ervan

overtuigd dat hij Celeste die avond mee naar huis zou nemen.

Celeste deed de helft van het werk vanavond.

'Ik gebruik de middelen die ik heb', zei Sheba.

'Wat een ironische formulering! Wat een verdorven geest! Is ze helemaal menselijk?'

'Ik ben haar voorbijgelopen in de hal, om eens te controleren', gaf Sheba toe. 'Zuivere, reine, menselijke lucht. Walgelijk.'

'Huh. Ik zou zweren dat ze een of andere demon onder haar voorvaderen heeft. Goede vondst. Maar Sheba, een afspraakje versieren? Dat is wel redelijk amateuristisch, om jezelf op zo'n lichamelijke manier te betrekken.'

Sheba trok haar kin enigszins verdedigend op, maar ze gaf geen antwoord. Jezebel had gelijk: het was onfatsoenlijk en omslachtig dat ze haar menselijke gedaante had gebruikt in plaats van alleen haar duivelse geest. Aan de andere kant, alleen het resultaat telde. Sheba's perfect getimede tussenkomst had ervoor gezorgd dat Logan niet had ontdekt wie zijn ware liefde was.

'Maar het doet niets af aan jouw realisaties hier vanavond.' Jezebel sprak op een verzoenende toon. 'Als je deze afwerkt, zetten ze je in de handboeken voor babydemonen.'

'Bedankt', mompelde Sheba. Dacht Jezebel nu echt dat ze Sheba kon overhalen om haar schild te laten zakken?

Jezebel lachte en haar nevel trok op aan de randen zodat haar gelaatsuitdrukking erin weerspiegelde.

'Een tip, Sheba. Blijf ze verwarren hier. Als je Cooper zo ver krijgt dat hij de trekker overhaalt, zullen sommige van die *wannabe* gangsters hier denken dat ze onder vuur liggen.' Jezebel schudde verbaasd haar hoofd. 'Je hebt hier zoveel broeiende rotzooi. Ze zullen natuurlijk een machinegeweer inzetten als het echt heet wordt... maar je zou in ieder geval een stuk van de eer toegewezen krijgen omdat je de boel in gang hebt gezet.'

Sheba grijnsde. Rode schitteringen lichtten op aan haar oren. Waar was Jezebel mee bezig? Waar zat het addertje? Haar geest dwaalde langs alle mensen die ze aan het martelen was, maar ze kon in de danszaal geen enkel spoor vinden van de herkenbare zwavelgeur van Jezebel. Er was alleen maar de ellende die Sheba zelf had veroorzaakt en nog een paar kleine kiemen van afstotelijk geluk waar ze zich dadelijk verder mee zou bezighouden.

'Je bent in ieder geval *hulpvaardig* vanavond', zei Sheba, op een bewust beledigende toon.

Jezebel zuchtte. Er was iets aan de manier waarop haar nevels zich even in zichzelf terugtrokken dat haar ... beschaamd deed lijken. Voor het eerst begon Sheba te twijfelen aan haar veronderstellingen. Maar de motieven van Jezebel *moesten* wel slecht zijn. Demonen hádden geen andere motieven.

Met een meelijkwekkende uitdrukking op haar gezicht vroeg Jezebel zacht: 'Vind je het echt zo ongeloofwaardig dat ik zou willen dat je promoveert?'

'Inderdaad.'

Jezebel zuchtte nog een keer. En weer maakte de manier waarop haar nevels zich in elkaar kronkelden Sheba onzeker.

'Waarom?' vroeg Sheba. 'Wat heb jij erbij te winnen?'

'Ik weet dat het helemaal verkeerd van me is – of eerder goed – om jou advies te geven waar je iets aan hebt. Niet echt slecht van me.'

Sheba knikte voorzichtig.

'Het ligt in onze natuur om iedereen beentje te lichten, demonen, mensen – zelfs engelen als we de kans krijgen. We zijn inslecht. En natuurlijk zijn we achterbaks en willen we ook de onzen treffen. We zouden geen demonen zijn als jaloezie, hebzucht, lust en wraakzucht ons niet zouden domineren.' Jezebel gniffelde. 'Ik herinner me – hoeveel jaar geleden is het alweer? – dat Lilith jou bijna een paar graden heeft laten inleveren, is het niet?'

Er smeulde rood vuur in Sheba's ogen bij deze herinnering. 'Bijna.'

'Je reageerde er beter op dan de meeste anderen. Je bent bij de allerslechtsten die momenteel op ellende werken, weet je dat?'

Nog meer vleierij? Sheba verstijfde.

Jezebel draaide haar nevels op met een van haar vingers en maakte cirkelbewegingen met haar vinger zodat nevelslierten een rokerige kring beschreven aan de nachtelijke hemel.

'Maar er is een groter geheel, Sheba. Demonen zoals Lilith kunnen niet verder kijken dan het kwaad dat dichtbij is. Maar er is een hele wereld daarbuiten, vol met mensen die miljoenen beslissingen nemen, elke minuut van de dag en van de nacht. En wij kunnen slechts een fractie van deze beslissingen beïnvloeden. En soms, wel, vanuit mijn perspectief, lijkt het alsof de engelen op voorsprong komen...'

'Maar, Jezebel!' hijgde Sheba, en een gevoel van shock doorbrak haar wantrouwen. 'Wij zijn aan het winnen. Kijk maar naar het nieuws – het is *overduidelijk* dat wij aan het winnen zijn.'

'Ik weet het, ik weet het. Maar zelfs met alle oorlogen en destructie... het is vreemd, Sheba. Er is nog altijd zo ongelooflijk veel geluk in de wereld. Voor elke boef die ik een moord laat begaan, staat er ergens in de stad een engel klaar die een omstander op een andere boef laat springen zodat hij de held van de dag wordt. Of die een toeschouwer de boef ervan laat overtuigen dat hij van zijn slechte plannen af moet zien. Bah. We verliezen terrein.'

'Maar de engelen zijn zwak, Jezebel. Dat weet iedereen. Ze zitten zo vol liefde dat ze zich niet kunnen concentreren. De onnozele halzen worden om de haverklap verliefd op een mens en ruilen hun vleugels voor een mensenlichaam. Hoewel ik niet begrijp dat zelfs een oerdomme engel er zo zou willen uitzien!' Sheba keek chagrijnig naar haar eigen mensengedaante. Zo beperkend! 'Ik heb echt nooit begrepen waarom we dit al een half millennium moeten dragen. Ik denk dat het alleen maar is om ons te martelen, nietwaar? De duistere meesters genieten er blijkbaar van om ons te zien wroeten.'

'Er zit meer achter. Het moet ervoor zorgen dat je ze echt *haat*. De mensen, bedoel ik.'

Sheba staarde haar aan. 'Waarom heb ik daar een reden voor nodig? Haten is mijn werk.'

'Het gebeurt, weet je', zei Jezebel langzaam. 'De engelen zijn niet de enigen die het soms helemaal opgeven. Er zijn al demonen geweest die hun horens hebben geruild voor een mensenlichaam.'

'Nee!' Sheba sperde haar ogen wijd open, en vernauwde ze dan weer, alsof ze het niet geloofde. 'Je overdrijft. Nu en dan hokt een demon samen met een mens, maar dat is alleen om ze te pijnigen. Gewoon een beetje venijnige *fun*.'

Jezebel rilde en deed haar nevels in achtfiguren draaien, maar ze antwoordde niet. Sheba besefte dat ze het meende.

Ze slikte diep. 'Wauw.'

Ze kon het zich niet voorstellen. Al dit verrukkelijke kwaad weggooien. Een stel zuurverdiende horens opgeven – horens waarvoor Sheba momenteel alles en iedereen zou vernietigen om ze te verwerven – en in plaats daarvan opgezadeld zitten met een zwak, sterfelijk mensenlichaam.

Sheba keek naar de glimmende, ebbenhouten horens van Jezebel en fronste haar wenkbrauwen. 'Ik begrijp niet hoe iemand dat kan doen.'

'Denk aan wat je zelf net hebt gezegd over de engelen. Afgeleid worden door liefde?' vroeg Jezebel. 'Wel, haat kan ook een afleiding zijn. Kijk naar Lilith en haar rancuneuze goede daden. Misschien begint het met de lagere demonen ervan langs te geven, maar wie weet waar het eindigt? Deugdzaamheid corrumpeert.'

'Ik geloof niet dat een paar streken uithalen met andere demonen je zo stom als een gans kunnen maken', mompelde Sheba.

'Sheba, onderschat de engelen niet', sprak Jezebel straffend. 'Je mag niet met ze lachen – begrepen? Zelfs een sterke middenklasdemon als ik weet wel beter dan de gevederden horens te zetten. Zij blijven uit onze buurt, en wij uit de hunne. Laat de demonenmeesters zich op hun niveau maar bezighouden met de engelen.'

'Dat weet ik, Jezebel. Ik ben dit decennium uitgebroed.'

'Sorry, ik ben weer behulpzaam.' Ze huiverde. 'Maar ik voel me soms zo gefrustreerd! Goedheid en licht, overal!'

Sheba schudde haar hoofd. 'Dat zie ik niet. Ik zie overal ellende.'

'En ook geluk, zusje. Het is overal', zei Jezebel triest.

Het was lang stil en de woorden van Jezebel zweefden in de

lucht. De plakkerige bries stroomde tegen Sheba's huid.
Miami was dan wel niet echt de hel, maar het was er redelijk
comfortabel.

'Niet op mijn schoolbal!' repliceerde Sheba fel.

Jezebel lachte uitgelaten – haar tanden waren zo zwart als de
nacht. 'Dat is het nu juist – daarom ben ik net zo on-
afgrijselijk hulpvaardig. Omdat we demonen zoals jij in de
wereld daarbuiten nodig hebben. We hebben de
allerslechtsten nodig in de frontlinie. Laat de Liliths van de
onderwereld maar rotzooien met triviale zaakjes. Geef mij de
Sheba's maar aan mijn kant. Geef me duizend Sheba's. Dan
zullen we het gevecht voor eens en voor altijd winnen.'

Sheba dacht even na over de krachtige intentie die in Jezebels
stem had geklonken. 'Dat is slechtheid op een heel vreemde
manier. Het klinkt bijna goedaardig.'

'Kronkelig, ik weet het.'

Ze lachten voor de eerste keer op hetzelfde moment.

'Dus, haast je naar binnen en verwoest dat bal.'

'Dat ga ik doen. Loop naar de hel, Jezebel.'

'Bedankt, Sheba. Ik reken op je.'

Jezebel knipoogde en lachte zo breed dat haar zwarte tanden
haar hele gezicht leken te omwikkelen. Ze loste op in de
nacht.

Sheba hing nog even rond in het steegje, tot de verleidelijke
geur van zwavel helemaal was weggetrokken. Toen was de
pauze voorbij. Geïnspireerd door het idee dat ze de frontlinie
zou mogen versterken, haastte ze zich naar haar ellende.

Het schoolbal was in volle gang en alles leek ellendig goed te
gaan.

Celeste scoorde hoog in haar kwaadaardige spel. Ze kende

zichzelf een punt toe voor elk meisje dat in een donker hoekje van de danszaal zat te huilen en twee punten voor elke jongen die punch gooide naar een rivaal.

Over de hele zaal bloeiden de zaadjes open die Sheba had geplant. Haat floreerde naast lust en woede en wanhoop. Een tuin die recht uit de hel kwam.

Sheba zat achter een palm in een bloembak en genoot.

Nee, ze kon de mensen niet *dwingen* om iets te doen. Ze hadden hun aangeboren vrije wil, en dus kon ze hen alleen in de verleiding brengen, suggesties doen. Kleine dingen – hoge hakken en rimpels en kleine spiergroepen – kon ze fysiek manipuleren, maar ze kon nooit de geesten van de mensen dwingen. Ze moesten ervoor kiezen om te luisteren. En vanavond luisterden ze.

Sheba had een duidelijke visie, en ze wilde geen losse eindjes, dus voor ze weer aanknoopte met haar meest ambitieuze plan – Cooper was door de intoxicatie ondertussen geheel volgzaam, klaar om de rol op te nemen die ze voor hem in petto had – zocht ze met haar geest in de massa naar kleine, irritante luchtbelletjes van geluk.

Niemand zou ongedeerd van dit schoolbal weggaan. Niet zolang Sheba een vonk in haar lichaam had.

Ginder – wat was dat? Bryan Walker en Clara Hurt staarden dromerig in elkaars ogen en genoten van elkaars gezelschap, zich totaal niet bewust van de woede en wanhoop en slechte muziek in hun omgeving.

Sheba overwoog haar opties en besloot om Celeste tussenbeide te laten komen. Celeste zou ervan genieten – niets was kwaadaardiger dan je kracht tentoon te spreiden in de aanblik van een pure romance. Bovendien luisterde Celeste naar elke suggestie die Sheba haar inlepelde en was ze inschikkelijk tegenover elk demonisch plan.

Sheba zette haar screening voort alvorens ze tot actie overging.

Niet eens zo ver uit haar buurt zag Sheba dat ze nog wat steekjes had laten vallen. Was dat haar eigen date, Logan, die zich daadwerkelijk aan het *amuseren* was? Onmogelijk. Hij had zijn Libby uiteindelijk dus toch gevonden en nu waren ze beiden onverdraaglijk gelukkig. Maar dat was gemakkelijk recht te zetten. Ze zou haar partner weer opeisen en Libby zou in tranen afdruipen. Amateuristisch en bot om er lichamelijk tussen te komen... maar in ieder geval beter dan geluk ook maar een klein gevecht te laten winnen.

Het assessment van Sheba was bijna klaar. Er was nog een ander klein vredesgebied – geen stel deze keer; ze zag een jongen die in zijn eentje aan de andere kant van de zaal wat stond rond te draaien. Het was die ergerlijke Gabe Christensen.

Sheba keek kwaad in zijn richting. Wat maakte hem zo gelukkig? Hij was afgewezen en alleen. Zijn date was de gesel van het schoolbal. Een normale jongen zou vol woede of verdriet zitten nu. Maar deze gaf haar nog wat meer werk! Sheba onderzocht de geest van Gabe van wat dichterbij.

Hmm, Gabe was niet echt *gelukkig*. In feite was hij intens bezorgd op dit moment, op zoek naar iemand. Celeste stond duidelijk in zijn gezichtsveld. Ze maakte kronkelende bewegingen met Rob Carlton op een langzaam liedje (Pamela Green keek in shock naar de vertoning, en haar wanhoop druppelde verrukkelijk in de lucht), maar zij was niet de bron van Gabes bezorgdheid. Hij wilde iemand anders vinden.

Hij was dus niet gelukkig – dat was niet de gewaarwording die binnendrong in de atmosfeer van ellende van Sheba. Het was goedheid die uitstraalde van deze jongen. Nog erger. Sheba dook opnieuw achter de palm en duwde haar gedachten naar buiten. Er sijpelde rook uit haar neus. *'Gabe.'*

Gabe schudde afwezig zijn hoofd en zette zijn zoektocht voort.

Hij had een halfuur gewacht, terwijl massa's meisjes uit de toiletten waren gekomen, groepje na groepje. Hier en daar had Gabe een zwakke trekkracht gevoeld, maar helemaal niet te vergelijken met de razende, verstikkende behoefte van dat ene meisje.

Nadat er drie afzonderlijke groepjes waren binnen- en buitengegaan, had Gabe Jill Stein tegengehouden en haar naar het meisje gevraagd.

'Zwart haar en een rode jurk? Nee, zo iemand heb ik daarbinnen niet gezien. Ik denk dat de toiletten leeg zijn.'

Het meisje moest hem op de een of andere manier voorbij zijn geglipt.

Gabe ging terug naar de danszaal en piekerde over het mysterieuze meisje. Bryan en Clare en Logan en Libby waren zich in ieder geval aan het amuseren, dat was goed. De rest van de klas had klaarblijkelijk een uitzonderlijk onprettige avond.

En toen dook het gevoel weer op. Gabe richtte zijn hoofd met een ruk op, en hij voelde de wanhoop waarnaar hij op zoek was. Waar *was* ze?

Sheba siste gefrustreerd. De geest van de jongen was volkomen nuchter en vreemd genoeg niet toegankelijk voor haar bedrieglijke stem. Maar dat zou haar niet tegenhouden. Ze kende andere manieren.

'Celeste.'

Het werd tijd dat het slechte meisje haar eigen date begon te kwellen.

Sheba boog zich lichtjes naar Celeste en suggereerde haar het scenario. Gabe was per slot van rekening aantrekkelijk, naar mensennormen. Zeker knap genoeg om aan de normen van Celeste te beantwoorden, want die lagen niet bepaald hoog. Gabe was groot en licht gespierd, met donker haar en symmetrische gelaatstrekken. Hij had lichtblauwe ogen die Sheba persoonlijk afstotelijk vond – ze waren zo uitgesproken on-hels, bijna *hemels*, bah – maar sterfelijke meisjes vonden ze juist heel aantrekkelijk. Het was doordat ze in die heldere ogen had gekeken dat Celeste was ingegaan op zijn fatsoenlijke, goedhartige uitnodiging.

Een goed hart, inderdaad. Sheba vernauwde haar ogen. Gabe had al op haar lijst gestaan voor vanavond, lang voordat hij haar hier op het schoolbal met alle geweld had genegeerd. Dit was de jongen die haar plannen voor de hitsige wiskundeleraar had gesaboteerd – gewoon een beetje plezier vóór het bal dat Sheba had geregeld, er ondertussen ook op toeziend dat iedereen de verkeerde date had gevraagd voor het grote bal. Maar Gabe moest zo nodig de confrontatie aangaan met mijnheer Reese op een kritisch moment... Sheba knarsetandde en er sprongen vonken uit haar oren. Ze zou de man te grazen hebben genomen, en dat onuitstaanbare, onschuldige meisje ook. Niet dat mijnheer Reese nog veel lager had kunnen vallen, maar het zou toch een geweldig schandaal geweest zijn. En nu was de wiskundeleraar verschrikkelijk op zijn hoede, door toedoen van diezelfde hemelsblauwe ogen. Hij voelde zich zelfs *schuldig*, en overwoog therapie voor zijn probleem. Jakkes!

Gabe Christensen was Sheba heel wat ellende schuldig. Maar ze zou krijgen waar ze recht op had.

Sheba loerde naar Celeste en vroeg zich af waarom het meisje nog geen stappen had gezet tegenover haar date. Celeste hing nog rond Rob en genoot van Pamela's pijn. Maar ze had genoeg *fun* gehad! Er moest vernieling worden aangericht. Sheba fluisterde suggesties in de geest van Celeste en duwde haar langzaam in de richting van Gabe. Celeste liet haar aandacht wegglijden van Rob. Ze keek vluchtig naar Gabe, die met zijn blik nog steeds de massa uitkamde. Haar bruine ogen maakten heel even contact met de zijne, en toen kroop ze letterlijk terug in de armen van Rob.

Gek. De lichte ogen van Gabe waren voor het listige blondje blijkbaar even afstotelijk als ze voor Sheba waren.

Sheba leunde opnieuw wat voorover, maar Celeste schudde haar af. Ze probeerde niet aan Gabe te denken door zich over te geven aan de welwillende lippen van Rob.

Verbijsterd zocht Sheba naar een andere manier om de ergerlijke jongeman te vernietigen, maar ze werd onderbroken door iets wat veel belangrijker was dan één goedhartig menselijk wezen.

Cooper Silverdale stond aan de overkant van de dansvloer te trillen van woede en keek dreigend naar Melissa en Tyson. Melissa had haar hoofd op de schouder van Tyson gelegd en was blind voor de zelfvoldane grijns die Tyson in de richting van Cooper stuurde.

Het was tijd om te handelen. Cooper overwoog om nog een glas punch te nemen om zijn verdriet te verdrinken, maar dat kon Sheba niet toelaten want dan ging hij waarschijnlijk van zijn stokje. Ze concentreerde zich intens op hem en er ontsnapten opnieuw vonken uit haar oren. Cooper realiseerde zich sloom dat het groene drankje weerzinwekkend was. Hij had er genoeg van. Hij gooide zijn halflege glas op de vloer en keek opnieuw in de richting van Tyson.

Ze denkt dat ik zielig ben, zei de stem in het hoofd van Cooper. *Nee, ze denkt gewoon niét aan me. Maar ik kan ervoor zorgen dat ze me nooit meer zal vergeten...*

Zijn hoofd zat vol met alcohol, en Cooper tastte met zijn hand onder zijn jas naar het pistool.

Sheba hield haar adem in. Opnieuw vonken uit haar oren.

En toen, op dat cruciale moment, werd Sheba afgeleid door het besef dat er iemand ingespannen naar haar gezicht staarde.

Hier, in de danszaal, hoorde hij opnieuw een wanhopige noodkreet – van iemand die aan het verdrinken was en die om hulp schreeuwde. Het moest hetzelfde meisje zijn. Gabe had nooit eerder in zijn leven zoiets onontkoombaars gevoeld.

Zijn ogen vlogen over al de dansende stelletjes, maar hij zag haar niet. Zijn blik dwaalde verder langs de rand van de dansvloer en screende al de gezichten van de mensen die aan de zijkant stonden. Daar was ze ook niet.

Hij zag Celeste met weer een andere jongen, maar zijn blik ging aan haar voorbij. Als Celeste haar lift naar huis niet snel zou opeisen, hoefde hij zich verder niets meer van haar aan te trekken. Er was iemand anders die hem meer nodig had. Hij voelde hoe de hulpkreet uit alle macht aan hem trok, smachtend rukte, en heel even vroeg Gabe zich af of hij gek aan het worden was. Misschien had hij zich het meisje in de vurige jurk alleen maar ingebeeld. Misschien was dit gevoel van razende nood slechts het begin van een waanvoorstelling.

Maar op dat moment vonden de ogen van Gabe wat ze hadden gezocht. Ze dwaalden voorbij de dikke, chagrijnige gestalte van Heath McKenzie, en bleven rusten op een kleine maar flikkerende, rode verschijning.

Daar was ze – een beetje verstopt achter een plastic boom, met haar oorbellen die fonkelden als diamanten –, het meisje in de rode jurk. Haar donkere ogen, zo diep als het zwembad waarin hij haar in zijn verbeelding had zien verdrinken – ontmoetten zijn blik. De trillende nood was een aura dat haar omringde. Hij moest niet nadenken of hij wel naar haar toe zou gaan. Hij zou zichzelf waarschijnlijk niet hebben kunnen tegenhouden, zelfs als hij dat had gewild.

Hij was er zeker van dat hij dit meisje nooit eerder had gezien; ze was een volslagen vreemde voor hem.

Haar donkere, amandelvormige ogen straalden rust en voorzichtigheid uit, maar tegelijkertijd schreeuwden ze naar hem. Zij waren de kern van de nood die hij voelde. Hun smeekbede was even dwingend als het kloppen van zijn hart. Ze had hem nodig.

Sheba keek vol ongeloof hoe Gabe Christensen recht op haar af stapte. Ze zag haar eigen gezicht in zijn hoofd en kwam tot de conclusie dat de persoon naar wie Gabe op zoek was... zijzelf was.

Ze liet de korte verstrooiing toe – ze wist dat Cooper binnen handbereik was, die paar extra minuten zouden hem niet redden – en ze verheugde zich op de heerlijke ironie. Gabe wilde dus persoonlijk door Sheba kapotgemaakt worden?

Goed, dat genoegen zou ze hem gunnen. Het besef dat hij hier zelf voor had gekozen, zou zijn ellende mierzoet doen smaken. Ze rekte zich uit in haar satansjurk zodat haar figuur nog beter tot zijn recht kwam. Ze wist wat elk mannelijk wezen voelde wanneer hij haar in deze jurk aanschouwde.

Maar de provocerende jongeman focuste op haar ogen. Het was gevaarlijk om recht in de ogen van een demone te kijken. Mensen die niet snel genoeg hun blik afwendden, konden erin verstrikt raken. En dan zaten ze vast, voor eeuwig aan haar vastgeklemd, en zouden ze voor haar branden.

Sheba slikte een lach in en beantwoordde zijn blik. Ze staarde diep in zijn hemelsblauwe ogen. Domme jongen.

Gabe bleef staan op een halve meter afstand van het meisje, dicht genoeg om de muziek niet te hoeven overschreeuwen. Hij wist dat hij haar heel opzichtig aanstaarde – ze zou misschien denken dat hij een onbeleefderik was, of een of andere freak. Maar ze staarde terug, even geconcentreerd, en haar duistere ogen onderzochten de zijne.

Hij deed zijn mond open en wilde zich voorstellen toen de alerte blik van het meisje verstarde. Was ze in shock? Bang? Haar bleke lippen bewogen, en hij hoorde dat ze licht naar adem hapte. Opeens begon haar rijzige gestalte te verschrompelen en zakte ze in elkaar.

Gabe deed een sprong in haar richting en ving haar op in zijn armen voor ze op de grond viel.

Sheba's knieën knikten toen haar vlammetjes doofden. Haar inwendige vuur ging uit, werd leeggezogen, doofde uit als een kaars in het luchtledige.

De ruimte voelde niet meer zo koud aan, en ze rook alleen nog zweet, reukwater en muffe lucht. Ze werd de geur van de heerlijke ellende die ze had bewerkstelligd niet meer gewaar. Ze proefde niets meer, alleen haar eigen, droge mond.

Maar ze voelde nog wel de sterke armen van Gabe Christensen die haar omhoog hielden.

De jurk van het meisje was zacht en warm. Misschien was dat het probleem, dacht Gabe, terwijl hij haar naar zich toe trok. Misschien had de hitte in de overvolle ruimte, in combinatie met de zware jurk, haar bevangen. Bezorgd veegde Gabe een paar zijden haarlokken uit haar gezicht. Maar haar voorhoofd voelde koel aan, en haar zachte huid zweette niet. Haar verbaasde ogen lieten hem geen moment los.

'Gaat het? Kun je opstaan? Neem me niet kwalijk, ik ken je naam niet.'

'Het gaat wel', zei het meisje met een lage, fluwelen stem. Ondanks de zoetheid in haar stem, klonk ze verbijsterd. 'Ik... ik kan opstaan.'

Ze richtte zich op. Gabe liet haar niet los. Dat wilde hij niet. En zij trok zich ook niet weg. Ze had haar kleine handen op zijn schouders gelegd, alsof ze danspartners waren.

'Wie *ben* jij?' vroeg ze hees.

'Gabe – Gabriel Michael Christensen', zei hij glimlachend. 'En jij?'

'Sheba', antwoordde ze, en haar ogen verwijdden zich. 'Sheba... Smith.'

'Wel dan, Sheba Smith, heb je zin om te dansen? Als je je daartoe in staat acht tenminste?'

'Zeker', mompelde ze. 'Waarom niet?'

Ze bleef hem aankijken.

Gabe en Sheba begonnen ter plekke te wiegen op het ritme van een waardeloos nummer. Maar deze keer ergerde Gabe zich niet zo aan het vreselijke liedje.

Gabe puzzelde het raadsel bijeen. Nieuw meisje. Schitterende jurk. Sheba. Ze was Logans afspraakje, het meisje dat hem had meegevraagd naar het schoolbal en daarna niets meer met hem te maken wilde hebben. Heel even vroeg Gabe zich af of het verkeerd was om zich in te laten met de date van zijn vriend. Maar die bezorgdheid ebde snel weg.

Om te beginnen was Logan gelukkig met Libby. Het had geen zin om ergens tussen te komen wat voorbestemd was. Bovendien waren Sheba en Logan zeker *niet* voorbestemd voor elkaar.

Gabe had altijd al een goede neus gehad voor dat soort dingen - voor karakters die bij elkaar pasten, voor compatibele persoonlijkheden die in harmonie konden samenleven. Hij was al vaak het doelwit geweest van grapjes over zijn neiging om mensen te 'koppelen', maar dat vond hij niet erg. Gabe hield ervan dat mensen gelukkig waren.

En dit felle meisje met de diepe meren in haar ogen - Sheba - hoorde niet bij Logan.

De wanhopige noodkreet was tot rust gekomen op het moment dat hij haar had aangeraakt. Gabe voelde zich veel beter nu hij haar in zijn armen had - het feit dat hij haar vasthield leek de vreemde roep te verstillen.

Ze was veilig hier, niet langer aan het verdrinken, niet langer verdwaald. Gabe was bang om haar los te laten, bezorgd dat het brandende gevoel dan zou terugkeren.

Het was een vreemde, nieuwe ervaring voor Gabe, het gevoel

op precies de juiste plaats te zijn, de enige te zijn die hier thuishoorde. Het was niet zo dat hij nooit eerder een vriendinnetje had gehad – de meisjes hielden van Gabe, en hij had al veel relaties gehad. Maar ze duurden nooit lang. Er was altijd iemand anders bij wie ze beter pasten. Geen van hen had Gabe echt nodig, tenzij als vriend. En ze bleven ook altijd goede vrienden achteraf.

Het was nog nooit geweest zoals nu. Was dit waar Gabe thuishoorde? Met zijn armen beschermend om dit tengere meisje, zodat ze zich veilig voelde?

Het was dwaas om zo fatalistisch te denken. Gabe deed zijn best om zich normaal te gedragen.

'Je bent nieuw hier op Reed River, is het niet?' vroeg hij.

'Ik ben hier pas enkele weken', bevestigde ze.

'Ik denk dat we een of andere les samen hebben.'

'Nee, ik zou het me herinneren als ik al zo dicht bij je was geweest.'

Het was vreemd geformuleerd. Ze staarde in zijn ogen en haar handen hingen losjes op zijn schouders.

Gevoelsmatig trok hij haar een beetje dichter naar zich toe.

'Amuseer je je hier een beetje vanavond?' vroeg hij.

Ze zuchtte zwaar, vanuit het diepst van haar wezen.

'Ik amuseer me nu', zei ze, ietwat zielig. 'Ik amuseer me nu fantastisch goed.'

Gevangen! Als een idioot, een net uitgebroed jong, een nieuweling, een groentje!

Sheba leunde tegen Gabe aan, niet in staat zich te verzetten. Niet in staat zich te *willen* verzetten. Ze staarde in zijn hemelse ogen en had belachelijk veel zin om te zuchten. Waarom had ze de voortekenen niet gezien?

De manier waarop de goedheid zelve hem omringde als een schild. De manier waarop haar suggesties argeloos op hem afketsten. De manier waarop de enigen die immuun waren voor haar kwaadaardigheid vanavond – die kleine belletjes van geluk buiten haar bereik – de mensen waren die hij had aangeraakt en met wie hij gepraat had, zijn vrienden.

Door die ogen alleen al had ze het moeten weten!

Celeste was slimmer dan Sheba. Haar buikgevoel had haar in ieder geval uit de buurt gehouden van deze gevaarlijke jongen. Zodra ze zich had kunnen onttrekken aan zijn indringende blik, was ze op een veilige afstand van hem gebleven. Waarom had Sheba de reden hiervan niet begrepen? En de reden waarom Gabe vanaf het begin Celeste had uitgekozen? Natuurlijk had hij zich aangetrokken gevoeld tot Celeste! Alles werd duidelijk nu.

Sheba bewoog op de beat die door de lucht galmde, en ze voelde de veiligheid en de bescherming van zijn lichaam tegen het hare. Kleine, onbekende tentakels van geluk zochten hun weg door haar lege binnenste.

Nee – dat niet! Geen geluk!

Als ze zich gelukkig zou beginnen te voelen, zaten er betere dingen aan te komen. Bestond er geen manier om aan het vreselijke wonder van de *liefde* te ontkomen?

Waarschijnlijk niet als je je in de armen van een engel bevond.

Geen echte engel. Gabe had geen vleugels, hij had er nooit gehad – hij was niet een van die dwaze leeghoofden die hun veren en de eeuwigheid hadden ingeruild voor menselijke liefde. Dat had een van zijn ouders wel gedaan.

Gabe was een halfengel – al had hij zelf geen besef van zijn aard. Als hij het had geweten, zou Sheba het hebben gehoord in zijn geest en zou ze ontsnapt zijn aan deze goddelijke horror. Maar ondertussen was de situatie wel heel duidelijk voor Sheba – zo dicht bij hem werd ze gewaar hoe zijn huid naar narcissen rook. En hij had onmiskenbaar de ogen van zijn engelenouders geërfd. Die hemelsblauwe ogen, die hadden het al verraden. Maar Sheba was te druk bezig geweest met het opzetten van haar boosaardige intriges.

Er was een reden waarom zelfs ervaren demonen als Jezebel op hun hoede waren voor engelen. Als het al riskant was voor een mens om in de ogen van een demon te staren, dan was het dubbel zo gevaarlijk voor een demon om opgesloten te worden in de blik van een engel. Wanneer een demon iets te lang in een engelenblik vertoefde, *pffffft* – dan doofde zijn helse vuur en zat de demon gevangen totdat de engel zijn pogingen om hem te redden opgaf.

Want dat was precies wat engelen deden. Ze *redden*.

Sheba was een eeuwig levend wezen, en nu zat ze gevangen, voor zolang Gabe besliste dat hij haar wilde houden.

Een volwaardige engel zou meteen hebben geweten wat Sheba was, en zou haar hebben verdreven als hij er sterk genoeg voor was, of zou – als hij er niet genoeg kracht voor had – ver uit haar buurt zijn gebleven. Maar Sheba kon zich voorstellen hoe haar aanwezigheid moest aanvoelen voor iemand met een sterk instinct om te redden, zoals Gabe. Zonder de kennis die hij nodig had om de situatie te begrijpen, klonk de verdoemde toestand waarin Sheba zich bevond voor hem als de lokroep van een sirene.

Ze staarde hulpeloos in het knappe gezicht van Gabe. Haar lichaam vulde zich met geluk, en ze vroeg zich af hoe lang deze kwelling zou duren.

Te lang al om haar perfecte schoolbal te redden.

Zonder haar inwendige hellevuur kon Sheba geen invloed uitoefenen op de sterfelijken in haar omgeving. Maar ze was wel nog bij haar volle bewustzijn en moest wanhopig toekijken – terwijl ze zich walgelijk zalig voelde – hoe haar hele plan uiteenviel.

Cooper Silverdale hapte verschrikt naar adem toen hij naar het glanzende pistool in zijn bevende hand keek. Waar was hij mee bezig? Hij schoof het wapen terug in zijn schuilplaats en liep naar de toiletten, waar hij de waanzinnige hoeveelheid punch die hij die avond had gedronken, in de wastafel uitbraakte.

De maagperikelen van Cooper verstoorden de ontluikende knokpartij tussen Matt en Derek in de mannentoiletten. De twee vrienden keken elkaar aan met gezwollen ogen. Waarom waren ze aan het vechten? Omwille van een meisje dat ze geen van beiden echt leuk vonden? Hoe dwaas! Ze onderbraken elkaar in wederzijdse verontschuldigingen. Met een glimlach op hun kapotte lippen en de armen om elkaars schouders liepen ze terug naar de danszaal.

David Alvarado had zijn plannen opgeborgen om na het bal Heath te lijf te gaan, want Evie had het hem vergeven dat hij met Celeste was verdwenen. Haar wang voelde zacht en warm aan tegen zijn gezicht en ze wiegden langzaam op de zwoele muziek. Hij zou haar niet meer kwetsen door nog eens te verdwijnen, zeker niet.

David was niet de enige die zich zo voelde. Het leek alsof het nieuwe liedje magisch was in plaats van banaal, en alle dansers in de grote zaal bewogen zich instinctief in de richting van de persoon met wie ze eigenlijk vanaf het begin naar het bal hadden moeten komen, degene die de ellende van deze avond zou transformeren in geluk.

Coach Lauder, die eenzaam en ongelukkig aan het buffet naar de wansmakelijk ogende desserten stond te staren, keek omhoog, recht in de treurige ogen van vice-schoolhoofd Finkle. Zij zag er ook eenzaam uit. De coach liep naar haar toe en glimlachte aarzelend.

Hoofdschuddend en met opengesperde ogen, alsof ze wilde ontsnappen uit een nachtmerrie, trok Melissa Harris zich los van Tyson en rende naar de uitgang. Ze zou de conciërge zoeken om een taxi te bestellen...

Net als een elastiek dat te strak werd opgespannen, schoot de sfeer op het schoolbal van Reed River in alle hevigheid weer los. Als Sheba zichzelf was geweest, zou ze aan dat elastiekje hebben getrokken tot het in duizend stukken was uiteengespat. Maar nu waren alle ellende en woede en haat verdwenen. De geesten van de aanwezigen hadden te lang in de greep van al deze kwaadaardige gevoelens gezeten. Iedereen ontspande zich opgelucht en reikte met twee handen naar geluk en liefde.

Zelfs Celeste had genoeg van de herrieschopperij. Ze nestelde zich in de armen van Rob en huiverde even bij de gedachte aan die perfecte blauwe ogen van daarnet.

Het ene langzame liefdesliedje versmolt met het volgende. Sheba merkte de overgang zelfs niet op.

Al haar verrukkelijke pijn en lijden waren vernietigd! Zelfs als ze zich nu kon bevrijden, was ze gedoemd tot de lagere school. Waar was de onrechtvaardigheid gebleven?!

Jezebel! Had zij dit gepland? Had ze geprobeerd Sheba af te leiden van het feit dat er zich hier vanavond een gevaarlijke halfengel bevond? Of zou ze teleurgesteld zijn? Was ze echt gekomen om Sheba aan te moedigen? Sheba kon het niet te weten komen. Ze kon Jezebel niet eens meer zien nu – om te kijken of de gehoornde demone aan het lachen was of verdrietig was – nu haar vuur was gedoofd.

Sheba slaakte een zucht van geluk en walgde van zichzelf. Gabe was zo *goed*. En in zijn armen voelde zij zich ook goed. Ze voelde zich geweldig.

Maar ze moest zichzelf kunnen bevrijden voordat liefde en geluk haar helemaal verwoesttten. Stel je voor dat ze voor altijd opgescheept zou zitten met een of ander nageslacht met veren op zijn rug?

Gabe lachte naar haar en ze zuchtte opnieuw.

Sheba wist wat Gabe nu voelde. Engelen konden zelf niet gelukkiger zijn dan wanneer ze iemand anders gelukkig maakten, en hoe hoger de geluksmeter in het hoofd van die persoon steeg, des te extatischer de engel zelf werd. Zo perfect ellendig en verdoemd Sheba zich had gevoeld, zo hemels zou Gabe zich nu voelen – het zou in de buurt komen van de sensatie om vleugels te hebben. Hij zou haar nooit willen laten gaan.

Sheba had nog één kans, één manier om weer naar haar miserabele, beroerde, brandende, stinkende thuis terug te gaan.

Gabe moest haar ernaartoe sturen.

Toen ze aan deze mogelijkheid dacht, voelde Sheba zich meteen veel slechter, en werd ze een aangenaam golfje van haar vroegere ellende gewaar. Gabe verstevigde zijn greep zodra hij haar voelde wegglippen, en de ellende verdronk in tevredenheid. Maar Sheba bleef hoopvol.

Ze staarde in zijn met liefde gevulde, engelachtige ogen en lachte dromerig.

Je bent de incarnatie van het kwade, sprak Sheba tegen zichzelf. *Je hebt een waarachtig talent voor ellende. Je weet*

*alles over lijden. Je kunt jezelf uit deze val bevrijden en alles zal
weer zijn zoals het was.*

Want, op de keper beschouwd, als je zag hoeveel verdriet en
vernieling ze had kunnen zaaien, hoe moeilijk kon het dan
zijn om deze engelachtige jongen ertoe te brengen haar te
zeggen dat ze naar de hel kon lopen?